Chapter 1

I

時の鎮魂歌《レクイエム》

REQUIEM FOR THE PAST

文芸社

時の鎮魂歌《レクイエム》

目次

快楽はすべてむなしいけれど、もっとむなしいことはと言うと、
苦しんで手に入れたものから苦しみだけをもらうこと。
たとえば、苦しみながら書物に目を走らせ、そこに
真理の光を求めようとする、ところがそうしているうちに
真理は目を疲れさせ、何も見えなくしてしまうのです、
つまり光が光を求める光をたぶらかして光を奪うのです。
こうして暗闇のなかに求めていた光が見つからないうちに、
我々の目は光を失ってしまうのです、暗闇のうちに。

——『恋の骨折り損』
ウィリアム・シェイクスピア

前奏曲《プレリュード》——永遠《とことわ》の狭間

終わりなき暗闇が続く。かすかに湿気をおびた空気は、晩夏の森にひっそりと立ち込める夜霧か、それとも冬の訪れに怯える蛇か——ひんやりと寂しげなそれは、温もりに飢えはて、私たちの肌に執拗にまとわりついて離れることがない。名も知れぬ岩石でつくられた隘路は、悪意を圧し殺すような堅い面持ちを浮かべながら、私たちを闇の奥へ奥へと誘《いざな》っていく。こつ、こつ、こつ……靴底の単調なうめき声が、彼方の狼の遠吠えにも似たわびしい木霊をあとに引くことで、空虚に彩りをそえ、うつろな常闇《とこやみ》に小さな悲哀を滲ませる。灯火の揺れとともに、きめ粗い岩壁に張りつく私たちの黒影が、まるで滅び去った異教の祭祀を再演するかのようにまがまがしく踊り、歪み、身悶える。

生命《いのち》の気配はない。死の気配すらない。光と闇、そして私たちを除くすべてが停止し、凝固し、沈黙している。たどる道に勾配はなく、ただ退屈なまでに水平であり、行く手に待ち受ける到達地がいかなるものか、想像をめぐらせることすら許してはくれない。暗闇だけがどこまでも続く。ずいぶん長いこと歩いてきた。誰ひとり立ち止まることなく、無言のまま、あたかも、意思を持とうとする意思さえもが、虚無の中へと吸い込まれてしまったかのように。

手首にはめたタイメックスだけが、完全な静寂と闇が支配するこの世界においても、時が刻々と、着実に蓄積されていることを思い出させてくれる。あの魅惑をたたえた巨岩の門をくぐったのは、午前八時十五分。蛍めいた緑青色に発光する文字盤に浮かびあがった二本の針はいま、午後一時半を過ぎたことを告げている。大自然の摂理が——そして私たちが持ち込んだちっぽけな文明の産物が——正常に機能しているというのはなんとも心強いものだが、一方で、己の時間の感覚がはやくも失われつつあることが証明されたようで、私はちくりとした不安を覚えずにはいられない。

学者としての研究活動のほとんどを辺境の探索に捧げてきたおかげで、散歩にも等しいこれしきの行程ならば、疲労とは無縁だ。虚勢を張っているのではなく、私はまったく疲れていない。ここは涼しく、鼓動は確かで、足取りは弾むように軽い。

しかし、背後を歩く同胞たちは、私の砂色のシャツの腋や背に広がる、茶色く濡れそぼった染みを眼にしているはずだ。シャツやズボンはまだましで、下着はすでに皮膚にべったりとへばりついている。手のひらは油を塗りたくったようにぬるぬるして、額に落ちかかる前髪をかきあげようものなら、かえって事態を悪化させるばかりだ。ヘルメットからこぼれる私の髪は今やぼさぼさに乱れ、溶け崩れた整髪料によって藁束のようにごわついている。瞼《まぶた》や耳をなでるその感触がまた、弦のように張りつめた神経をいっそう逆撫でて、憔悴の音色を奏でる。眼の前に垂れるひとふさの先端から、またひとつ、汗の玉がポトリとこぼれる。

発汗には、体内の不純物を排泄する作用があるという。しかし、私の肉体が懸命に吐き捨てようとしているのは、有害な毒素や何やらではなく、人類が確立してきた常識をまったく無視した未知の空間に入り込んでいるがゆえの、得体の知れぬ不安感、そして白痴めいた恐怖……。拘束着をかぶせられたように、呼吸ひとつひとつが重苦しくてたまらない。胸の奥では、ガスを吹き込まれる風船のように不吉な予感がどんどん膨れあがってきていて、どうにも止めることができない。それがポンと破裂して、圧縮されていた狂気が全身にまき散らされるのも、そう遠い先のことではないと思えてくる。

ともすればそんな重圧は、規則的な歩調をはたと停止させ、全身の筋肉をたちどころに萎えさせ、真夜中の窓辺に異形の影がうごめくのを眼にした幼子の悲鳴を招きかねない。私が辛うじてそんな醜態をさらさずにいられるのは、ひとえに仲間たちの視線――そして、考古学者としてではなく、成人した男としての頑固なプライドのおかげだ。

こんな未曾有《みぞう》の恐怖を生む媒体となっているのは、私たちの置かれているひとつの不可思議な環境にほかならない。いったい何処から供給されるのか——北方の針葉樹林を猟銃かついで散策しているかのように、私の肺には途切れることなく新鮮な空気が流れ込んでくる。透きとおるように清潔で、甘い酸素に満ちた空気。奇怪なほどに正常すぎる空気。この通路に足を踏み入れてから、実に五時間が経過したというのにだ。

坑道や洞窟、この通路のように地下に埋もれた大遺跡などには、古代の悪辣な怨霊や悲嘆にくれる精霊たちだけでなく、ときに濃厚な有毒ガスが身を潜めていることがある。そんな無味無臭の妖魔に憑かれた場合、かよわい人間は数分ともたず、何の予告もなくのしかかってきた忘却にどっと膝をつくことになる。そうでなくとも普通ならば、数千年も閉ざされていた遺跡内部の空気は酸素に乏しく、不潔な闇に淀み、一歩ごとに数百万の塵埃が舞い上がって、許可なき侵入者の喉や肺、眼球や鼻孔の粘膜を冷酷無比に痛めつけるものである。

しかしながら、私たちの白眼はいつまでも血走ることはなく、中毒症に特有の眩暈《めまい》や嘔吐感、頭痛も皆無だ。ゴーグルとマスクを各自が携帯しているというのに、使う者は一人もいない。感謝すべき状況ではあるけれども、どうにも承服しがたい。空気の安全性を知るために——古風ではあるが——籠に入ったカナリアも連れてきたが、我々よりずっと繊細な小鳥もまた、すっかりくつろいだ様子で、止まり木の上でじっとしている。当然、私たちはこの先のどこかに空気の流入口があるのだろうと推測するに至ったが、灯してみた蠟燭の炎は、そんな人間の浅知恵をあざけるがごとく揺らぎもせず、微々たる空気の流動さえないことを告げた。

不気味だ。空気が澄んでいる――たったそれだけのことが、ひどく恐ろしい。

私はこれまで、人跡未踏の密林や、オリュムポスもかくやと思われるほどの高峰に挑み、世界各地の砂漠や孤島に隠された古代遺跡を探索してきた。しかし、渇きのやまない探究心と好奇心、そして知識獲得に対する偏執的な欲望は、どのような過酷な状況下にあっても、このような唾棄すべき恐怖など一歩たりとも寄せつけはしなかった。私はそれゆえに、古代文明の隠された謎をいくつも解き明かし、歴史考古学の第一人者という地位と名声を獲得したのではなかったか？

なのに今、私は瘧《おこり》にかかったかのように小刻みに震え、怯えている。実に快適なこの閉ざされた暗闇に満ち満ちる、理屈を根底からくつがえす超自然の魔力に。

そして――私自身が信じられないことに――私はこの地下通路の深奥で吠えたける、存在するはずのない魔獣を恐れている。すぐ前方の黒い帳《とばり》の向こうから――ほら、すぐそこにわだかまる大きな影の中から――三夜に一度は悪夢のなかで私を追ってきたあのミノタウロスが、今度こそ私の心臓をその鋭い角でつらぬくために猛然と襲いかかってきはしないかと、まるで子供のようにびくついているのだ。

息をひそめろ！　静かに歩くんだ！　私は後ろを歩く八人の仲間たちを怒鳴りつけたかった。牛頭人身の魔獣が、数千年の永き眠りから目覚めてしまうではないか！

だが、実際に錯乱した叫びが漏れることはない。口をひらく寸前、この四十四年間の生涯において数々の危機や困難——それらは決して、探検の最中だけに訪れたのではなかった。人として生きることは、毎日が危機と困難の連続ではないか？——から私を庇護してくれた、金剛石《ダイヤモンド》のように堅固で電算機《コンピューター》のように率直な思考回路が、そんな馬鹿げた妄想を作りだした臆病な心臓にひと鞭くれるからだ。

はん、神話はたっぷり学んだだろう、ランス？　ミノタウロスは死んだのだ。勇者テセウスがその呪われた命を屠ったのだ。

しかし……と、私は機械的に歩み続けながら、誰の耳にも届かぬよう小さくつぶやく。テセウスやミノタウロスが御伽噺《おとぎばなし》にすぎないのと同じように、テセウスがミノタウロスを倒したというのが御伽噺なのかもしれない。いつかどこかで心優しい老婆が、平穏な眠りに落ちつつある孫娘を前に、勇敢なアテナイの王子があえなく怪物の餌になったという酷たらしい実話を、お子さま向けに脚色してやったのかもしれない。そもそも、伝説を単なる夢物語と片づけることの愚かさは、この地下通路を歩く私たちがいま、身をもって学んでいるのではなかったか。

ああ、私のこの、怯えきっているにもかかわらず、退却など思いもよらない矛盾した心境には、安物の幻想小説に使われるような瘴気の渦巻く地下納骨堂《カタコンベ》や、邪神を崇める黒魔道士の宮殿か何かがぴったりの舞台であろう。苔と黴によって沼沢の色に腐り爛れた壁面を、赤子の頭部を持った蛞蝓《なめくじ》や百足《むかで》が無数に這いずり回る。泣き精霊《バンシー》の悲痛な慟哭がどこからともなく響き、壁際や曲がり角にしゃがみこんだ白子の小鬼《インプ》の下卑た哄笑がそれに重なる。通路の真ん中に力なく横たわる、生きながらに貪《むさぼ》られたらしき死骸から腐臭が立ちのぼり、なにかドロリとした生き物どもが、その芳醇な香りに誘われて群がっている――そんな狂気と悪夢に侵された場所だったならば、私はむしろ開き直って、電灯の輝くヘルメットや各種の近代装備を投げ捨て、ひと振りの鋭い剣と燃えさかる松明を手に、堂々と醜悪な怪物どもに立ち向かってこれを滅却し、課せられた使命――失われた財宝の獲得、捕らわれた王女の救出、はたまた世界の救済――を完遂してみせよう。

だが、通路の様子はここ数時間とまったく変わらず、見せかけの無垢と、悪意を宿した沈黙だけを養っている。壁は汚穢したたるどころかむしろ清潔で、地虫や蟻などの微小なものも含め、命ある者の姿はまったくない。ヘルメットに輝く電灯は、ほんの数フィート先の岩壁の一部をもうしわけなさそうに照らし出すだけ。前方はただ、闇、また闇。

茫然たる歩みのなかで、ひとつの疑問がいくつもの言葉で脳裏をよぎる。

そもそも、私の使命とは何なのだろう。

こんなところに入り込んだ目的は？　理由は？

どんなに夢想の翼を羽ばたかせようと、私は決して神話のなかの勇者にはなりえない。両親はごく普通の脆弱な人間であって、そのどちらかが気まぐれな天界の神々と情交を持ったわけではない。いや、もしも私が勇猛名だたる英雄だったとしても、ここでは新たな栄誉を獲得できるような大冒険は起こりえない。美しき乙女が助けを待ちわびているわけでもなく、世界を滅ぼす呪文をいままさに唱えようとしている邪悪の化身がいるわけでもない。雄牛の頭をもつ巨人など、もってのほかだ。

昔々、夢と奇跡は冒険心とともに活字の中へ追いやられ、現実世界からその姿を消した。ここに残されているのはただ、時に埋没した建造物と、途方もない過去の記憶だけ。

光は存在しない。なのに私は、何かを求めてこの闇の中を歩いている。

行く先も、帰路もわからず。

アリアドネの糸玉も持たぬままに。

現代文明の装備と常識が古代ギリシアの神話に気圧される、この悠久の歳月を閲《けみ》した暗黒の領域で、私はいつまで正気を保つことができるだろうか。

そっと手を挙げ、胸元にさげたペンダントに触れる。

ああ、ジェニー。

君がそばにいてくれたら。
時折、私はつと足取りを緩め、後にしてきた暗い道のりを振り返らずにはいられない。

第一部　過去

一

面積約三二〇〇平方マイル、暖かな地中海の中央に長く身を横たえる、ギリシア最大の島。今から四千年以上の昔に、麗しき古代文明ミノアを育んだ土地。

思えば、ギリシア語で「決定」という意味を持つそのクレタという名を初めて耳にしたのは、十六歳の世界史の授業のときであったか――。担当教員はヘレン・某。ラストネームこそ悲しくも忘れてしまったが、随分と弁論が達者で、たぐいまれなほどセクシーな女教師だったのは覚えている。顔だちがもはや朧げな霞の向こうにあるにもかかわらず、廊下まで朗々と響くその大胆な美声だけは、いまだ私の心を震わせることをやめない。

彼女は、私たち髭の生えはじめた生徒がまるで幼稚園児であるかのように、荒唐無稽なギリシアの神話《ミュトス》を簡略化して、しかしその奥深いドラマ性をまったく損なわずに語ってくれたものだ。ひとりで二役三役をこなし、反旗を翻した巨人族《ギガンテス》に雷電を投げつける至高神ゼウスから、漂流する船乗りたちを誘惑せんと歌う大海の魔物《セイレン》までも熱演する彼女は、まさにセイレンのごとく、冒険心盛んな若者たちを魅了して、別世界へと導くことに成功していた。舞台女優を志していれば必ずや世界に名を馳せていたであろう、白薔薇のように華やかな女性。週に二回の世界史の授業はすっかり観劇の時間となり、それを生徒たちが指摘すれば、そもそも演劇というのが始まったのはギリシアなのよ、オペラだって、最初はギリシア悲劇を演じるために生まれたんだから、などと話題を替え、時間中えんえんと語りつづけることで、私たちの雑学の領域ばかりを四方八方に開墾してくれたものだ。

「雑学ばかり」と少々とがめるように述べたのは、彼女が古代神話の伝承にばかり固執し、教育委員会が規定する必須課程をまことおろそかにしていたからである（実際、彼女が古代地中海文明以外の人類史について語るのを聞いた記憶がない。彼女が人類の広範な歴史についてほとんど知識を持たなかったに違いないことを、私は確信している）。低能な教師であるのは明らかだったし、彼女自身、職員会議の席で叩きのめされたことを毎度のように愚痴っていたものだ。

「まあ、批判や侮辱なんて気にしないわ。あたしはヘレン——悲劇の王女の生まれ変わりだもんね。父はきっと、あたしの美貌が苦難をもたらすことを承知のうえで、この綴りに決めたのよ。なんてったって、ヘレネは最後には幸せになったんだから」

前世のように、彼女の美貌が悲運をもたらしたのかどうかは知らない。ともかく、彼女は職員、特に女性教員の間で嫌われ果てていた。しかしながら、教師の成績表をつけるのは結局のところ生徒と生徒の親であり、両者とも彼女の教育方針を心から受諾していたのは確かだ。そもそも、畑や牧場の腕に抱かれて安穏と営まれる田舎町の若者にとっては、やれ中国の歴代の皇帝の名前だの、やれスコットランドが独立した年号などをいちいち記憶しておく必要はまるでなかったし、また息子や娘が楽しく学舎《まなびや》に通っているだけで町のお歴々がいたく満足しているという事実もまた、誰もが認めるところだった。よって風雲児の彼女は、何者にも遮られることなくひたすら我が道を進み、その突風に巻き込まれた私たちは、第一次大戦がなぜ始まったかも知らぬまま、終了の鐘が鳴りおえるまで役を演じきる彼女に、いつまでも惜しみない称賛と拍手を捧げたのだった。

ああいった触れ合いこそが真の教育であることを、私は今でも忘れることはない。

さて、女子生徒が少なかったこともあろうか、若々しく官能的な彼女はまさしくヘレネのごとき学園のアイドルで、思春期まっさかりの少年であった私もまた、否応なく湧きあがる性的ホルモンによって彼女の虜となっていた。

私の初恋の人。そして今にして思い起こせば、まさしく彼女こそが、私の人生の扉を開いてくれた第一の恩師にほかならない。彼女と知識を共有して、彼女の気を引きたい――学問の道を志すにはあまりにも不純で、他言するには恥ずかしい動機ではあったし、まして当時は自分の進むべき道など五里霧中であったのだが、何ごとにも際限なくのめりこんでしまう私の悪癖が運命の歯車を切りかえた。私はたちまち古代ギリシア文明の神話的伝説に魅せられ、ひそかに夢見ていた空想作家への道をためらうことなく閉鎖した。沈没した、事故を起こしたなどと、人生は船や自動車などの乗り物にたとえられるが、私のそれは、さながら古代ギリシア行きの特急列車――ヴェルヌ駅から遠く離れたシュリーマン駅へと目的地を転じたのである。

要するに、私は学者になることを人生の課題として掲げたのだ。それも、ちっぽけな名も知れぬ大学で、ちらほらと出席した学生相手に毎年のように同じ講義をくり返し、よぼよぼの爺さんになるまで何の役にも立たない研究に固執する三流学者ではない。世界的な学会が開かれるごとにセンセーショナルな論文を発表し、ギリシア神話の古典的解釈を根底から転覆させるような偉大な学者である。

……とは言っても、線路はまだ敷かれておらず、当時の私には、どうすればそれが実現できるのか、まるで見当もつかなかったのも事実だ。要するにその熱中ぶりは、世の老人たちが――そして私自身が今――目を細めつつ「若いころのわしはな……」と語らずにはいられない、誰もが経験すべく定められた一過性の精神病、青春という名の、夢想の暴発と情熱の氾濫にしかすぎなかったのだ。

少年期というのは、何かに熱中せずにはいられない奇妙な時代である。野球選手のカードや、使いもしない消しゴムを集める。漫画のキャラクター人形が棚に増えていく。親に世話をまかせるくせに、ハムスターだの熱帯魚だのを次々と買ってくる……等々。人によっては、その偏執が恋愛に向けられる場合もある。同級生の彼、もしくは彼女の容貌が、脳の内壁にくっきりと烙印を残し、血の代わりにどっとあふれだした欲望の髄液が、常識と理性の堤防をも突き崩す。

しかしいったん、その不可思議な執着の波が引いてみれば、ささやかな小遣いをはたいて集めた品物はガラクタ同然、ペットたちは試行錯誤をくりかえす母親の手で次々と葬られ、毎朝ジョギングのふりをして窓ごしに姿を覗き見ていた彼、もしくは彼女は、一片の魅力も持たない凡人だったりする。失望と空虚感に心臓をしめあげられ、後生大事にしていた写真の野球選手たちや恋人、プラスチック製のヒーローたちをごみ箱にぶちまけた瞬間、そしてまた、庭の片隅に慎ましげに立てられた十数本のアイスキャンディーの棒が、実はくりくりと愛らしい瞳をしていた動物たちの墓標であることに気づいた瞬間……そのあまりにもあっけない一秒が、おそらくは少年時代から青年時代への転換期であるのだろう。

ところが、私にはその大切な機会が訪れなかった。私はあまりにも依怙地な若者であったし、私をからめとったギリシア神話はあまりにも多くのロマンを秘めていたからだ。それは人類が幾百世代にもわたって語り継いできた貴重な物語であり、踏み込んでしまったが最後、決して逃げ出すことのできない魔法の異世界だった。

十七歳の誕生日に私が両親にもとめたのは、当時普及しつつあったバイクやエレキ・ギターではなく、かのアレクサンダー大王も愛読したという叙事詩《エポス》『イリアス』の英訳ただ一冊。

文字のない古代に生きた吟遊詩人《アオイドス》（竪琴《ポルミンクス》を弾きながら物語を謡う、初期の楽人）や語りべ《ラプソドス》（杖を小道具に語る、後期の楽人）がこの膨大な質量の物語をひたすら丸暗記していたと知った私は、並々ならぬ努力でそれを真似ようと試みたが、結局は果たせなかった。だが、ものの一週間で数百の登場人物と地名を覚え尽くしたといったら、ちょっとした自慢になるだろうか？

高校生の頃の私は、実生活には支障ないだけの健康には恵まれていたものの、運動能力については目も当てられないありさまだった。忘れもしない一年生の秋、クラス対抗の野球大会の第一戦で、私は打率ゼロ、エラー十割という前代未聞の成績を残し、その後の試合には多種多様な病気にかかって欠場し続けた。五秒と浮いていられず嘲笑の的になった水泳の授業も同じだった。

私は頭ばかりが切れ、ことあるごとに大人ぶり、口ばかりが達者だった。今も昔も、くそ生意気な子供が好かれるのはホームドラマの中だけだ。そして、アメリカ社会において、意気地なしが好かれることは未来永劫ありえない。私には友達がいなかった。私の心を慰めてくれるのは、紙に書かれた二十六個《アルファベット》の記号が創り出す幻想世界だけだった。

そう、他人からみれば、私のギリシア神話への熱中ぶりは現実逃避の典型であり、今にして振り返れば私とて異論もない。だが、当時の私はそれを認めることを断じて拒否した。尽きることなき情熱と探究心とを糧に、いつか神話に隠された人類の真理を解き明かすのだと言い張って譲らなかった。私にしてみれば、同年代の若者たちはすべて飯食ってうるさいだけの愚鈍な生命体だったし、誰もかれもが夢中になっていた野球など大嫌いだった。

……今でも嫌いだ。試合の進行が緩慢でいけない。何が面白いのか。いや、もちろん、昔の無様な姿を恥じているわけではない。大人になってまで、あんな細かいことを気にしてなんかいない。たぶん。まあどちらにせよ、あれはもう遥か遠い懐かしき時代のことだ……。

話を戻そう。

私自身の分析では、私がそのような孤独癖と内向的気質を身につけるに至った原因は、ほかならぬ家庭環境にあったと考えられる。私は一人っ子でありながら、両親とは不仲だった。傍目には満ち足りた生活を送っているように映っていたことだろうが、家族の絆の深さというのは、毎晩の夕食の席において表面化するものだ。手を伸ばすだけで、誰かがマッシュポテトの皿をまわしてくれるという何気ない幸せを、私は味わったことがなかった。

父をカンヴァスに描くとすれば、さながら戦士の肖像のようになる。太陽に焦がされた険しい面構えで、畑の中央に仁王立ちする屈強な男。髪を逆立てたトウモロコシの軍勢に包囲されつつも、右手には錆びついた鎌をひっさげ、左手には討ち取った敵の生首を鷲掴み、足元の畑地に汗と血潮をどくどくと滴らせている。太い両足は地中に深く根を張り、戦い続けて死んでいった先祖たちの白骨が、そこにごちゃごちゃと絡みついている。背景にぽつんとうずくまる酒場の戸口では、陽気な赤ら顔の店主がビールのジョッキと山盛りのピスタチオを掲げて、束の間の休息を約束するかのように手招きしている。

母もまた同じように描くとするならば、さながら聖母像《マリア》。大量の食器と洗濯物、箒と雑巾をいたわるように抱きしめ、究極の幸福を瞳に浮かべながら微笑んでいる。背景はもちろん、たわわに実った家庭菜園だ。

そんな二枚の絵を張り合わせ、大きな犬と、異国の陶器やガラス人形があふれるサイドボードを描き加えれば、牧歌的映画のポスターとして申し分ないものに仕上がるはずだ。題名は『トウモロコシ畑でつかまえて』。いや、『トウモロコシ畑につかまった』か。要するに、私の両親は無骨で、実用性と機能性を好み、繊細さよりも頑強さに、変化よりも安定に魅力を感じるありきたりの田舎者だったのである。

しかも映画の配役としては、主人公の隣人であるいけすかない一家といったところか。父は犬嫌いだったし、母はささやかな小物さえ集めることはなかった。我が家には使い古された釣り竿も、作りかけの刺繡もなかった。ともに趣味らしい趣味は持っていなかったし、何事にも興味や関心がわかぬ以上、子供を外世界へ導く方法を見つけることはおろか、子供と触れ合うためのきっかけもつかめない親たちだった。小学校の入学祝いに父が手渡してくれたのは、どこで手に入れてきたのだろう、一瞥しただけで中古品と知れる、色褪せて綿のはみ出したグーフィーのぬいぐるみだった。母は祝いの言葉を含めて、何ひとつ贈ってくれなかった。

育ってきた時代や環境が、二人をそうさせたのかもしれない。悪人よりも善人に近いことは確かだった。しかし夢と冒険への期待にあふれる少年にとって、非個性的な人間というのはすべて世界の端役でしかない。ましてや、主人公の両親がそうであってはならなかったのだ。やがてどろどろした落胆が蓄積するうちに、両親への尊敬や憧れは私のなかで年々しぼみ、自分は愛されていないのだという愚かな確信へと変わっていった。それはつまり、私が彼らを愛せないことを正当化するための、子供ならではの責任転嫁、自己防衛策だったのだろうが……。

「あの子のことが心配だよ」虫の合唱がひときわ騒がしい夏の宵、父が母にそっと囁いていた言葉が、いまでもはっきり脳裏に刻まれている。あれは、いつのことだったろう。「友達付き合いも知らないで、独りぼっちで生きてるじゃないか。たまに家族で出掛けりゃ、ディズニーのアニメ映画ばかり見たがって。ああ、くそ。絶対にテレビなんか買うもんか。俺なんか、あの年頃は週に百時間は仲間と遊んでたもんだ。さんざん悪いこともやったが、確かな友情ってやつがあった。きっと、あいつはいじめられているんだ……」

無理解、誇張癖（週に百時間とは！）、尊大、鈍感、傲慢。両親の寝室のドアに耳を寄せながら、私は父の欠点を数え上げ、そんな話を真面目に聞いている母への呪詛をつぶやいていた。

「それに、およそ若者らしくない笑い方をしやがる。なんて言うか……小狡くて、ぞっとするほど陰湿な微笑み方だ。俺たちは子育てに失敗したのかもしれん。そう思わないか、ハニー。あの子には、何かが足りないんだよ」

あんたみたいにオツムが足りないよりましさ……。そう罵りながら、自分の指が唇に触れ、微笑みの形をなぞってみていることにふと気づいて、私は闇の中に立ち尽くしたまま静かに泣きはじめた。涙がこぼれるのが悔しくて、また涙がこぼれた。

例の神話狂いの女教師ヘレンが結婚退職したあとも、そのお別れの挨拶のあった放課後、十日がかりで書いた稚拙なラヴレターを差しだした私の頬に、彼女が涙顔でキスしてくれたその後も、私はギリシア神話を学びつづけた。

「あたしはヘレン――悲劇の王女の生まれ変わりだもんね」あの言葉は、彼女の運命を的確に言い当てていた。彼女を娶ったのは金髪の美男子だったが、スパルタの賢王メネラオスではなく、トロイアの非道な王子パリスだった。つまり、それからわずか半年の後、その男は彼女に残忍な暴行を加え、さんざんに虐待した挙げ句、半死半生のままハイウェイの路肩に捨てたのである。

当時の地方都市にはまこと珍しい事件であったため、新聞やラジオは申し合わせたかのように、被告が残虐非道の悪魔であると報じて世論を沸かせたものだ。裁判所、警察、被告の両親の見解はさまざまであったが、しかし私ほど、鋭い悲しみと皮肉な喜びの混淆したやるせない感情に打たれた者はいなかっただろう。

助けたい、何かしらの慰めを与えたいと痛切に願いながらも、ギリシア神話の英雄たちと違って、彼女を奪還すべく敵国へ乗り込むほどの蛮勇は持たず、私は結局、自分とは関係のない世界の、ごく平凡な事件のひとつだと思うことにして眼と耳を塞いだ。レポーターがくり返す彼女の名前を、そして画面にちらりと映った包帯だらけの彼女の顔を、私は脳味噌からこそげ落とした。そしてそれから二三日、父の言う陰湿な笑みを浮かべながら過ごしていたと思う。

己に何が足りないのか、当時の私には見当もつかなかった。そもそも、考えてみようとさえしなかったのだ。

アイオワの名もない州立高校を最終学歴にすべく育てられた私だったが、首席卒業というヘラクレスなみの怪力でそんな悲運の鎖をひきちぎった。そして、校長ならびに州の教育委員長の直筆の推薦状という魔法の絨毯に乗って、ニューヨーク大学の史学部へと飛び込むことになったのである。三年生のときに受けたＳＡＴは、ほぼ満点だったはずだと自負している。論文の内容は、ギリシア悲劇における……いや、もはや言うまでもなかろう。私はそこに、自分自身の価値をあますず語り尽くしたのだ。

私のそんな華麗なる脱出劇は、八方を地平線の先まで野菜に囲まれた田舎町の両親にとっては、まさに天地がひっくり返る快挙であった。なにせ、我が家系で大学歴保持者は皆無、隣近所もまったく同様のありさまだったのだから。

そしてほかならぬ私自身も、期待などこれっぽっちも持たずにいたものだから、入学許可を告げる書類の山が配達された朝、気まぐれなのがギリシアの神々ばかりでないことを確信するに至った。古き時代の救世主もいよいよ耄碌しはじめていたに違いない、ほんのよろめいたはずみで分岐点に備えられた方向転換器のレヴァーを押し倒し、トウモロコシ駅とトラクター駅、有機肥料駅しかない環状線を巡るはずだった特急列車は隣のレールへと渡り、ついに憧れのシュリーマン駅へ向かってひたむきに走り出すことになったのである。

両親は決して裕福ではなかったが、農場の一部を売却することで私の入学金や生活費を工面してくれた。親が子供の将来の線路を敷設するのはしごく当然だと思っていた私は、そんな身を削るような苦労と犠牲も意に介さず、ただただ学問の殿堂へ踏み入ることへの期待に胸ふくらませてばかりいた。貧困家庭や地方出身者、もしくは私のように両方を兼ねそなえた者のために、大学側は立派な学生寮を用意してくれていたが、己の協調性にまったく自信の持てなかった私は、勉学に打ち込むにはプライヴァシーが必要だからという幼稚な言い訳でそれを辞退し、初めての大都会訪問に弱気になっている父をうまく言いくるめて、大学のそばにアパートを借りた。摩天楼の立ち並ぶ、華のニューヨークのど真ん中にである。そんな贅沢に比例して仕送りの金額も厖大に膨れあがることとなり、父はさらに土地を切り売りしたが、私は気にしなかった。

ところが、新入生のために開かれた学生連盟主催の歓迎パーティーで、私は早くも新しい環境への無邪気なあこがれを捨て去らねばならなかった。他の新入生たちは、互いに今後の目標を語り合い、先輩たちにサークルに誘われ、教授たちと熱心に議論しているというのに、私は最初から最後までずっと独りぼっちだったのだ。バンドの演奏に乗ったダンスも同様で、私に声をかけてくれる女性はなく、私から口説くこともなかった。アイオワの匂いが染みついた自分が、汚なすぎて壁の花にもなれないことを、謙虚な私はちゃんと承知していたから。いや、生い立ちのせいにするのは間違っているだろう。シェイクスピア曰く、弱い奴ほど壁際を取るのだから。

私はがぶがぶとパンチをすすりながら、ホールでくるくると踊り回る女の子たちの身体からパーツをより分け、それを組み立てて理想の恋人像をつくった。そして完成した夢の恋人と、夢の世界で踊る夢を見ながら時間をつぶした。それだけ暇だったのだ。ごもっとも、ウィリアム。あんたの言ったとおり、夢というのは退屈した脳味噌の子供だ。

またくだらぬ自己憐憫にスペースを裂いてしまった。ともかく、その式典は不愉快きわまりなかった。とりわけ、式をしめくくった学生連盟代表の訓辞。そう、あの男は私の昂揚心と虚栄心を完膚なきまでに叩きのめし、身勝手な姿をすっかり浮き彫りにした最初の人物なのである。補足するなら、彼は私が愚者の典型と決めつけていたスポーツマン・タイプの青年で、学長からの紹介によれば、すでに三十二歳、父親は十五年前から行方不明、母は飲んだくれ。高校にも行けず、ただ生きるために懸命に働いてきたが、たゆまぬ貯金のすえ、昨年度ここへ入学することができた云々——という苦労人の鑑である。

「ええ、私の境遇は特殊ですよ、もちろん。けれど、勉学に金がかかるのも事実なのです。このホールにいるほとんどの方は、ご両親の努力によって入学できたのだと言っても過言ではないでしょう。この先、挫折することもあるはずです。怠けたくなることもあるはずです。しかし自分を愛してくれているご家族のことさえ忘れずにいれば、精進に精進を重ねて、大学生活を有意義なものにしようという意欲もおのずと湧いてくるはずと思います。あなた方は幸運であり、非常に幸福なのです……。どうかそれを忘れずに」

実体験に基づいた、何とも素晴らしい激励だったが、それを聞いた私の心境は、賢明になり、語彙も増えた今になっても、どうしても表現することができない。当然、若かりし当時の私が紳士的に立ち振るまえるはずもなく、相手の言葉をただの下層階級出身者のひがみとして意地悪く受け取り、話の腰を折るために激しく咳をした。

今、私自身が歳をとり、赤ん坊をコインロッカーへ捨てるような親が珍しくなくなった現代に生きてみると、両親がいかに多くのものを無償で捧げてくれていたのかがよくわかる。今になって振り返ると、思うのだ。もしかしたら父は、孤独な息子に若者らしい生活を与えてやりたいというただその一念で、私の進学を許可してくれたのかもしれないと。学問に興味のない父が、私が勉学に打ち込むことを期待したとは思えない。学者になるなど、とんでもない。私が奔放で夢あふれる都会の若者たちと触れ合うことで人間関係の喜びを学び、一生を通じて親交を持てるような友人を手に入れることこそ、父の一番の望みだったに違いないのだ。

不器用で愛情表現の下手くそな父を、今では好もしく思う。父が買ってきたぼろぼろのグーフィーを懐かしく思い出す。ディズニーのキャラクターの中で、このむさ苦しい黒犬がいちばん嫌いだった私。悪質な嫌がらせだと解釈した私。犬嫌いの父が伝えようとした親子のささやかな共通点と、相互理解への憧れ。ボロ市の露店にしゃがみ、むっつりとした顔でぬいぐるみを抱き上げているたくましい大男の後ろ姿。小学生の男の子がこんなものを持つのは恥ずかしいと、すぐに捨ててしまった私……。

親が子にそそぐ愛というものは、無骨で、不定型でつかみどころがなく、透き通っていて眼にとまらず、子が子であるうちは決して理解できないものなのかもしれない。そして、親はそれを承知していながらも、子を愛するのかもしれない。子供たちの食料になる親蜘蛛もいる。なんと優しく、なんと不思議な本能だろう。

しかし、私はまだ甘やかされた子供だった。どんな演説を聞かされようと、両親に愛されていないという自己憐憫は決して揺るがず、父がどのような密かな期待を抱いていたにしろ、それをくみ取るだけの度量を持ち合わせていなかった。それゆえ私は、高校と同様、大学においても誰ひとり友人を持たず（根暗で陰気な性格を改善しようとさえしなかったのだから、「持たなかった」という表現は的確であるはずだ）、天気の良い日にはセントラル・パークの芝生に独りで寝そべり、雨や雪の日にはメトロポリタン美術館を独りで観覧した。サークルにも入らず、カフェテリアで独りきりで食事をした。私は相変わらず孤独であり、入学からわずか一ヵ月後には、その自虐的なほど無言無口な生活をあっさり享受した。

私の人間不信は根強かったし、孤独癖はそれ以上だったが、こうした人嫌いの性質は、私の宗教観にも大きな影響を与えていた。故郷にいた頃、母に連れられて教会へ行くのがどんなに不快だったことか。イエスは、人と人とが互いに信頼し合うことを強要した。隣人を憎むことは地獄の特等席を買うようなものだと。幼い私は拒否した。地獄よりも、泳げない私をあざ笑ったクラスメイトと握手するほうが怖いと……。

そんなひねくれた思想は、私を比類なき無神論者へと変えた。かの救世主は、唯一不動の至高神が万人を愛してくれると説いたそうだが、人間のみが魂を持ち、愛されるべき生き物であり、どんな罪も許され、常に神が見守ってくれているのだという、そのあまりに偏った概念には、私はご都合主義と傲慢さしか感じなかった。人が常に生命の危機にさらされていた昔ならばまだしも、いいかげん、時代錯誤なのではないか。もしも神が人類に強く生きることを望んだのなら、人生のそこかしこで神に助けを乞う信者たちの行為は矛盾しているのではないか——。そう、罪と報いは因果応報でめぐりめぐって当たり前、気まぐれな自然界のひとつひとつに顔を持たせたギリシアの多神教のほうが、現実をより直視しているようで、私には納得できたのだった。

人は閉じこもりがちな私を、救いがたい不幸な若者と見ただろう。今こうして振り返っている途中、私自身も何度そう思ったか。しかし当時の私は、己の宗教観を異端とも冒瀆的とも思わなかった。決して人恋しくはなかった。寂しさなど感じたことは断じてなかった！　私の友人はギリシアの英雄たちであり、恋人はアプロディテをはじめとする美しく奔放な女神たちだった。それに、得られたかもしれない友情や恋愛を遠ざけることになった非協調性こそが、古代文明への関心と熱意をさらに助長させていたのだから、その後に得た地位も含めて考えると、あの頑な青春時代もまんざら無駄ではなかったはずだ。

そう思いたい。

さて、真剣に考古学者への道を目指しはじめたのは、考古学にもさまざまな種類があると知ったこの時期であったと思う。古代植物考古学、古代生物考古学、古代民族考古学など、幅をきかせている分野のうち、私はいわゆる歴史考古学——人類が人類として発祥し、文化を形成するようになった後の時代を扱う——を選考し、水を得た魚といった体で一心不乱に学業に没入した。史学部の厖大な必須課目のほかに、ギリシア語、古代民族文化論、ギリシア・ローマ史（ぜひともエジプト史を手掛けるべき、復活したミイラのような老教授のとろとろした講義が忘れられない。彼は私の在学中に引退してしまったが、まだ不死身でおられることを心より祈る）、考古学理論、古代美術研究、実験考古学、ラテン文明検証、ギリシア文学論、地中海風俗史、実践発掘法などなど、毎年二十ちかくもの講義を余分に受けて幅広く基礎知識をかため、世界で最も難解な言語とされるラテン語の特別講習にも欠かさずに出席した。そしてその一方で、ギリシア神話の幻想世界へと麻薬常習者のように埋没していった。線路上に障害物はなく、列車はひきだせる最高の速度でひた走った。

私はニューヨーク図書館に足しげく通っただけでなく、ニューヨークのほとんどの書店や古書店をさんざんに襲撃して、目ぼしい書物をありったけ略奪した（言葉のあやだ。ちゃんと金は払った）。そうして、『キュプリア』『アイティオピス』『イリアス・パルウァ』『イリウ・ペルシス』『ノストイ』『オデュッセイア』『テレゴニア』に関わる文献をことごとく入手し、『イリアス』を再読することで八編の叙事詩を網羅した（うち、ホメロスの作品以外の六編は時の流れの中で失われてしまっているが、その内容は、種々の挿話によってうかがい知れる。偉大な物語が断片的にしか残存していないというのは、何とも悲しいことだ)。晦渋な表現が渦巻くこの一連の壮大な物語は、興味ある者ならば承知のとおり、トロイア(イリオン)の王子パリス(アレクサンドロス)が美を競う三人の女神の審判を受け持つことにはじまり、絶世の美女ヘレネを誘拐したトロイア側とその身柄を求めるギリシア連合軍との十年におよぶ凄絶な戦い、アキレウスやヘクトル、アイアスら英雄たちの死の顚末、漂流したオデュッセウスの苦難に満ちた帰国、そして彼の子孫らの後日譚によって幕を閉じるものである。

私は一介の読者の視点から、それぞれの思いを胸に果敢に戦い続けた主役の英雄たちが、ひとり、またひとりと無残に命を落としていくたびに胸を詰まらせ、要所に散りばめられた長文におよぶ巧みな比喩と、不思議な魅力をはなつ枕詞《エピテトン》に心を奪われた。その一方で、研究者の一員としての視点から、『イリアス』と『オデュッセイア』の時代背景が大きく異なるとする説にさもあらんと頷き、ほかの〈環の作者《キュクリコイ》〉が聞いたならばさぞや嘆くであろう『テレゴニア』の安っぽいエンディングに顔をしかめた。そして、神々までもが介入する突拍子もないこれらの伝説に、大遺跡を掘りあてて現実の色を加えたシュリーマンの偉大さに、改めて感銘を受けた。

続いて私は『オイディポデイア』『テバイス』『エピゴノイ』の物語から、悲劇の王オイディプスとテバイ攻めの七将について学んだ。さらにプロクルスが語った〈叙事詩圏〉、すなわちホメロスとヘシオドスの作品以外の叙事詩、アポロドロスの『書架』、ウェルギリウスの『詩選』『アエネイス』、オウィディウスの『変身物語《メタモルフォセス》』、ロディオス・アポロニクスの『アルゴナウティカ』、そして三大悲劇詩人と呼ばれるアイスキュロス、ソフォクレス、エウリピデスらの作品も残らず吸収し、時代のうつろいのなかで消滅してしまったアリストパネスらのギリシア喜劇も愛読した。

それまでいささか曖昧だった神々と巨神《ティタン》たちの関係も、ヘシオドスの『神統記』によって完璧に把握し、〈巨神との闘い《ティタノマキア》〉と〈巨人との闘い《ギガントマキア》〉の壮絶な光景を脳裏に浮かべられるようになった。さらに、ヘシオドスが『仕事と日々』において語る五世代——神々に代表される黄金の種族、それに準ずる白銀の種族、青銅の種族、英雄の種族、そしてわれわれ鉄の種族——の分類を知ったあとには、なるほど現代は人類の歴史上でもっとも堕落したつまらない時代であると思われ、人間らしく生きようと混沌のただなかで悪戦苦闘した英雄たちの、ロマンと冒険に満ちた荒ぶる時代への憧憬は、私のなかで際限なくいや増していったのだった。

……とりあえずお気に入りをいくつか挙げるつもりだったのだが、思わず夢中になってしまった。これは私の蔵書目録ではないし、きりがないのでもうやめよう。ともかく、学生時代の私はギリシア神話に関わる書物を眼にするなり、それを余さず貪った。そんなだから、今、現存している叙事詩で私が内容を知らないものは皆無である。

一冊の物語は十冊の教科書より多くのことを教えてくれる。ところが、物語を読んだ分だけ人間が賢くなるかといえば、そうではない。叙事詩人らにさんざ影響されたこの当時の私が立てた目標は、ギリシア神話が人類の歴史にいかに影響を与え、今なお、現代社会にどのように息づいているかを解析するという、実にありがちなものだった。指定課題を堂々と無視し、神話についての独りよがりな分析を延々とまくしたてたレポートを提出して、評価対象外と殴り書きされて突っ返されたこともあった。

朝から夕方遅くまで講義を受けて過ごし、帰宅してからも座り続けていたために、尻の肌は見るも無残に荒れはてた。挫《くじ》けることだけは決してなかった。いや、立ち直ることだけは決してなかったと言うべきか。大学外での生活が薄幸なだけに、私の空想癖は悪化するばかりだった。逃避、逃避、逃避。二十歳をこえても、私は子供のように夢の世界を彷徨《さまよ》っていた。生活時間の半分以上は、本の活字のなかに占められていた。

私は真っ暗な陋屋のなかで、古びた椅子に座り、デスク・ライトだけを灯し、灰皿とコーヒーカップを手元に置き、霊験をもとめるインディアンの祈禱師《シャーマン》のごとく室内に充満した紫煙にとりまかれながら、毎夜のように肉体から離脱した。ページをめくるだけで思いのままに時間と空間を旅できる私は、古今東西を問わず、人類の歴史上でもっとも活躍した英雄だったに違いない。私はヘラクレスとなってヒュドラを退治し、ベレロポンとなってキマイラを追い詰め、ペルセウスとなってメドゥサの首を落とした。賢者ケイロンの指導のもとで医術と弓術を習得し、オイディプスの隣でスピンクスの謎かけを熟考し、イアソンとともに黄金の羊毛皮をもとめて船出した。カルカスと予言の業を競い、パリスの放った矢にくるぶしを貫かれたアキレウスの虚ろな瞳を覗き込み、アイネイアスとともに落ち延び、その子孫たちがローマを築くのを見守ったのだ。

少しは成長したのか、ただ物語の筋だけを追っていた少年時代とはちがって、登場人物の何気ない言動の裏に込められた人生の摂理や、人間の心と理性の矛盾が読み取れるようになった。勇気と冒険心、分厚い大胸筋の有無をのぞけば、私はオデュッセウス――英雄に相応《ふさわ》しからぬ赤毛と短足を持ち、優れた頭脳を駆使する生粋の戦術家であるがゆえに、折にふれて残酷で貪欲な一面を見せる――に酷似していたと言えよう。ホメロスらの残した壮大な叙事詩に夢中になった本当の理由は、そこにこそあったのかもしれない。神を含めた誰に対しても疑り深く、利益を守るための嘘を惜しまない私はまさに、幼少の頃から〈憎まれっ子《オデュッセウス》〉以外の何者でもなかったのだから。

確かに、麗らかな春のひだまりの中やセンチメンタルな秋の落ち葉の上で、同期の連中が恋人と肩を組み、友人たちとじゃれ合いながら青春を満喫している姿は、私を幻想の洞穴から引きずり出すだけの力を十二分に持っていたし、そんな日の夜は、崩れかけたアパートの三階の窓から薄汚れた裏通りをぼんやりと見下ろし、已が、青春が青春と呼ばれることの意味を知らない愚か者であることを痛感したものだ。恋のほろ苦い痛みと、口づけの甘い香り、無謀な夢や未熟さゆえの苦悩を告白しあえる友情も知らぬまま、ただ独りで日々に流されていくだけの自分に焦り、窓をあけて天を仰いではみたものの、無限の虚空に燦然とまたたくギリシアの魂がやけにやるせなく、眼をそらせて打ちひしがれた。ときおり、飲めない酒を独りで浴びてみた夜には、甘美な空想へと羽ばたかせてくれた愛しい星々を真っ向から見据え、憎悪と憤怒に満ちた呪いの言葉を口走ったこともあった。

故郷を離れ、世界一の大都市で居場所の見つからない私は、どんなに否定しようとも、深い孤独に心を蝕まれつつあったのである。ギリシアばかりに向けていた顔をぐるりと転じて、狂ったようにシェイクスピアを読みあさり、彼が語る人生の悲哀にたいしての自己憐憫に、共感と慰めを見いだした。そうして二年を過ごす頃には、レールはごつごつと粗く、車両の連結部は錆びついて、列車は乗り心地が悪くなった。家に引っ込みがちな若者は、ありふれた才知しか持ち合わせていない……文豪の言葉が胸に突き刺さり、他人と違うことへの誇りはすべて消え、自分の人生が手に負えないほど落ち込んでしまっていると感じるようになった。やるべきことが見つからなかった。時の砂はただ単調に、針のような痛みだけを残して五指のあいだから流れ落ちていった。悲しみの飾りと衣裳さえも失われ、露出した空虚が私の身体を凍えさせた。

私はタンポポの種、俗世から切り離されてあてもなく漂う、ちっぽけな綿毛。自由を満喫し、立派に育って花を咲かせたいと夢を抱きながらも、翼を持たぬがゆえにすべては風まかせ。二十世紀社会という、根を張ることのできない泥濘の中に舞い落ちてしまったことは、どうしても両親には伝えられなかった。

しかしながら、世に語られているとおり、人生というのは隙間なくつづく偶然の産物でしかない。どんなに絶望に色濃く染められようとも、灰色の妥協と挫折を鏡のなかの人物に見いだせるようになっても、求めることをやめないかぎり、人生には何かしらの転機が訪れるものだ。そう、二十一歳の穏やかな春、ささやかな偶発事件がすべてを変えた。さながら、濃霧の中をひた走りつづけていた列車が、やがて霞を追い払う一陣の突風によって驚くほど瞬時に視界を見いだしたように。

あれが、またしても神の気まぐれなお遊びだったたか、それとも慈悲とともに授けられた試練であったのか……私には今でもわからない。

おっと、この古代ギリシア行き・夢の特急列車についての大事なことを言い忘れていた。独白好きな運転手の名前は、ランス・ドノヴァンという。

以後、お見知りおきを。

二

大学に入って三年目――忘れもしない一九六四年――私は近所のプール・バーで稼ぎだした金で地中海へと飛んだ。今日のように世界情勢が落ち着き、観光業が盛んではなかった時代のこと、かかった旅費はそれはたいそうな額だったが、私の労働した時間と切り詰めた生活もまた凄まじいものだったとだけ述べておこう。

……ははは、「この見栄っ張りの大嘘つきめ」と、私の小生意気な良心が嗤笑《ししょう》している。なに、ちょっと恰好つけてみたかっただけだ。もちろん、勉学以外のことすべてに消極的な私に、熱心な労働などできたはずもない。切り詰めた生活という言葉にも語弊がある。食事は一日二食、服はセール品、図書館さえあれば暇をもてあますことはないという、まことに経済的な性質を持った私は、普段からそれ以上できないほど質素に暮らしていたのだから。

プール・バーで大金を手に入れたのは本当だが、ウェイターとして地道に給料をもらったわけでも、カードやビリヤードの大勝負に勝ったわけでもない。毎日の通学経路に位置するその店が、ある夕暮れ、配管の老朽化が原因で火災を起こし、軒を連ねる三店舗を全焼させるほどの大惨事を引き起こしたのだ。私はたまたま大学から帰宅する途中で、調理場が爆発したさいの臓腑が震える衝撃も体験したし、火だるまになった料理人が歩道へ飛び出してきて転げ回るのも眼にした。また黒革のジャケットとブーツに身を包み、懐に拳銃や麻薬をひそませ、肩がぶつかろうものなら老婆でさえ半殺しにするような常連客たちが、渦巻く煙のなかで右往左往しながら少女のような悲鳴を上げるのを聞きもした。そしてその恐慌のなかで、私は炎熱が吠え猛る店内に決然と飛び込み、逃げまどう客を押し退けてアメリカの偉人たちをざっと五十人ほど救出したのだ（彼らはキャッシュ・レジスターの中に隠れていた）。

語っていて嫌になる。本当だ。ほんの少しだけ弁解させてもらうなら、当時の私の観念では、火事場泥棒というのは卑怯でもなく罰せられるべきでもない、まことに男らしい行為だったのだ。非常事態の渦中で知恵と自制心を駆使し、他人の見逃した穴場から利益を得る——機転のきく頭脳明晰な人間にしかできないことだと思っていたのだ。もちろん今では、善悪の判断や良識という面で多少なりとも成長したので、そんな過去があったことさえ修正液で抹消してしまいたい。だが、とにかく若いころの私は利己的であったので、手に入れたギリシアへの切符には歓喜と誇りしか感じることはなかったのである。

数ある物事のなかで、およそ旅の準備ほど、面倒なのに心浮き立つ行為はあるまい。革の鞄になけなしの衣類を詰める私もまた、異国の風土や慣習についてあれこれと悩みつつ、見知らぬ世界へと期待の翼を羽ばたかせていた。その旅行がまさか、ただでさえ常軌を逸しつつあった私の人生を、さらに大きく歪ませることになるとは知らずに。

憧れの地中海へ！

初めての国外旅行だったが、不安が情熱に勝ることはなかった。言葉の不便はかえって、未知の世界を訪問しているという実感を引き立たせて心地良かった。ドラクマ貨の手触りが新鮮このうえなく、口に合わぬ脂ぎった食べ物もなんと美味であったことか。孤独に生きてきたことが幸いして、旅先での夕暮れでホーム・シックにかかるようなこともなかった。私は若く、若く、自由だった。

ああ、なんという感動……！　アクロポリスのふもとからパルテノン神殿を見上げ、私は悲願の達成にむせび泣いた。悲劇の英雄アガメムノンの故国ミケーネでは、獅子門の下を何度も何度も往復して気味悪そうな白眼視の的となり、〈アトレウスの宝庫〉と呼ばれる穹窿墳墓では、蜂の巣のように整った石組みの美にため息をもらした。医神アスクレピオスの聖地エピダウロスでは、閑散とした野外劇場に座り、遥か昔に演じられていたはずの可憐な演し物《だ》に喝采をおくった。満開のブーゲンヴィリアに飾られたアテネに戻り、スニオン岬の光彩陸離たるポセイドンの神殿にたたずんだときには、詩人バイロンがいかなる感動を受けたかを理解した。突風の指先が撫でるだけで崩れてしまいそうなテレスの神殿や、壮麗優美なエレクティオンに踏み入れれば、古代人の残した霊気のようなものが私の皮膚に浸透し、血流に染みわたって全身を活性化させるのが感じられた。古昔の神秘の探究とはすなわち、机上において推論や空想の粘土をこねくりまわして、いかにも異質な奇形の神々の顔容《かんばせ》を作りだすことではない。太古の地に立ち、敬虔な思いのままに手を伸ばして、まだ稚かった時代の記憶を留める年旧《ふ》りた石碑《いしぶみ》や柱に触れることにほかならないのだ。

ああ、私の旅愁すべてについて語るのは、大変な時間と根気が必要となるだろう。有名な遺跡や建造物にかぎらず、訪れる場所すべてに鮮烈なロマンがあった。写真や文章からは伝わってこない豊潤な音と匂い、いつの世にも変わることのない雑踏と喧騒に彩られた市場、途方もない歳月にすり減った石の階段、密集した家並みを壊れた蜘蛛の巣のように縫う細い路地……どこもかしこもが古色蒼然として美しく、街路をパタパタと駆けていく子供たちを見るたびに、この神々の聖地に生まれた人々が羨ましくてたまらなかった。

さて、熟練した旅行愛好家が口を揃えて言うように、旅先における最大の贅沢とは長期の滞在をおいて他にない。アテネの町の近代建築物の合間には、驚くべき数の遺跡が散在していて、翌日の計画を練ろうとする観光客の心を期待で満たすわけだが、時間の配分をすっかり間違えた私には、そのすべてを観覧する余裕はなくなってしまっていた。

財布に残されたわずかな資金と、帰りの飛行機までの限られた日数を、いかに有効に活用するか——私は狙いをギリシア本土にではなく、アッティカ半島の南海上に浮かぶクレタ島に移した。ギリシアとエジプトとの中間点に位置し、文化と交易の橋渡しとなった島。点在する巨大な神殿そのものが都市としての機能を果たしていたという、特異な古代文明。ギリシア神話にも幾度となく登場する、強大な王国——。

イラクリオンの町から南東に四マイル、旧宮殿時代から滅亡の瞬間まで文化の中心であり続けたクノッソスは、一九〇〇年、英国のアーサー・エヴァンズによって発掘され、それにより地中海最古の文明ミノアの存在が現代に蘇った。神話中でアテナイを打ち破ったと語られている、偉大なるミノス王の宮殿であった建造物——それを、ぜひこの眼で見たくなった。私のように考古学者を志していた人間にとって、伝説の英雄アーサーとは、岩から剣を引き抜き、湖の姫から聖剣エクスカリバーを授けられたキャメロットの王ではなかったのだ。

私は時間と金の無駄遣いをしないうちに飛行機に乗り込み、空の上から麗しのアテネに別れを告げた。約五十分の空路を経てイラクリオンに到着。さっそく考古学博物館に駆け込んだが、現在では有名なこの博物館も、当時はまだ戦争の傷痕を残しており、十六年ほど前に再開されたばかりの味気ない施設だった。そして、巨大な遺跡を立てつづけに味わってきた私にとっては、陶器や彫像、壁画の断片などの小物は、コース料理の合間に出される口直しのシャーベットにしか感じられなかった。クノッソスの再現模型にはつかのま眼を奪われたものの、学徒としてはまったく恥ずべきことにわずか二時間で博物館を出るや、気のはやる私はすぐにタクシーを呼び止め、クノッソス遺跡へ向かうように命じた。片言のギリシア語はさっぱり通じなかったが、私がノートにミノタウロスの絵を描いてみせると、運転手はその下手くそなイラストに馬鹿笑いして、思い切りアクセルを踏み込んだ。

憧れの地は、私の期待に十二分に答えてくれただけでなく、圧倒的な威厳をもって、私を根底から打ちのめした。食事も取らず、便意さえも忘れ、夕暮れの閉鎖時間になって追い出されるまで、私はクノッソスの遺跡を夢うつつで徘徊せずにはいられなかった。狂おしいほどの歓喜。五感はすべて、この地そのものを吸収するためだけに存在していた。

私は最も安価な個人経営の民宿を借りると、続く四日間にわたって、起きている時間のほとんどを——父に言わせれば百時間ども——遺跡で過ごした。二日目にはフェストスとマリアの宮殿跡を訪れたが、規模はともかくロマンティズムの点でひどく見劣りがしたので、早々にクノッソスへ足を戻した。島の東端のザクロスには顔も向けなかった。麻薬中毒者の気持ちが初めて理解できた。私は、この廃墟にわだかまる、悲愴感とも言うべき太古の魔力に骨の髄まで捕らわれてしまったのだ。

エジプトから伝わった迷路の概念を具現化し、そのものが都市と呼べるほどの規模を持ち、伝説の工匠ダイダロスの迷宮そのものであるとさえ考えられる、複雑怪奇な構造をもつクノッソス宮殿。ラビュリントスと呼ばれた所以は、実は双斧《ラビュリス》が飾られていたことにあるという説が定着しているが、最初にそう主張した馬鹿者は実際にこの地を訪れたことがなかったに違いない。広さ二万八千平方ヤードもの敷地内は、方向感覚を失ってしまうほど縦横無尽に入り組んだ通路と八百もの部屋を抱いていた、瞠目すべき建造物に埋めつくされているのだ。その威容を前に、誰が語源の解明などにかかずらっていられようか。

エヴァンズ卿は発掘報告書である『ミノスの宮殿』のなかで、この遺跡の発掘がいかに困難を究めたものであったかを語っている。宮殿は地震への対策からか、日乾煉瓦に似た強度にとぼしい石膏《ギプソス》を資材に建てられており、そのうえ三層、四層にわたる建築様式が複雑なあまり、掘れば掘るほど崩れていくのが明らかだったからだ。無残な倒壊を防ぐべく現代的なコンクリートや鉄鋼を多用した建築家クリスチャン・ドルは、エヴァンズとともに轟々たる批判の嵐に巻き込まれたが、私は彼を、歴史の存続を支えた影なる偉人のひとりであると思わずにはいられない。

宮殿から少し離れた場所にポツンとうずくまる〈アリアドネ荘《ヴィラ・アリアドネ》〉は、エヴァンズが発掘作業の本拠地として建てたものだが、いったい誰が描いたものか、その廊下の壁には宮殿のフレスコ画が残されている。発掘隊の心情を思った私の眼は、熱い涙でかすんだ。彼らは毎晩それを眺めてから眠りの床についたのだろう。そして毎朝、十字架のかわりに壁にかけた石膏の聖牛像の御前に膝をつき、幸運な発見を願って古代の神々に祈りを捧げたことだろう、と。

私はその古代遺跡クノッソスのすべてを脳裏に焼きつけ、その荘厳な光景に魂の髄までも震わせた。毀《こぼ》れた柱頭のひとつでさえもが、一刻ごとの光の角度によって変貌することで私を魅了した。それはまばゆい曙光に微笑むかのようにきらめき、沈みかけた黄昏の太陽に鮮血色に染められて悲哀を唄っていた。東門の右の倉庫にずらりと並ぶ、身の丈ほどもある巨大な壺《ジャイアント・ピトス》には、いったいどんな珍味が貯蔵されていたのだろう。それに、中央公庭の南側に復元されている聖牛角の、シンプルで独創的な形。あれは伝説の工匠ダイダロスの作品であったに違いない――。私の恍惚は際限なかった。クノッソスの復元は、やりすぎというだけでなく手抜きの点でも有名であり、当時もすでに、大部分の柱からは赤と黒の染料が剥落し、下のコンクリートがだらしなく露出して観光客を失望させていたのだが、私にはそんな欠点はまったく眼に入らなかった。宮殿の西コートに据えられたエヴァンズ卿の胸像は、偉業を成し遂げた者、己の存在を歴史に刻んだ者にだけ許される満ち足りた表情を浮かべていた。

私がもっとも愛したのは、早朝――鳥さえもがまだ眠り、時が停止したような静寂と幻想的な朝靄がすべてを覆い尽くす、神聖なる時刻だった。冒険者たる私をずっと待ちつづけていたように、灰色の視界のなかにおぼろげに立ち現れる廃墟。暁の女神エオスが東の空に白い翼をひろげ、紅に燃え立つ炎の髪が現れるにつれて、光と影との織りなす絵筆が、遠い昔に滅亡した都邑をゆっくりと優しく蘇らせていく……。無知な観光客が我が物顔で闊歩する、日中の観覧時間は嫌いだった。自分がその一人でしかないことに気づかなかった愚かな私は、偉大なる文明の遺産を汚されているように感じていたのだ。

紀元前千七百年頃、二度にわたるテラ島の火山噴火によって宮殿都市をことごとく破壊されながらも、クレタ人は宮殿のさらなる巨大化によって頽廃を克服した。数百年後に島の覇権を握ったミュケナイ人は、この文明の栄華と優れた文化とに驚嘆し、唯一原型をとどめていたクノッソス宮をそのままの形で受け継いだという。

最終的にこの宮殿社会に終焉をもたらし、やがてはミュケナイ人の後期エーゲ文明をも滅亡させたのは、俗に〈海の民〉とも〈帰還したヘラクレスの子孫〉とも呼ばれている謎の民族。ドーリス人に先立つその侵略者の正体は、紀元前千二百年から始まった暗黒時代のヴェールに隠され、現在に至っても解明されていない。


さて、ほとんど交流のなかった父でさえ気づいていたというのに、また火事のどさくさのなかで酒場の売上げをくすねたような前科もあったのに、私はずっと、人間の心に潜む真っ黒で自分本位な欲望のことを理解せずに生きてきた。そう、クレタ滞在最終日の、あの呪われた夜までは。

ああ、奇跡と破滅が手を取り合って私をからめとったあの夜のことは、決して忘れられない。夢たったひとつの安直な行動が、かくも人間の運命を変容させるとは、いまだに信じられない。夢と憧れの地に立ち、そしてそれだけではとても満足できなかった私は――まさに若気の至りだった――イラクリオンの安宿を夜中に抜け出し、四マイルもの真っ暗な夜道をてくてく歩いて遺跡に忍び込んだのである。
すべては、浅慮がゆえ。古代の神々の聖地において、軽はずみな行動は決して取るべきではないことを、私はまだ知らなかった。

深夜の散歩には、万人を引きつけずにはおかない独特の魅力が秘められているものだが、それは神話や伝承が生き残る土地では絶対に避けるべき愚行だ。街灯も設置されていない夜道は言語に絶するほど恐ろしく、私は何度決意を揺るがせてホテルへ逃げ戻ろうとしたか知れない。しかしこの時、私はエンプサと呼ばれる旅人を襲う魔女たちにまつわる言い伝えを思い起こし、気が小さいというその魔物を追い払うために、まるで泥酔した船乗りのように暗がりに向かって罵詈雑言を喚きつづけた。いささか子供じみたその策が効いたのだろうか、道すがら私を襲う人や獣はなかったし、私もぼろぼろに崩壊しつつあった勇気の殻を辛うじて維持することができた。
クノッソスは無人だった。観光客の少なかった当時は、現在のように厳格な顔をした警備員が昼夜駐在する必要もなかったのか、それとも何か、私のために用意された偶然によって席をはずしていたのか。私は「夜間立入禁止」の警告板が下がった鎖をすました顔でひょいとまたぎ越えると、闇のなかでぽつねんと物思いにふけっていたエヴァンズ卿に不意の訪問をわびた後、海中にも似た月夜に満身を浸しながら、迷路のように入り組んだ幽寂たる廃墟を隅々まで彷徨した。

やがて外周部を巡りおえた私は、休みもせずに漆黒に閉ざされた建物内へと踏み込んだ。遥かなる太古よりわだかまってきた暗闇はこのうえなく不気味で、一笑に付するべきドイツのヴンダーリッヒの説――この宮殿は居住のための建造物ではなく、実は死者の霊廟として造られた――も満更ではないと思わせたが、東翼の居住区にたどり着けば、採光用の吹き抜けから皓々と差し込む白銀の月光が、古代の霊魂たちに脅かされた私を優しく慰めてくれた。

もちろん、何か見つかると期待してこのような愚行に走ったわけではなかった。何か盗むつもりだったわけでもない。研究や論文のことなど念頭からはずれていた。私はただ、一時でいいからすべてを独占し、この遥か古代の宮殿に生きた偉大なる王の勇姿に思いをはせ、広間で奏でられていた管弦の甘美な音色に耳を傾けてみたかったのだ。

夢想の衣をまとった私はその夜、偉大な任務の途中にこの都に立ち寄った異国の王子だった。堂々と背を伸ばし、肩で風を切って歩くそんな私を取り囲むように、壁面に描かれたイルカたちは今にも動きだしそうに波間で踊り、雄牛飛びの選手たちは決死の挑戦を続け、〈青い貴婦人たち〉と名付けられた婦人像は魅惑的な微笑みで私を誘ってくれていた。

ただ不法侵入しただけならば、問題らしい問題も起こらなかったはずだった。ぐるりとひとめぐりして、早々に退散すれば良かったのだ。けれど私は愚かなことに、ワインの瓶を片手に遺跡にたたずめばさぞや素晴らしいに違いないと思い立っていたのである。王侯の気分を味わいながら、月と美酒に、そして幻想に酔いしれようと。

ところが、私は元来、酒に強い体質ではなかった。瓶を半分も空けるころには、ガツン、ガツンという拳闘《パンクラティオン》の鋭い打撃音が聞こえるほどへべれけになってしまった。ディオニュソスの魔力に完全に捕縛され、まるで子供のようだと自嘲しながらも剣に見立てた枝を振り回して遊んでいた私は、空想の敵――まったく時代錯誤も甚だしいことに、それは鬣《たてがみ》を振る巨大な獅子だった。私は剣闘士《グラディエーター》で、大歓声の轟く円形闘技場にいたのだ――にとどめの一撃をくれたところで足をもつれさせ、誰かに突き飛ばされたかのように横様に倒れ込み、頭から壁に激突した。正確な位置はここでは明かせないが、屋根のない地区の、とある回廊の曲がり角である。宮殿の大部分がコンクリートによる復元物であるのに対し、その壁は古代の石膏建築がそのまま残された数少ない貴重な個所だった。

数千年の歳月の重さに耐えてきたというのに、そして私は決してフットボールの選手ではなかったというのに、なんたることか、壁石のひとつがもろくも砕けた。ぶつけた肩の激痛よりも、破片がパラパラと散るその静かな音によって酔いは一瞬にして醒めやり、自分がギリシアではなくローマ帝国で遊んでいたことにようやく気がついた。さすがに調子に乗りすぎたと痛感しただけでなく、滅んだ文明の遺産に傷を負わせてしまったという濁流のような罪悪感に責めたてられただけでなく、もしもばれたら大変な罰を受けるだろうことをもっとも気に病んで、私はあわててその小さな瓦礫たちを元の位置にはめこもうと屈みこんだ。

そう、その時だった——泣き出しそうな思いでひとつめのかけらを拾い上げ、ふらふらと立ち上がった私の目の前に、満月の青白い光彩が、偶然の名のもとに奇跡を浮かび上がらせたのは。非力にして何の才能ももたぬまま生まれたこの私は、どんな僥倖が働いたものか、その砕けた壁石の内部にがっちりと埋もれている別の物体の一角を見い出したのである。

永遠にも思える時間、ただ呆然と立ち尽くした。もし動いたら、いや、瞬きをしただけで、その幻影が消え去ってしまうのではないかと恐れたのだ。けれど私は、酩酊のすえに発狂したわけではなかった。現にそれを確かめるために、自分の両親と、思いつくかぎりの神々の名をぶつぶつと口にしたものだ。

やがて親切な一匹の蛾が、粉を葺いた柔らかな羽根で私の頬をするりと撫でてくれた。壁石の残骸を放り出しておもむろに膝をついた私は、熱に冒されたように震える手でその物体に触れてみたが、その冷たく怪しい手触りは、今でも右手の指先にはっきりと残っている。黄土色に変色した周囲の石膏とはまったく異質の、白大理石を思わせる清らかな天然石。この物体がなんであれ、自然の力によって生まれたものでないことは、丁寧に研磨された幾何学的な鋭い角と、表面に模様か絵らしきものが刻み込まれていることからも、疑いようがなかった。

しかし、どうしてまた、この部分だけがこんなにも脆かったのだろうか——。砕けた場所にそっと触れてみた私が次に知り、また驚かされたのは、その石膏もまた、宮殿を構築する他の石膏とは材質が異なるという事実だった。それは砂岩の粒をこねて乾燥させただけの、言うなれば粘土のような紛い物であったのだ。しかしながらその表面には染料が塗られていて、隣り合う石膏材とはまったく見分けがつかず、エヴァンズが発掘して以来、くる日もくる日も常に人目にさらされ続けてきたことを考えると、風雨による磨滅や時の経過による老朽化も含めて、そのカムフラージュ技術は完璧だった。そもそも、無数にある石材のひとつにこのような仕掛けが施されているなどと、誰が想像しようか。

一部が砕けたことで途端に強度が落ちたのか、私が拳で叩くだけで異質の石膏はあっけなく剥がれはじめた。もはや後先のことなど考えることもできず、私の指はまるでそれが命懸けの競争であるかのように執拗に掘り崩し、覆われている物体の全体像を徐々にあらわにしていった。奥行きの大半がまだ埋もれたままでも、物体の厚みがさほどのものではないと、やがて見当がついた。

縦長の平らな直方体。つまり、私が偶然にも大気にさらすことになったのは、一枚の石板だったのである。

興味津々にのぞきこむ満月の光が、その表面をまるで氷の結晶のように白々と輝かせ、精緻に刻み込まれた彫刻の線をくっきりと浮かび上がらせている。じっくり検分して知恵を絞るまでもなく、それがクノッソス全体の見取り図に間違いないと私は断定した。図面の上半分には宮殿がどっしりと腰をすえ、その周辺には〈王家の別荘《ロイヤル・ヴィラ》〉、〈隊商宿《キャラヴァン・サライ》〉、〈小宮《リトル・パレス》〉などの建物が散らばり、下方の空白には王家の墓である〈神殿王陵《テンプル・トゥーム》〉がポツンと記されている。よくここまで手間をかけたと感心してしまうほど、どれも内部の構造や部屋のつくりが精密に彫られており、そのうえ線は複雑に重なり合っていて、この図が幾重にもなる階層をすべて透過していることが見て取れた。

さて、脳髄やすべての感覚だけでなく、自慢の想像力さえも麻痺していたに違いない。私は最初、どう思ってよいのかわからなかった。掘り出している最中になにを期待していたかと言えば、その埋められた物体が古代の美術品、もしくは武器、生活用具——何であれ博物館で異彩を放つような、魅力たっぷりの外見を持つ考古学的資料であることだったのだ。しかしよくよく考えてみれば、そんなものが壁面に埋められる理由はまったく考えられない。たとえ古代クレタ人が、現代人には理解できない風習や思考形態を持っていたにしてもだ。古代遺物というものは基本的に、土を掘り起こして発見されるものであって、壁の中から偶然に出てくるものではない。

私の脳裏を、真っ黒な失望のヴェールが覆い尽くした。発掘にあたるかたわら、エヴァンズは大がかりな復元工事に手を染めた。きっとこれは、彼が残したものに違いない。なぜなら、機械を持たない古代人に、こんな精密作業ができようはずもないからだ。なにせ、線の一本一本が髪の毛ほどの細さで、幅も深さもすべて均一なのだから。

酔って、罪悪感に焦り、それが転じて心底から驚き、さらに興奮したあと落胆して……私はその十数分間のめまぐるしい感情の起伏に、どっと疲労を覚えた。何を発見したにしろ、たいしたものではなく思えて、壁を壊したこともどうでもよくなった。煙草をくわえた私はしばし、石膏の残滓をぼんやりと爪でこそげ落としながら、滑らかな石板に指を這わせ、首をまわしてはその見事な彫刻図を周囲の遺跡と比較した。

私は淡々と思い巡らせはじめた……この見取り図と現実の宮殿の構造は、この位置から見渡せるかぎりではほぼ一致する。しかし、決して無視できないわずかな違いも見受けられる。図中の宮殿周辺には、見知らぬ建物も多い。ああ、それにしてもなんと繊細な彫り物か。先ほどの断定は破棄せざるをえない。どんなに奇妙であろうと、これは明らかに古代遺物だ。自分の財産を投げうってまで発掘資金を工面したエヴァンズに、こんなものを製作する無駄な暇があったはずはない。見取り図を石でつくること自体が意図不明であるし、そもそも彼の作品なら、ほかの場所の例にもれずコンクリートに埋められたはずだ。

それに忘れてはならないのは、彼の復元作業は過剰であったとの非難。エヴァンズは特異な印象を醸しだすことを重視しすぎて、想像と推測で石材を積み上げることが多かったのだ。そんな彼が、もしもこのような正確な図面を持っていたのならば、苦労することなどまったくなく、説明書つきの模型を組み立てるようにクノッソスのすべてを本来の形に蘇らせることができたはずであり——

正確な図面。

正確な。

その一言の重大さに、とりとめもない思索はたちどころに飛散し、私は殴られたかのような衝撃を受けて顔をのけ反らせた。

クノッソスの正確な図面！

エヴァンズがいくら頭をひねっても手がつけられなかったほどの損壊が各所に見られ、いまだ信頼できる資料や文献も発見されず、現在に至っても——おそらくは未来永劫——誰一人として真実の姿を見ることができないクノッソスの……

半分も吸っていない煙草を投げ捨てた私は、一分とたたぬうちに遺跡を飛び出し、イラクリオンへと駆け戻りはじめた。

夜道の復路のことはほとんど覚えていない。ただ、胸の奥底から湧き上がる凄まじい衝動に全身をゆだね、私は宿をめざして泡を吹きながら走り、走り、また走った。アキレウスの愛馬たちのようなその勢いだけでも、迫り寄ってくる魔女《エンプサ》たちを吹き飛ばすには充分だったろう。町へ駆け込んでからも錯乱は続き、ひとけのないヴェニゼロウ広場を突っ切り、涸れてから久しい〈モロシニの泉〉にすがりついて崩折れ、あるはずのない水を飲もうとして顔を突っ込んだことだけは記憶にある。

アルコールのまわった覚束ない足取りできっと何度も転んだのだろう、部屋の電灯を点けたとき、私の両手はすりむけてダラダラと血を流し、シャツやスラックスは泥土にまみれて破けていた。石膏を掘り崩した指先はどれも、爪が剥がれかけていた。しかし痛みはほとんど感じず、疲労はまったくなかった。

何時間もたったかのように思われたが、いくら私の足が遅かったといっても、実際には一時間ほどにすぎなかったはずだ。私はスーツケースからひっぱりだした薄いノートと鉛筆を手に、再び遺跡をめざして町を後にした。二度目の往路の途中、〈アリアドネ荘〉のわきを駆け抜けたとき、今はもう亡くなって久しい発掘隊の亡霊たちが、私の頭にとてつもない恐怖を吹き込んだ。おい、坊主。あの場所は、二度と捜し出せないのではないか？　何故に目印をつけてこなかった……？

しかし、気まぐれなオリュンポスの神々は、私から発見者としての権利を剥奪することはなかった。それどころかこの遊びに無我夢中らしく、月の女神《セレネ》のなまめかしい銀色の笑顔はさらに輝きを増し、あの崩れた壁を明るく照らし続けてくれていたのだ。彼女がまばゆいほどの光を振りまいているというのに、天空に散らばる星の群れは薄れることもなく燦然ときらめき、朧に浮かびあがった神話の人物たち動物たちは皆こぞって、その宝石のような眼を期待に輝かせながら私を見守っていた。まるで開幕直前の客席がざわめくように、遠くの木々の精霊が興奮のあまり枝葉を揺らして、女性的に生ぬるい夜風と囁きを交わしていた。

微笑みながら現場に駆け寄った私はまず、図面の模写を試みた。しかし緊張のあまり手元はおぼつかず、あえぐたびに直線は波打ってしまって、まともな絵など描けそうにない。しばしの苦闘のすえ、私はもっと効率的で正確な別の方法を思いついた。石板に破り取ったノートの一枚を押しつけ、その上を斜めに寝かせた鉛筆でこすってみたのだ。すると案の定、平面は黒く染まり、窪んだ彫刻の線は奇跡のように白く残った。さらなる僥倖で、石板と紙のサイズはほとんど同じだった。

私は意気揚々と複写にかかった。鉛筆の芯が埋もれてしまうと、歯と爪でまわりの木をちぎり、黙々とその作業を続けた。宮殿は石版の上半分を覆っているだけだったが、私はほとんど空白でしかない下半分も残らず写し取った。ノートが隅々まで黒く染まっていくにつれ、図面はより鮮明に転写された。

わずか五分ほどで、ミノア文明の宮殿都市クノッソスを再建築できる資料が、私の手中に完成した。ふと、古代生物学の講義で聞いた言葉が頭に浮かんだ。「……君たちは、図鑑に載っている恐竜の体色がすべて想像の産物だということを知っていたかな？　考古学の虚しさというのは、そこにある。我々は、発掘したものの原型や色彩を、想像力に頼るほかないのだ」

そう、その通りだ。——私はくつくつと笑いはじめた。

しかし、俺はそれを克服できるんだ！

もちろんこの図は、巨大ビルのエントランスに張られている案内図のようなものであって、建築物の屋根の形や装飾、色彩や外観まではわからない。しかし、人類が二度と知るはずのなかった太古の宮殿の本来の構造が明らかになったことを考慮すれば、考古学資料としては値が付けられないほど貴重なものであるに違いなかった。必ずや関係者たちが震撼するはずだ。イラクリオン考古学博物館の模型を修正するだけでなく、宮殿の周辺に散らばる、まだ発掘されていない建築物も掘り起こすことができよう。それどころか、このクノッソスを大々的に修復する計画さえ立案されるかもしれない——。

自分の名が歴史の一頁に永遠に刻まれると確信したそのとき、海賊の宝の地図に匹敵するだろうその紙切れを天空の神々に突きつけたとき、私は歓声を上げた。生まれて初めて、腹の底から朗々と声をふりしぼった。

「ミノスよ！　俺はおまえの後継者だ！　おまえの偉大なる王国の！　エヴァンズ卿よ！　あなたの夢を完成させて見せる！」

もはや収まりのつかない興奮にせかされ、私は早足で二度目の帰路を急いだ。すぐに役所の人間をたたき起こし、この大発見を報告するのだ。この紙切れがあれば、俺がただの酔っぱらいでないことを証明できる。観光の呼び物が増やせるとあらば、政府も大喜びするだろう。あの透き通るような美しい石板は、ロゼッタ・ストーンのごとく有名になる。そうだ、大学にも電話しよう。俺は学会の若き英雄となり、将来も安泰だ。アイオワ生まれのランス・ドノヴァンの名が、改定された百科事典のクレタ島の項目に、人名辞典に、もしかしたら世界中の教科書にも載ることだろう。そして――

なぜ図面があんな場所に隠してあったのだ？

その疑問はあまりに唐突で、まるで私以外の誰かが耳元でつぶやいたかのようだった。

私は足を止めた。

そう、確かに不自然で、謎に満ちている。生活用具だけではない。あんな場所に保存する理由が思い当たらないのは、宮殿の見取り図だって同じだ。おそらくあれは宮殿建設のさいの設計図であり、工人たちがいつでも見れるよう壁にはめこんでおいたのだろうが、そんなものをわざわざ壁面のなかに埋め残しておく必要はない。保管したのではなくて処分したとも考えられるが、それにしてはカムフラージュに多大な手間をかけすぎだ。必要がないものなら、何の価値もないものなら、あっさりと取り外して周囲と同じ壁石を組み込めば良いはずではないか。

あの執拗と言えるほどの細工には、何か大きな意図がある。まるで、なにか重大な秘密を隠蔽するかのような……。

気がつくと、私はまたしても遺跡へ向かって歩いていた。おりしも夜空の星々は、どこからか流れてきた暗雲の帳の裏に退き、セレネの微笑みもまた、興味を失ったかのように朧げに曇った。私の歩みは闇が増していくとともに早まり、やがてポツポツと涙のような滴が降るころには、全力疾走となっていた。私があの岩壁の前に立ち戻ったとき、獰猛な稲妻が天を断ち割り、創世神話の巨獣の咆哮にも似た霹靂が大地を揺さぶった。しとしとと降る雨が、途切れることなく私に囁きかけた。

隠された秘密……。

おまえだけが知っている……。

そして――ああ、私は何ということをしてしまったのだろう。若く未熟だった私の心のなかで、学者の卵ゆえの純白の探究心は、知識獲得へのどんより濁った灰色の渇望へ、さらには謎多き古代文明の秘密を独占したいというどす黒い欲望へと変色していったのだ。あの瞬間、私には確かに何者かが取り憑いていた。呪いを囁く悪魔？　せせら笑いを浮かべた神？　いや、それとも、私の遺伝子のなかに眠っていたイヴの末裔ならではの軽率さが目覚めたのだろうか？

私は策略家だった。火事のことや、錯乱した状況下にありながら咄嗟にノートと鉛筆を取ったことからもわかるように、どこまでも狡猾で、抜け目ない人間だった。

何もかも独占するには？——私は闇のなかでびしょ濡れになりながら、あらためて壁の前に立ち、両手で頭を抱えながら思考力のスポンジを振り絞った。

考えろ、ランス。さきほどのように石膏を崩していき、石板を取り出すのは決して難しいことではない。しかし、それを我が物にできるのか？　空港の税関は、遺物の持ち出しに対して非常に厳重な警戒態勢をしいている。小石くらいの物ならともかく、こんな大きさの物を密かに持ち出すのは不可能だ。かといって、誰かに預けておけるような代物でもない。下手をしたら、何もかも横取りされてしまうだろう。際限のない資金があれば、ぜひ、この地に留まってこの手で研究に従事したいところだが、たとえ飛行機をキャンセルしたところで、懐には近日中に故郷へ帰らなければならない程度の旅費しか残されていない。

どんな工夫の余地もない。俺は、この遺物を持たずにこの地を去るしかないのだ。

隠すか？　どこかの林の土の中に？　川の深みの底に？　馬鹿げている。充分な滞在費をためて戻ってくるまでのあいだに、どんな事故が起こらないともかぎらない。誰かがたまたま発見するという偶然が起こりうることは、今の俺がよく承知している。そのわずかではあるがゼロではない可能性に怯えながら数年間の労働に耐え忍ぶ強さは、俺にはない。

では、やはりアテネの役所に報告しておくか。そうすれば、少なくとも名前を残すことはできる。有名にもなるだろう。ただし、あくまで偶然に遺物を発見した青年としてだ。その後の研究はほかの学者たちに引き継がれ、彼らの栄光がいずれ、発見者ランス・ドノヴァンの名前を塗りつぶしてしまうに違いない。

条件が悪すぎる。この品物を俺のものにすることは不可能なのだ。

しかし、隠された謎については違う。

俺には、図面の正確な写しがある。謎も、答えも、俺だけのものだ。

すると、この石板の存在は無意味であり、危険だ。俺が謎を解くまで、この図面の存在は世に知られてはならない……。


気がつけば、私の右手には大きな石が握られていた。それを見下ろし、その恐ろしい意味を悟ったものの、もはや躊躇することはなかった。

左手を這わせて上下左右の壁石をさぐり、特別に加工されているのはこのひとつだけだと再確認した後、数歩の距離をおき、すっくと背を伸ばし、罪悪感など一片たりとも覚えないままに、ゴリアテを倒さんとするダヴィデのごとく、私はその礫《つぶて》を渾身の力をこめて石板に投げつけた。

かぼそい悲鳴をあげた風にすがりつかれ、樹木もまた戦慄と悲嘆にざわめいた。セレネが眼を閉じた。その繊細な姿に似つかわしく、美しい石板は周囲の石膏とともにガラスのように砕け散った。歩み寄った私はふたたび石を握りしめると、今度は腕を振りかぶって、とどめを刺すかのように何度も何度も殴りつけ、細工された壁石が原型を留めなくなるまで破壊を続けた。そしてそれだけではない——壁石がひとつだけくり抜けているのは不自然だと気づいた私は、さらなる暴挙を企てたのである。さすがに頑丈にできていた壁もしょせんは四千年の時を閲《けみ》した石膏細工、私が遺跡の外から持ってきた一抱えもある岩の連撃であえなく倒壊した。

雨音の中、何者かの残忍な笑い声が響いていた。それは、私が無抵抗な過去と理性の壁に一撃を加えるたびに雄叫びをあげ、破壊と狂気の喜びに息を荒らげた。

天が涕泣していたが、私は慰めることはしなかった。瓦礫の山に座り込んで一息つき、あの不気味な笑い声が己自身のものだと気づいて、歪んだ微笑みを浮かべただけだった。石板と異質な石膏の破片はすべて拾い集め、後で道すがら捨てていくためにポケットに落とした。さらにイラクリオンで買った煙草を数本たてつづけに吸うと、吸殻をあちこちにばらまき、まだ半分ほど満たされたままのワインの瓶を大きく崩れた壁面に叩きつけて割った。砂塵に汚れた指を喉に突っ込み、ほとんど消化しきった夕食を嘔吐した。最後の詰めは、手近の石柱への放尿だった。

壁に細工があったというすべての証拠を消したこと、そして己と結びつくような遺留品もないことを確認した後、私は骨の髄まで沁み込むような雨に震えながら、滅亡した都市を立ち去った。

後に小耳に挟んだところでは、あの翌朝、一足早く観光に訪れた老夫婦がひどく破壊された壁を発見して、それを係員に報告、通報を受けて駆けつけた警察、観光局ともどもの調査によって、私の暴行は酔った浮浪者の祝宴の結果だと断定されたそうだ。

私はその頃、アテネ行きの小型飛行機の座席でぐっすりと眠っていた。


さて、私のそれからの数年間が、いかなるものであったか——。図面の謎を解き、古代の秘密の新たなる発見者として祭り上げられ、考古学の歴史に残る英雄となったか？　あのハインリッヒ・シュリーマンやアーサー・エヴァンズ卿のように？

いや。

私はいっそう勉学に勤しみ、励みまた勤しんだ。トロイア戦争の時代推定やアルゴ号伝説の起源の研究を投げ捨てて、ひたすらクレタの歴史と風俗、伝説と宗教についての文献を貪ったのである。エヴァンズの『ミノスの宮殿』、ペンドゥルベリーの『クレタの考古学』などの、すでに吸収していた古書をふたたび読みふける私の鬼気せまる姿には、あらゆる分野の希代の芸術家たちでさえ戦慄と恐懼を覚えずにはいられなかっただろう。

あの図面の複写は、わざわざそのために購入した金庫にしまいこんだ。あの夜、二度目の帰り道で二つ折りにしてポケットに突っ込み、ずっと開けなかった一枚の紙切れ。四季がめぐり、やがて修士論文を書き始めるころになっても、私はそれを研究するどころか手を触れることさえしなかった。

なぜって？——現在解明されているすべての知識や情報を理解し終えてからでなくては、それを自分のものにすることはできないし、研究する資格も謎を解き明かす力もないと思ったからである。

ふふん、ここまできて強がることもないか。いいだろう。素直に白状しよう。

私は怖かったのだ。偉大なる発見だとばかり思っていたあの見取り図が、実は何の意味も持たない落書きだったとしたら？　全国の公共施設のトイレやシャワー・ルームの壁に彫りつけてある類のものだったとしたら？　ああ、恋に落ちた者を除いて他に、いったい誰が、裏切りを恐れることなく未知の存在に期待を抱けるというのだ。

まあ、心配のしすぎだったことは確かだ。事実に向き合えない臆病者の根性無しだったことも認めよう。しかし、仕方あるまい？　事に及んだあのときは一分の隙もなく思えた名案に、根本的なミスがあったことが判明してしまったのだから。

すなわち、私は独占欲に狂ってすべてを壊してしまった。もしも図面が正確なものだったとしても、そのうえ、世界を震撼させるような重大な秘密を発見したとしても、いまさらそれをどうやって発表するのだ？　ご安心ください皆さん、証拠はすべて入念に隠滅しました、とでも？

つまるところ、可能性は三つあった。ひとつは見取り図がまったくのデタラメで、無意味で無価値で、私は失望によって発狂してしまうというもの。ひとつは、見取り図には大変な考古学的価値があり、その原本を破壊し、堂々と発表できなくしたことへの後悔で、私は発狂してしまうというもの。もうひとつは、図面にはやはり恐るべき秘密が隠されているのだが、謎を解明する最終的な手掛かりは、実は壊してしまった原本の裏面に記されており、私は絶望によって発狂してしまうというもの。

夢の列車の旅は、思わぬ形で佳境に入ってしまったのである。トンネル内の崩れた壁面にきらめくものを発見した運転手は、ブレーキを引き絞って急停車。落盤の危険があるからと偽って乗客と車掌を追い出した彼は、一人残って悩み抜く。あの輝きは金鉱か？　それとも黄鉄鉱《パイライト》——愚者の黄金か？　真っ暗なトンネルへ踏み出して確かめるのは怖い。それに、たとえ本物の黄金だとしても、嘘をついて仕事を放棄した以上、もはやシュリーマン駅へ向かうことは許されない……。

私は勝利と敗北との、そして栄光と罪とのジレンマに苛まれただけでなく、ついには神経衰弱におちいった。さしもの逃避癖も、この時期だけは追いつけなかった。始終独り言をつぶやくようになり、恥ずかしい話だが、部屋の隅ではポルノ雑誌の山がどんどん高くなっていった。トマス・ブルフィンチの稚拙な著書をぼんやり読みながら、北欧神話や東方神話に思いを馳せた。

ほかに何か趣味のようなものでも持っていたら、そのような状態にはならなかっただろう。いや、その趣味が絵画だったならば、私は二十世紀のヴァン・ゴッホ、音楽だったなら転生したシューベルトとして名を馳せていただろう。切手収集が趣味だったなら、一ヵ月でニューヨークの町の半分が古切手で埋まっていただろう（どうやら私は、父の誇張癖をみごとに継いでしまったようだ）。だが、私の青春の過程にはギリシア神話しか存在しなかったし、だからといって現実に天馬《ペガソス》にまたがり大空高く逃避できるはずもなかった。普通ならば友人や恋人や家族が寄り集まって支えてくれるのだろうが、私の人生には、助けを求められるような信頼できる人物は誰一人として現れたことはなかった。

人間というのはつくづく自分本位な生き物である。図面の複写を掲げて天に咆哮したあのとき、私は己の名声が歴史に刻まれることを願い、この新発見の研究と解明のために、己自身も永遠に生きていたいと痛切に望んだ。しかしこの頃の私は、自分が永遠の存在になれなかったことにすっかり意気消沈し、早く世界が滅びてしまえばいいんだ、なんだよ、また一晩無事だったのかと、なんともテロリストじみた台詞を、毎朝必ず鏡に向かって口走るようになっていた。

修士号を得て大学院に進んでからも、私は金庫を開けてその中身を確認するどころか、金庫そのものを見ようとさえしなかった。運転手はとうとう、車輛をトンネルへ残したまま逃げ出したのだ。苦悩は蛆虫のごとく心を内側から蝕み、葛藤は理性の壁に蔦のように絡みついて振り払えなかった。

この時期から盛んに呼びかけられるようになったヴェトナム反戦運動への参加も、私には何ら刺激を与えることはなかった。未来ある若者たちがアメリカの名誉に泥を塗るよう強要されていることについても、多少の憤慨は抱きこそすれ、己の身を呈してデモに加わるようなことはなかった。私はそれまでの生涯を通じて、政治や国の動向にはまったく関心を覚えずにきたし、ジョンソンやニクソンがどんな人間であろうといっこうにかまわなかった。なにせ私は、ケネディ大統領の暗殺を二日後に知ったほどの世捨て人なのだ。オズワルド？　誰だい、それは！

こんな人間は、軽蔑されてしかるべきだと思う。愛国心に満ちた同世代の若者たちの代わりに、硝煙と死臭の溶け込んだ熱帯の泥濘の中でのたれ死んでいるべきだったのかもしれない。そうすれば少なくとも、途方もない絶望から逃れることはできただろうし。

しかし私には、火事場の中に踏み込む度胸はあっても、重大な物事にケリをつけるだけの勇気が備わっていなかった。ときには自棄を選ぶことが最良の結果を生むとわかっているのに。それは、黒死病《ペスト》にかかった赤ん坊を持った母親の心境と似たようなものだろうか。近づいて抱きしめてやりたいが、自分の命が危ない。愛してはいるが、いっそのこといなくなってくれればいいのに……。しかし、私の崩壊寸前の精神を嘲弄するがごとく、金庫は遺物の遺物を内に秘めたまま部屋の隅にじっとたたずんで、毎日毎晩、私の一挙一動を無言で見つめていた。

私はごちゃごちゃに分裂した頭のかけらを紛失しないようにと心掛け、数年前に放り出した研究を再びデスクのうえに広げて、際限なく鬱積していく膨大なストレスを論文のなかに吐き出した。とにかく、クレタ島以外の内容ならば何でもよかった。

立て続けに書いたそれらのうちのひとつ、『古代文明における、空想獣の形態および性質の比較。その共通性の解析』が、考古学科の教授たちのあいだでちょっとした話題となり、攻撃的で斬新、我が大学の新しい時代を担う論文であるとの評価を受けた。

それは長ったらしい表題のとおり、西洋と中国に共通する龍、地中海と日本列島に共通する多頭の大蛇、また世界中の古代文明に共通する半人半獣の伝説の起源を論じたものだった。すなわち、イメージというものは実物との接触から生まれるものであるからして、恐竜や猛獣に怯えて生存していた小型の四足獣だった時代から、人類はその合成怪獣たちの存在を脳に描き出していたのではないか——と、まあ、根拠や立証にはほど遠い、軽佻浮薄な夢物語でしかなかった。まったく、今こうして語っていても恥ずかしいが、二十代前半の当時は、それでも一生懸命だったのだ。

ところが、そんな素っ頓狂な感性を好む、素っ頓狂な男がいた。古代生物学教授フレッド・ケラーマン——彼は入学当時から私に目をかけていてくれただけでなく、この出来損ないの論文を巧みな話術で同僚たちに売り込んだ張本人であり、私が卒業後に非常勤講師として学内に職を得られるよう、学長に推薦してくれた恩師である（変わり者だった。彼のことは後で述べよう）。

けれどそんな一連の栄誉は私が望んで得たものではなく、ただ付随した幸運にすぎなかった。私の論文作成の目的は学究とは別にあり、もはや心臓の鼓動と同じく、生きつづけるために不可欠のものとなっていた。そんな多産な活動によって、専任講師となり、やがて助教授へと昇格するころには、ようやくストレスの溶岩が枯渇したのか心労にも慣れ、相変わらずの逃避好きな人間に戻ることができた。

しかし、それは同時に、過去の復活も意味した。双眸ではトロイア陥落の挿絵を見つめつつも、私の心は、部屋の片隅で埃に埋もれている金庫の周囲を生霊のように漂っていた。

三

私の金庫の扉を開いたのは、一九七六年——私はこのとき、早くも一介の教授となっていた——に我が大学に移ってきた、もとオックスフォード大学助教授が口にした、絶対的効力を秘めた魔法の呪文であった。しかしそれは、「一緒にクレタの謎を解き明かしませんか？」でもなく「あなたは歴史の空白の鍵を握っているのですよ？」でもなく「どうか、勇気を出して」でもなかった。もちろん「開けゴマ《オープン・セサミ》！」でもない。

それはただ一言、「愛してる《アイ・ラヴ・ユー》」。奇跡を起こし運命を変える究極の言葉とは、いつの時代においてもこれに尽きる。その助教授は、黴臭い研究室にとじこもって虫に喰われた書物に囲まれているよりも、南国の砂浜で若い男どもの視線にさらされているほうが似合う、実に快活で官能的な女性だったのである。

こんな手放しの称賛は決して、恋に溺れた私だけのものではないはずだ。彼女は本当に、本当に美しかった。生命力あふれる肢体の動きは優雅で華麗で、彫りの深い古風な面立ちは天性の陽気さと奔放さに裏打ちされ、映画史に名を輝かせるどんな歴代の女優でさえ我が物にすることができなかった爽やかな笑顔が、何にも増して魅力的だった。名門に属していただけあって、実力もあった。想像力と洞察力と分析力、研究意欲、知識と直感、学徒たるに相応しい資質すべてをそなえて……

ああ、くそ。白状しよう。

ある者はキューピッドの矢で殺され、ある者は罠にかかる。一目惚れだった。恋は眼でなく心でするものではあるが、眼というやつは心の窓なのだ。階段を駆け降りながら分厚い本を読み、なおかつハンバーガーをぱくついている彼女の離れ業を見たとき、私はエロスの矢に射られた。これはまさに恍惚の恋だと。

彼女の身の上は、噂によって流れてきた。ジェニファー・ウッズ。ネヴァダ州出身。裕福な家柄に生まれ、早くから高等教育を受けるが、地元民であるインディアンの末裔たちとの交流をきっかけに、自らの進むべき道を定める。両親の頑な反対を押し切り、イギリス留学。オックスフォードを卒業後、同校大学院に進み、文化人類学を選考。古代民族文化の比較研究に打ち込み、教職に就いてからもその探究に余念がない。三ヵ月前、両親がともに自動車事故で死去。それを期に故国へ戻ることを決心し、学会の古株の紹介を得てこの大学へ到る……等。

彼女には『エル・ドラドの滅亡』という著作があった。例によって人付き合いの苦手な私は、その文章から人間像を知ろうと思いつき、学長を通じてその本を借りた。それは児童を対象とした簡単明瞭な文体で書かれていたが、読みはじめた私はたちまち、アンデス文明の不思議に心を奪われた。

十六世紀まで生き残ったものの、ピサロ率いるスペイン人に滅ぼされた古代インカ帝国の悲劇の歴史絵巻。現在もペルーの海岸に連なる、巨大ピラミッドが風化した成れの果てである山々と、不毛の砂漠の中心で不自然にものどやかに咲き乱れる〈ロマスの花園〉の写真。地球の裏側に位置するエジプトのそれとまったく同じに見える、驚くべきほど精巧な建築技術。文字を持たず、車輪を発明できず、それでいながら頭蓋骨の外科手術までおこなうほどの知恵を持っていた人々。あまりに豊かだったために貨幣にさえ使われず、それだけで神殿全体を飾れたほどの莫大な量の黄金――。事実を客観的に語ることで、より衝撃を高める優れた技巧に感心しただけでなく、その本の後書きを読んだことで、私は彼女に好感を持った。

「首狩りという風習をもっていた彼ら古代人と、財宝に目がくらんで彼らを滅ぼした私たち現代人――いったいどちらが野蛮で残酷なのでしょうか？　私には、答えはわかりません。しかし、黄金を太陽の汗、白銀を月の涙と表現していた彼らの心を繊細だと感じるとき、私には歴史から切り離されていた――つまりは人類の本質をそのまま維持していた――インカの人々の魂が、決して邪悪なものではなかったはずだと思えてならないのです」

ジェニーは人類学部に籍を置いたが、その研究内容のために人類学部と史学部との間をひんぱんに行き来することとなった。用事がないのか、用事がありすぎるのか、彼女はいつも廊下をうろうろしており、私ともたびたびすれ違っては、朗らかな挨拶と惜しみない笑顔をくれた。半月も過ぎるころには、私は彼女と会うのが楽しみで大学へ通うようになっていた。

やがて彼女は古代生物学にも興味を持ちはじめ、古生学科の資料室で何やら考え込んでいることが多くなった。私には、その原因がわかっていた。先にちらりと紹介した、私の恩師にして初めての友人と呼べるフレッド・ケラーマン教授に、古代の植生と古代人の食生活には深い関係があるとかなんとか言いくるめられたのだ。フレッドは並ぶ者のない弁論家で、相手の思想を自由に操作する天賦の才能を持つ男だった。ジェニーはそんな彼の術中にまんまと落ちて、自発的であることを露ほども疑わずにその部屋を訪れることとなり、最終的に、同じくその部屋をよく利用するフレッド――実際、彼以外の人間が立ち入ることはめったになかった――と、誰よりも先に親しくなった。シダの化石や動物たちの骸骨、ホルマリン漬けの爬虫類に囲まれると、人は無性に誰かと話したくなるものなのだ。

ああ、気のよいフレッド。お節介なフレッド。私がジェニーの著作を心から称賛し、暇さえあれば読み返していることを、こともあろうに著者本人に伝えてくれた男。ある日、廊下でばったり出くわしたジェニーは、いつもの挨拶に加えて「ありがとう」と囁き、はにかんだ少女のような笑みで私の心臓を殴打したのだ。わけもわからず「どういたしまして」と口走り、その場から早足で逃げ去った私に、曲がり角の向こうで待ち構えていたフレッドはしゃあしゃあと言ってのけた。「まったく、照れ屋も度が過ぎると侮辱罪に近いな」と。

しかし、それ以来、ジェニーは私の研究室によく顔を出すようになった。フレッドとジェニーの熱心な誘いを断りきれず、私は古生学科資料室で密かにコーヒーを飲むことを日課に加えた。もちろん、自分の研究室で自由に飲み食いできるのだが、あえて飲食禁止のルールに違反することで、私たち三人は共通の秘密を持つ悪童仲間のように奇妙な絆で結ばれたのだ。

学者という人種は、学生時代に必ずシェイクスピア戯曲の暗記を強要された経験を持つ。私たち三人はコーヒーをすすりながら、この文豪の名句でいつも遊んでいた。会えば必ず洒落合戦が始まる。まさに言葉の大宴会だった。

ところが、人を招いておきながら、当のフレッドはごく稀にしか現れなくなり、私とジェニーは密室のなか、二人きりで時間を重ねることが多くなった。後に私たちは、それこそがフレッドの真の目論見だったと気づき、苦笑いをしたものだ。女性に免疫のない男が、色気たっぷりの女性とともに隔離されたらどうなるか、あの偏屈爺さんにはちゃんと予想がついていたのだ……。

衣服には人柄が滲み出る。ジェニーはいつも、彼女の性格そのもののような軽装だった。二十九歳なら当たり前と言ってしまえばそれまでだが、彼女はいつも若々しさに輝いており、学生たちと見分けがつかぬほどだった。そう、私を旅に誘ってくれたあの夏の日も、彼女はさらさらしたブロンドの髪を赤いバンダナで無造作に束ね、白いデニム・シャツにブルー・ジーンズといった快活な風体で私の研究室にのりこみ、デスクに両手をついて言ったのだ。

「たしか教授は、あたしの本を気に入ってくれていましたよね」

「ああ。文章は見事だし、内容も素晴らしい。読んだ少年たちは残らず、古代文明のロマンに夢馳せると思うよ。不思議な、想像を絶する不思議な話だからね」

「あいかわらず、堅っ苦しいほめ言葉をどうもありがとう。あら、『オセロー』ね？」

「気づいてくれてどうもありがとう」

「不思議なのは当然。あたしの生涯の課題ですから。でも、『お気に召すまま』ならもっと嬉しかったな」

「こいつは失礼。ああ、不思議、不思議、不思議すぎるほどの不思議！」

「どうも。ところで、もうすぐ夏のお休みね。山はお好きですか？」

山は好きか？　古本に住むシラミの私だったが、ぐっと顔を寄せたジェニーの真夏の太陽のような笑顔に気圧されて——そして、屈み込んだ彼女の胸元からのぞくブラのレースに放心して——思わずうなずいた。うなずいてしまった。熟練セールスマンも脱帽の、あまりにあっさりした誘い口だったため、私は会話全体に仕掛けられた巧妙な罠に気づかなかったのだ。

私にとって初めてのデート。私にとって初めての、女性と二人きりの旅行。しかし目的地を聞いた私は、その最大の幸福を得るかどうかについて、数日間悩み込まずにはいられなかった。カナディアン・ロッキーの絶壁ではなかったが、お話にならないという点では同じようなもの。そう、まがりなりにも知能職に就く身なのだから、「あたしの本」という一言から、その行く先を予想してしかるべきだったのだ。

結局、私は行った。アンデスの山奥、標高二〇六〇メートルもの断崖に、今にも崩れ落ちんばかりにちょこんと乗せられたインカ帝国の空中都市マチュ・ピチュへ。

ペルーの首都リマから旧都クスコまで飛び、飛行機から降り立つなり標高差による頭痛に苦しんだが、そんな苦難はまだ序の口だった。約四時間の高山列車の旅を経てふらふらになった後、ようやくマチュ・ピチュ駅へ到着してみれば、観光用バスが走っているはずのハイラム・ビンガム道路は舗装工事で封鎖中。ジェニーは遺跡発見者のビンガムの足跡をたどるべく、徒歩二時間の急斜面を元気一杯に登り出し、ぐったりした私は聖地を犯されることに怒り狂った突風にあおられつつ手を引かれていった。膝をすりむき、ふくらはぎはこむら返りをおこし、散々な思いをしてようやく断崖の上に立ったものの、私は軽い高山病で呼吸がおぼつかず、最後の最後まで高所恐怖症だと白状する余裕もなかった。

確実に寿命の縮んだ——しかしその犠牲に見合う新鮮な体験をきっかけに、彼女に誘われて世界各地の辺境にある古代遺跡を探索して回るのが、私の休暇の過ごし方となった。そんな土地には、フレッドが涎を垂らさずにはいられない珍妙な生物も数多く生息していた。私たち三人は休みの時期がくるたびに、簡単に目的地を告げては互いを連れ出した。私を誘いにくるのは、いつもジェニーだった。

「動物は好き？」南米の鬱蒼としたジャングルでは、蔦に覆われた寺院を出たとたんに、雲のようなマラリア蚊の大群に襲われた。「動物はまだ好き？」イースター島では、例の奇怪な巨像を見上げながら性根の悪い海鳥たちにつつかれ、ガラパゴス島では重さを計ろうと無茶を言いだしたフレッドに付き合ってゾウガメを持ち上げ、腰を痛めた。「動物はいいかげん嫌いでしょ」大量の古文書が隠されていたという莫高窟《ばっこうくつ》を見学した敦煌では、蛇の干物のはいった酒を無理やり飲まされた。

ああ、学長のように、自分の専門分野からはずれているなどと指摘しないでもらいたい。列車を放棄した運転手の第二の人生は、このように別の鉄道会社で開けていったのだから……。

その辺鄙な目的地ゆえに、旅には常に過酷さがつきまとった。雷鳴の轟きが幾重にも連なる熱帯の嵐のなか、私たちは避難所も見つからぬまま、樹木の枝先から流れ落ちる雨水にしとどに濡れそぼった。ぎらぎらと下劣に哄笑する凶暴な太陽の下、焼けた砂に靴底までも溶かされて、私たちは砂漠の真ん中で互いの足に包帯を巻いた。人の住まぬ太平洋の孤島で、手でかき分けるのも無理なほどの濃霧に立ち往生した。氷に覆われた鍾乳洞に深入りしすぎて、出口を見失って凍えきったこともあった。

しかし、心がはずめば一日中でも歩ける。私はいつも楽しくてたまらなかった。世界のどこにいても、ジェニーは枝葉に散りばめられた朝霧の名残を指さし、昇りはじめた太陽に触れられたそれらが、金剛石《ダイヤモンド》のごとく万色にきらめくさまを私に見せてそっと囁くのだ。いつも隣にはジェニーがいて、ほら、あの枝の虹色の鳥が見える？　あ、あの派手なカエル！　などと、初めて動物園を訪問した子供のようにはしゃぎながら、南国の海のような碧い瞳を私に向けて笑い、やがて急におとなしくなって小さくつぶやくのだ。「大自然て面白いね、生きてるって素敵ね」と——。

私の記憶しているかぎり、アマゾンの密林で苔むした倒木の肌をそそくさと歩いていた大ヤスデを見たときにも、彼女はそう言った。私は確かに、生命の神秘にいたく感動する彼女の心は理解できたが、同じように感じることはとてもできなかった。草原いっぱいに咲き乱れたタンポポの種子たちが、舞い上がる雪のように青空へ旅立っていく光景はまだしも、インドの日だまりで鎌首をもたげてシューッと威嚇音を発するコブラには、ただ恐怖しか感じなかった。

ギザの三大ピラミッドを訪れるおり、私の後輩であり、エジプト歴史考古学を選考するヘンリー・グリーンが熱心な興味を示してパーティーに加わり、それ以来、探検隊――私たちはそう自称していた――のレギュラー・メンバーは定着した。そのころには、大使館を通して実にうまく、なおかつ合法的に調査許可を得る方法にも熟達していた。最低でも、年に三回は旅をしていた。考古学者と文化人類学者と生物学者がチームを組めば、当然、調査地も増える。

とは言え、誤解なきよう。研究費を無駄に使って物見遊山をくり返していたわけではない。私はシャンゼリゼを歩いたことさえない。誰もが「それは食べ物？」と聞き返すような場所ばかりを旅し、ときには学会が総立ちで喝采するような発見をし、私たちはいつの間にか本物の探検家としての高い名声を得るようになっていた。それはジェニーの行動力とフレッドの外交術の賜物であったし、アイオワ―ギリシア間の路線ではなかったものの、ふと気がつけば、列車は少年時代の夢の駅へとたどり着いていたのである。私は偉大ではないにしても、話題をさらう著名な学者だった。ジェニーは正教授へと昇進した。毎年のように、私たち四人の共著である研究書が出版された。

しかし、どんな偉人であっても名誉を独占することがかなわないのは歴史が証明するとおりだし、これだけ節操もなく幅広く手を広げれば、失敗も否めない。ジャワ島のゲド盆地にある仏教寺院ボロブドゥールでは、無数の人面彫刻の撮影に手をこまねいているあいだに、後からやってきた他の調査隊に新発見の手柄を奪われた。シリア砂漠の王国パルミラでは、かのローマ皇帝マルクス・アウレリアス・アントニヌスの侵略軍をも苦しめたという勇敢なる女王ゼノヴィアの出生を探ったものの、何の手がかりも得られぬまま資金が底を尽き、無念のうちに帰国を余儀なくされた。ジェニーの専売特許であった南アメリカでは、日本人の学者がインカの黄金とシカン文化との関連をつきとめ、私たちはしんみりしたジェニーを励ましつつ研修に向かう羽目になった。モエンジョ・ダロへは行くこともできなかったが、詳しくは語るまい。私、パスポート、スリの単語で充分だ。

あるとき、旅の記念のヴィデオテープを学長に見せたところ、私たちに無断で某テレビ局に送られてしまったことがあった。学者とは思えないジェニーの美貌とヘンリーのクールな容姿が第一の理由だったのだろうが、翌日には自然科学専門の雑誌社やドキュメンタリーを売りとするいくつかのテレビ局から仕事の依頼が殺到し、マスメディアには縁のなかった私たちをひどくうろたえさせた。

けれど、私たちは驚いただけでなく気を良くした。旅費と調査費を稼ぐにはもってこいだと、あるていど名の知れた雑誌社を選び、探検日誌に冒険談を付け加えたもの——誇りにかけて嘘や誇張は書かなかった。私は遺伝病を克服したのだ——を記述して、原稿料と引き換えにしたのである。

余談ではあるが、ここで、私たちの探検が初めてドキュメンタリーとして放映された夜のことを記しておこう。まったく、私のチームメイトの面々を紹介するにはうってつけの思い出であるし、学者がどんな人々なのかを理解してもらうこともできるだろうから。

その記念すべき日、私、ジェニー、フレッド、ヘンリーの四人は視聴覚室に会し、コーヒーを飲んで――高価な機械がひしめくこの部屋は、もちろん飲食禁止である――くだらぬCMを睨《ね》めつけながら、自分たちの番組がはじまるのを今か今かと待ち構えていた。

「みなさん、こんばんは。秋の夜長、どのようにお過ごしのことでしょうか。未知の探求者であるみなさんは、今宵もきっと……」

司会者はエディ・カトラー。真っ暗な博物館のホールに独り、スツールにぽつんと座ってスポットライトを浴びている。彼は私たちに同行したカメラマンで、今回、大抜擢によってその役を得たのだったが、長時間番組のナレーターとしては、そして仰々しい前置きを語るには不相応なほど若すぎた。

「……さて、今夜から三日間にわたって、みなさんをめくるめく神秘の世界へとご案内しましょう。不思議に満ちた古代文明の謎を明らかにすべく、ニューヨーク大学歴史学部調査隊が踏み込んだのは、インドの大遺跡――」

「あの子ったら!」ジェニーの素っ頓狂な声が、大役に緊張を隠せないエディの必死の言葉をかき消した。「あんな言い方じゃ、あたしたちが謎を解きあかすためだけに働いてると誤解されるじゃない！　後でとっちめてやるんだから！」

「いいと思うけど」ヘンリーが首をかしげた。「違うのかい？」

「違うわよ！　あれじゃ、肉を食べるためにフォークを持ちましたって言うのと同じだわ。そうじゃなくて……」

「腹を満たすために、と言うべきだ。つまり、謎の解明が我々の真の目的ではないということだよ」フレッドが、画面に食い入りながら淡々と述べた。自分の姿がなかなか映らないのがもどかしいらしい。「そもそも何のために謎を解くのか、その理由を伝えるのが大切だと言いたいのだろう、ジェニー？」

「さすがご老体、そのとおりよ。あたしたちは自分の探究心のために、莫大な研究費を浪費してるわけじゃないわ」

「よくわからないな。じゃあ、君は何のために文化人類学を学んでいるんだい？」ヘンリーがコーヒーをすすりながら尋ねた。彼はフレッドと違って、ほとんどブラウン管に眼を向けていない。「金と名声のためかな？」

「あなたはそうかもしれないし、それも罪ではないと思う」

痛烈な皮肉だったが、私たちは慣れっこで、ヘンリーは礼儀正しく頭を下げた。ところがいつもと違って、ジェニーは冗談で締めくくりはせず、真剣な熱弁を振るいはじめたのだ。折しも画面では、探検隊の紅一点であるジェニファー・ウッズ教授が紹介されている最中だった。

「みんなも知ってるとおり、あたしは人類学者として、さまざまな時代や異なる環境下での人間の生活を研究しているわ。古代人が残した謎を解き、知識を得ることがあたしの多大な欲求よ。でも、それが真の目的じゃない」

私は思わず身を乗り出した。聞き取りにくかったからではない。そっと眼を閉じ、心の声を聞くかのように語りだしたジェニーが、あまりに美しかったからである。

「そもそも学問の本質とはなにかしら。学ぶ目的とはなにかしら。……あたしはそれが、人間の存在意義そのものを探求することだと思う。すべての学問が最終的に到達するのは、ひとつの問いなのよ。すなわち、人間とは何者か？　哲学や心理学だけじゃない。物理学や数学さえも、宇宙の仕組みを理解することで、宇宙に生まれた人間の存在価値を定義しようとするひとつの手段なのね」

「存在意義の探求？」ヘンリーが首を振った。「そいつは難しすぎる課題じゃないかい？　答えは決して見つからないだろう。人間は思考力の獲得によって、ひとりひとりが違った存在となってしまっている。よって、分類学上で人間を定義することはできても、その存在意義を見いだすことは不可能さ。人間は、食物連鎖から逸脱した宇宙の孤児。僕らに存在価値などないよ」

「でも……それだからこそ、あたしたちは考えて、常に探しつづけていかなければならない。そうじゃない？　だってそうでないと、心が路頭に迷ってしまうから」ジェニーはヘンリーを見つめた。「あなたの言うことは、よくわかる。きっと、生きる理由や存在意義っていうのは、それぞれの個人が自分で見つけ出さなければならないもので、それが人間に生まれた者の悲しい宿命なのね。だから、あたしは学者として、みんなが人生について探求する手助けをしたい。つまり、自分が学んだひとつの分野についての知識を、人々に提供したい。それが、学者としての使命だと思ってる」

「純粋で、素晴らしい意見だ」ようやく映し出された自分の学者然とした姿に満足したのか、フレッドが画面から目を離して顔をめぐらせた。「我々は過剰な研究心のあまり、ついつい社会貢献という学者の本分を忘れがちだ。しかし君は、自分自身の生き方に光を見つけている。見事だよ。もしかしたらそれこそが、君が見つけた君の存在価値なのかもしれない。……まあ、もっとも、私の方法論は君の神経を逆撫でるだろうがね」

「あら、客観的に聞くから大丈夫よ」ジェニーは笑いながら指をポキポキ鳴らした。彼女はカイロで、商店に押し入った三人の拳銃強盗を叩きのめしたことがある。「さあ、どうぞ話して。あなたはどのようにして、自分の存在価値を認め、恐れずに生きているの？」

「ふむ……私とて学者のはしくれ。命懸けで舌を回すとしよう」フレッドは皆の顔を見回してから、咳払いをした。「私はずいぶんと幼いころに昆虫の奇怪さに魅せられ、それ以来、人間がほかの生物とどう異なるのかを知るためにのみ、この人生を費やしてきた。君たちの遺跡調査のお供をするのも、人間の進化の過程をより深く認識できるからだ。ジェニー、君も言ったとおり、動物を研究することは、人間を研究することにもなる。ところがね、私は君と違って、社会をよりよいものに変えることや、理解した事柄を他人にまで理解してもらうことは望んでいない。私はあえて、自分自身の研究にのみ力を注いでいる。なぜなら、私は魂の根底まで学者だからだ」

「わからないわ」ジェニーがつぶやいた。「あなたはそれで満足できるの？　人に伝えなかったら、あなたがせっかく得た知識も概念も死とともに消え失せてしまう。あなたという人間が存在した証拠は残らない。あなたはそれでも怖くないの？」

「ああ、怖くないとも。私は人間という存在の真実を知るために、知恵も、精神も、限界まで自分を高めるつもりだ。それが達成されたとき、私は自分自身を被験者に、私の本質というものを定義できる。すなわち、実験動物ホモ・サピエンス・フレッド・ケラーマンは、ここまで他の動物と違うぞ、私はここまで発達できるのだぞ、とね。私はそうして私の存在価値を見い出し、この世に生きたことを悔やむことなく死んでいける。誰でもいい、その姿を見ている者がいれば、私の存在はひとつの標本として後世へ残るだろうよ」

「生物学者らしい、変わった意見ね。共感はできないけど、殴るのはやめてあげるわ」ジェニーはフレッドらしくもない感情的な熱弁に微笑み、代わってヘンリーに顔を向けた。「あなたはどうなの？」

「どうやら、殴られるのは僕らしいな」ヘンリーもまた、語りはじめる前に一呼吸おいた。どのように表現すべきか迷っているようだった。裏を返せば、それだけ真剣だということだ。「……どうか、学生たちや同僚たちには言わないでほしい。とりわけ学長や学部長にはね。僕は君たちと違って、この職をビジネスとして割り切ってる。もちろん学術的な探究心は大きいし、人類に貢献したいけれど、僕は一人の男として、自分が社会的にどこまで延びることができるかを知りたい。ああ、くそ、そんな顔をされても、言い訳はしませんよ、フレッド。僕は貪欲な人間であり、名声と地位を得るためにこそ学んでいるんです。研究成果がどれだけ人類の未来に役立つかは二の次。論文が認められて業績が上がり、出版した書籍が売れることが第一の望みです」

「それも人間らしい考え方ね」ジェニーは苦々しく微笑んでいたが、そこに侮蔑は込められていなかった。「でも……寂しそう」

「そうかもしれない。僕は名家に生まれたことで、プレッシャーを抱えながら育ってきた。勉学、スポーツ、社交……すべてが完璧であることを暗黙のうちに強要されてきたんだ。僕は、エリートぞろいの家族を見返したい。考古学という貧相な道を選んだ自分自身の価値を、真っ赤なフェラーリとドルの札束で証明したい」

「若者らしい、潔い告白だな」フレッドが頷いて、是認の意を示した。「君の言うことも正しいと思うよ。悲しむべきことに、今日のアメリカは社会的地位が確立されなければまともに生きる自由も得られない国なのだから。ましてや、そういう家庭環境で育ったならば、君の出世願望が強いのも当然だ。それに、私はこう思う。君とて、いずれ学部長なりどこぞの研究所の所長にでもなれば、あくせくする必要もビッグにならねばという強迫観念も失せて、おのずと自分が足を踏み入れた世界に魅力を感じはじめることだろう。そしてその時には、それまで金のために蓄えてきた知識が、君の人生を豊かにしてくれることだろう、とね。責めたり軽蔑したりなど、誰がするものか。動機はどうあれ、これまでの君の業績は立派なものだ。若さというエネルギーがあるうちに、取り敢えずどこまでも突っ走りたまえ」

「どうもありがとう」

ヘンリーの勇気を讃えて、ジェニーとフレッドがそろって拍手をした。何やら、即興の演説会になってきたな、と私が思った途端、ヘンリーが私に振った。

「ランス、あなたはどうなんです？」

「え？　そうだなあ……」私が言葉を切ったのには、ほかの三人とは別の理由があった。「うーん、内緒にしておこう。あまりに崇高な俺の目的意識を聞いて、君たちが足元にひれ伏すといけない。いや、気高さに打たれて卒倒してしまうかも。さて、コーヒーのお代わりはいるかい？」

私は人を笑わせるのが下手だ。自分の汚点をさらけ出したばかりのヘンリーは、その何気ない逃亡策をやすやすと認めてはくれなかった。

「恥ずかしがることはありませんよ。今夜は無礼講です。腹を割って話しましょうよ」

「そうとも」フレッドもうなずく。「ヒトラーは古代遺物の魔力を信じていた。君もその口なんだろう、ランス?」

そんな二人に悪気があったわけではなく、私が心のうちを明かせば、それがどんな内容だろうと受け入れてくれたことは間違いない。しかし、私は頑に拒否しつづけ、それがいっそう秘密めいて、やがてジェニーが画面を指さして二人の好奇心を逸らせてくれるまでとうとう解放されなかった。

私は皆のコーヒーカップを手に、やるせない思いでその場を離れた。ジェニーはまこと愛らしい女性だった。彼女はあの時すでに、黙りこくった私の心中の空白を、そして考古学調査に狂ったように耽溺する理由なき理由を、漠然と察してくれていたのである。

おまえは何か人生観を持っているか、羊飼い?――いや、私には現在の仕事に目的意識がない、ただ子どもじみた偏執の延長であり、君たちと行った熱心な研究活動のすべては、過去の罪からの逃避にすぎない。そんなことは、仲間に言うわけにはいかなかった。まして、たった二人の親友と片思いの恋人には。もちろん彼らは受諾してくれたはずだが、それを口にしたが最後、自分がわあわあと泣きだし、最大の秘密を打ち明けてしまうことは確実だったから。

「ご覧ください、彫像のこの威容を！　私はカメラマンとして、これほど自分の仕事に意義を感じたことはありません！」エディが早口でまくしたてていたが、私には虚ろだった。

あの夜の会話で覚えているのはこれで全部だし、コーヒーのお代わりを配った私が、その後どのような行動を取ったのかも記憶にない。しかし、あのときに感じた途方もない絶望は、いつまでも胸に巣食って私を苛みつづけた
ジェニーの言葉は正しい。人は、生きる意味を常に考えて生きなければ壊れてしまう。けれど人生においては、考えるのがあまりにも苦痛なときもあるのだ。壊れないために、考えることから逃げ出さなければならないときも。

これは、臆病者の言い訳だろうか？


さて、私たちの旅に話を戻そう。

ともかく、そのように報道機関との取引で資金源が確保されたため、旅行の回数は格段に増えた。どこへ行くにも注目を集め、調査結果を発表する手段に困ることはなかった。エディ・カトラー以外の報道陣は邪魔なだけだったが、私たちは彼らを必ず同行させ、ヘンリーの真っ赤なフェラーリのために名前を売ることを心がけた。海外の研究者たちからは、合同調査の提案をひっ

きりなしに持ちかけられた。私たちはその多くを歓迎し、調査を重ねるごとに刺激に慣れ、やがて手さばきが熟練する一方で、純粋な感動を味わう機会を失っていった。そう、人間が陥りがちな「順応＝鈍化」という泥沼にはまってしまったのである。

けれどそんななかでただ一人、ジェニーはどんなつまらない場所を訪れても、大きな瞳を歓喜にキラキラと輝かせて子鹿のように跳ね回った。神話が謳うあらゆる女性たちの魅力を併せ持った彼女の前では、いかなる美辞麗句もたちまち枯渇する。風に波打つ果てもない草原を走る彼女は、駿足の乙女アタランテ。白い浜辺の波打ち際で汗まみれのシャツを洗う彼女は心優しきナウシカア、私は彼女に救われた漂流者オデュッセウスだった。美の女神アプロディテと知恵の女神アテナの血をひく彼女はまた、九人の芸術の女神《ムサイ》にも寵愛される楽人だった。竪琴ではなくアコースティック・ギターの名奏者である彼女は、どんな苛酷な旅行にでも必ず、そのかさばる楽器を背負っていった。

彼女は蔦這う大樹に背もたれ、苔むす岩に腰を下ろし、眼にした光景——それはときに陰惨であり、衰退と滅亡ゆえの空虚に彩られていた——を心の奥に刻み、空と大地の色を胸に焼きつけた。そして神秘に彩られた大自然の宿命と、そこに生きる人々の運命を繊細なメロディに織り上げると、おだやかに弦を爪弾いて大気に乗せた。そんな甘く切ない音楽への感謝と賞讃をあらわすかのように、樹木の精霊《ドリュアス》は彼女の道ゆく道にやわらかな落ち葉を散り敷き、優しい西風《ゼピュロス》も暴力的な北風《ボレアス》も、彼女の髪を敬意をこめて慰撫するのだった。

彼女はいつも、天性の明朗さと豪胆さを生かして、その土地の住民と交流を深めていた。名も知れぬインディオの子供たちと無邪気に戯れ、アイルランドの石造りの酒場で大男たちと飲み競べ、モンゴルの大草原で焚き火を囲んで踊り、いつもギターを陽気にかき鳴らしたあの数知れぬ日々、いつも別れ際に彼女が浮かべたのは、はちきれんばかりの笑顔と綺麗にすきとおった涙だった。

ひとつの火は、ほかの火を消し尽くす。私はそんな彼女に、今まで盲目のまま執拗に追いつづけてきた考古学をも圧倒する魅力を感じ、トントンと軽やかに古びた吊り橋をわたり、顔を洗おうとした川面から鰐がぬっと現れたことに大笑いする彼女をいつも見つめつづけた。

見つめていれば、私もいつか変われるような気がしたから……。


私が彼女に対して、友情を越えた愛をはっきりと伝えることができたのは、偉大なるナイルの源流を探索する旅の最中だった。

メンフィスを発った私たち一行は、ナセル湖のアスワン・ハイダムを過ぎ、白ナイル——すなわち、アフリカ中央部から発する流れをさかのぼった。ヘンリーが古代エジプトにおける半農半牧の地方人《サイーディアン》の生活地について知りたがり、フレッドがプロトプテルスなんたらかんたら（鰻に似た肺魚）や、終着地のヴィクトリア湖に生息するシクリッド（これは淡水性熱帯魚の一属らしい。姿は知らないが）の生態調査を望んだからである。

私たちは空路や航路をさけ、あえてキャラヴァンを組織して踏破に臨んだ。メンフィスで安く購入した日用品を途中の町々で売りながら、食料や水を確保するのだ。しかし、そこに無知ゆえの油断があった。

旅を始めて一週間後、駱駝が次々と死にはじめた。おそらく、購入したときから病気にかかっていたのだろうが、生きながらに腐っていくその死に様はなんとも不気味で、吐き気をもよおさせるものだった。私たちはその不吉な予兆をかたくなに無視してさらに南下を続けたが、ついに犠牲者を出すにいたって、エジプトが何故に謎を秘め隠す呪いの地と呼ばれるのかを初めて思い知ることとなった。それまで不死身の肉体と不屈の精神を自慢にしてきたジェニーが、踏んづけたちっぽけな蛇に咬まれてあっけなく倒れてしまったのである。

だが、そのとき、活字のなかの疑似体験では世界一の英雄ランス・ドノヴァンがその場にいた。私は幼いころに読んだ冒険小説の主人公がやっていたのを懸命に思い出しながら、彼女の大腿をベルトで縛り、ナイフで咬み跡を十字に切開し、すでにどす黒く腫れ上がっているふくら脛から毒と血を吸い出したのだ。ジェニーは苦鳴ひとつあげず、ただ歯を食いしばって耐えていた。それどころか、自分でパックリと切り開いた傷の処理がわからずうろたえている私に、いろいろと指示してくれた。強い女性だった。

　礼を言うなり気絶した彼女は、それから五日間、意識が朦朧とした状態のまま寝込み、ときには四十度を越す高熱にひどく苦しんだ。泡を吹き、白目を剥いてもだえる姿を見下ろしたとき、私は本当に大切なものを失いかけていることに気づいた。私は不眠不休で彼女の手を握りながら、「大丈夫だよ、助かるよ」と囁き続けた。彼女の死体袋と一緒に帰国するのは耐えられなかった。

　そんな私の身を切るような祈りが通じたのかどうだろうか、ジェニーは助かった。死の呪いが解除されたとでも言うように、あっさりと熱が下がったのである。偉大なるアヌビス神の寛大な処置に、私は今でも深く感謝している。

　ようやくテントから這いだした彼女に探検隊一同は拍手喝采し、貴重な飲料水で祝杯をあげた。旅の続行は断念せざるをえなかったものの、私たちはまるで世紀の大発見をなし遂げたかのように騒ぎまくった。私は勝利の笑顔を太陽《ラー》に捧げた。しかし喜びはつかのま、医師のモートンが言うには――

「解毒剤はひとそろい持ってたのに」

　機転を利かせてジェニーの命を救ったと内心誇りに思っていた私は、呆れたようなモートンの苦笑にひどく傷ついた。彼の診断によると、ジェニーの発熱の原因は切り裂いた傷口からの感染症だった。しょせん、疑似体験は疑似体験。私は唇についていた悪辣な黴菌で彼女を殺すところだったのだ。しかしジェニーはといえば、小さく首を振って、いきなり私の首に腕を回してキスをしてくれた（白状すると、それが私のファースト・キスだった）。彼女は子を見守る母犬のようなあの優しい瞳で私に微笑むと、くるりと踵を返すなり、獲物を石に変える伝説のバジリスクに似た形相で医師を睨みつけた。

「この先あたしが毒にやられても、血清はいらないわ。この人がいてくれるもの。医術なんか犬に喰わせろよ」

ジェニーが健康を取り戻すのを助けながらのろのろとメンフィスへ戻った私たちは、残った旅の資金を功労賞として彼女にプレゼントすることにした。アフリカ大陸のどこでも望む地を訪れても良いと、彼女に許可したのである。そして私たちは、その軽率な配慮を心底後悔することとなった。あんな思いをしたのだ、「すぐにアメリカへ帰りたいわ」と言うと思いきや、人類学者の彼女が選んだのは、最初の目的地よりもさらに南方、リアサ湖から発するルヴマ川流域に住むマコンデ族とやらの集落だった。雑学家のフレッドがその名を聞いたときに泣きだしそうな顔をした理由は、到着するまで分からずじまいだった。

涸れはてた大地とツェツェバエには辟易していたので、私たちは無難にモザンビークまで空路をとった。そこから北上した私たちは、ジェニーに連れられるまま川沿いの台地を探索して二日後に村落を見つけ、その部族と対面したのだが、彼らの顔面を覆う青い幾何学模様の入れ墨にはギョッと眼を剝かずにはいられず、さらに彼らが今世紀初頭まで人食いの風習を持っていた首狩り族だと聞いて、フレッドが動揺したわけをようやく知った。折しも、時刻は昼食の直前で、私たち自身も腹が減りはじめていたころだった。

私たちは村の中央の広場に羊のごとく寄り集まり、村人を刺激しないように、しかし眼だけはキョロキョロと近くの茂みまでの距離を計っていたのだが、ジェニーは単身、滑稽な身振り手振りだけで、残忍な面相の村人たちと対話を試みた。老人たちの大半は、ヤスリで鋭く尖らせた歯――明らかに人肉食を体験した印である――を剝き出して警戒と威嚇をしめしたが、我らが不死身のジェニーはといえば恐れる風もなく、現代アメリカ女性の秘密兵器である真っ白な歯並びを輝かせて反撃した。そんな豪胆な態度がいたく気に入ったのか、それとも素っ裸の子供たちがジェニーの長い足にわらわらと群がったからか、老人たちはアメリカ女の理解不能の質問すべてに対し、親切で翻訳不可能な返答をしてくれた。しまいには私たちに食事――まさか人肉ではなかろう。ああ、そうとも、味からして鶏肉だったはずだ――をふるまい、抽象的にねじくれたマコンデ彫刻を山ほど土産に持たせてくれた。奇怪で不気味な彫像だったが、その完成度は素晴らしく芸術的で、ジェニーは、これこそがパブロ・ピカソに影響を与えた黒人芸術の粋なのよと私たちに説明してくれた。その貴重品をもらった礼にと、彼女が夕暮れまでギターをかき鳴らしたのは言うまでもない。

さて、そんな破天荒な旅を重ねつつ、私たちの冒険行は、ティグリス、ユーフラテスという二つの大河に挟まれた文明の跡地を訪問したことで一段落を迎えた。なぜなら、このバビロニアとメソポタミアを征服地に加えたことで、私たちが己の手で再調査すべきだと判断した古代文明跡地は、世界中のどこにも存在しなくなったからだ。その数、四十二箇所。わずか三年あまりで駆けめぐれるとは、我々の祖先が残した思い出の品はなんと少ないのだろう！

しかも、新発見の可能性のあるすべての地を網羅したというのは嘘になるだろう。ただ私の反対だけを理由に、まったく足を向けていない偉大な土地があったのだから。

ギリシア。そしてクレタ島。だまし絵のごとく複雑に入り組んだバビロンの遺跡は、クノッソスの宮殿に惑わされた私の記憶を鋭くえぐり、私の考古学者としての本分のことを、かの地に眠る謎のことを否応なしに思い出させたのだった。

帰国した私たちを迎えたのは、ついに我慢の糸の切れた学長の罵声だった。首を切るぞと脅されては致し方なく、私たちはしおらしくも、半年ほどニューヨークを一歩も出なかった。しかし、いまさら本気で根を下ろすほど従順なはずもなく、退屈に退屈が重なって反逆心のピラミッドが完成しようとする頃、とうとう旅慣れた生活習慣を抑えきれなくなったのか、フレッドが気分転換をしたいと言いだした。例によって、残業の合間に古生学科資料室にたむろしていたときのことである。

「君を大切にするよ。あそこの神聖な月にかけて私は誓う」

「ありがとう。よい男に愛されたことを、断食してでも神に感謝するつもりよ」

私とジェニーが開け放った窓辺で愛を囁きあっていると、我らがフレッドが現れた。

「夜の恋人たちの言葉は、なんと澄みきって甘く聞こえることだろう。しかし、恋を語るのなら小声で話しなさい。校舎に響きわたってるぞ」

「石の障壁も恋を締め出すことはできない」私はやり返した。「それに、私はあまりに淫らなことを言って彼女を誘惑したつもりは決してない」

「放っておきなさいよ。彼は自分が話すのを聞くのが大好きなんだから」ジェニーも冷たい。

「今後も他人同士でありますようにと願っているわ」

「お節介は許してくれ。私の生涯はすでに黄葉の季節に踏み込んでいる。どの老人の目のなかにも、心配が見張りを続けているんだよ」フレッドは優しく笑って、私たち二人の肩に手を回した。「ところで、〈愛を育むなら異国にかぎる〉ぞ、弟子たちよ」

「そんな言葉、あったかしら」

「今のはフレッド・ケラーマンさ」フレッドはウィンクした。「いい言葉だろう?」

あれよあれよという間に、私とジェニーは彼が放つ言葉の糸に絡め取られ、大英博物館での資料収集という名目で英国へ旅立つことになった。学長の血圧は危険値に達しただろうけど、解雇するならしてみろ、業績たっぷりの私たちの行動に難癖つけるなんて、ただ座って踏んぞり返ってるあんな奴には身分不相応だ、くそったれ、禿げ頭、云々――この過激な発言の主は、もちろんジェニーだ。彼女はいつも引用している。私から口の悪さを引いたら、何も残らない。

さて、我々米国人の故郷であるイギリスもまた、数知れぬほどの魅力を抱えた土地である。花と緑とにあふれる庭園と、深い霧の国。伝説の騎士と文学の国。

「大切な用事が山ほどあるんだ。すまないが、君たちは適当に過ごしててくれ」

そっけない言葉を残して姿を消したフレッドの行き先が自然史博物館でないことは、彼が忘れていった市内地図とメモで知れた。ディケンズの家を見学。ポートベローのがらくた市でお土産を買うこと（トイレに飾れる物）。リッツで夕食。ロンドン動物園へ寄付金（動物との養子縁組は娘たちの名前で！）。ティー&コーヒー博物館。ウォーキング・ツアー申し込み先（切り裂きジャックかビートルズ）。S・Rでネクタイ……。さらに、ベイカー・ストリート221B宛ての謎めいた封筒も見つけた。

一方、私とジェニーはそんな彼の好意をありがたく受けて、ソールズベリー平原のとある場所へ出掛けた。そして、恥ずかしながらそこで婚約した。

環状列石《ストーン・ヘンジ》。その奇岩の建造理由や使用目的は、未だに解明されていない。近郊の農民の間では、魔術師マーリンがアーサー王と円卓の騎士たちの記念碑として建てたものだと言い伝えられてきた。近世より以降、天文台だったのではないかという説得力のある説が定着しているが、しかしその夜、私には真の用途がわかったように思えた。——そう、神を思わせる巨岩の環の中央に立ち、星降る夜空に抱かれて手と手を取り合った、私とジェニーだけには。

結局のところ、物事の存在意義というのは人の価値基準によって決まるものなのでは？

四

私とジェニーが結婚したのは、一九八〇年の夏。私は三十七歳で、ジェニーは私より四つ年下だった。思えば初めて出会ったとき、彼女はすでに三十路の一歩手前。どんなに仕事熱心な女でも、そろそろいいかなと結婚を考え始める年頃だったはずだ。――にもかかわらず、彼女はそうしなかった。その気配さえなかった。私が、初めて出会った時から彼女に惹かれていたことはすでに記したと思うが、ずっと独身を守り抜いてきたこと、いつも真っ先に私を旅に誘ってくれていたことを振り返れば、もしかしたら彼女も、同じような思いを私に抱いていてくれたのかもしれない。この人と結婚できたら、どんなにか幸せだろう、と。――おっと、これは勝者の自惚れというものだろうか？

私たちは手に負えないほどのロマンティストだった。入籍はアメリカで行い、式はわざわざスイスのグリンデルワルドで挙げた。アルプスの腕に抱かれた村の、小さな小さな愛らしい教会で。ホテルから二人して婚礼衣装で出掛けたため、近隣の住民や牧童たちだけでなく、世界中から集まった登山家や観光客がぞろぞろとついてきて、誓いの際に立会人を勤めてくれた。私はその日も、ジェニーが敬愛する大自然の美には眼を向けなかった。いや、このときに限ってはあえて向けなかったと言った方が正しい。私にとっては、純白の帽子をかぶった息を呑むような峰々も、色とりどりの花が咲き乱れる淡い緑の高原も、古風なドレスをまとい、手に山百合のブーケを抱え、花びらとライス・シャワーのなかで私にウィンクする新妻の背景でしかなかったのだから。

「誠実な心と心の結婚ね。嬉しくておなかの皮がよじれるほど笑ってしまうわ」

「画中のヴィーナスをはるかに越える美しさ。君を夏の一日と比べようか？　君はさらに美しく、さらに優しい」

結婚生活は平和で、何もかもが満ち足りていた。私たちは高級な住居を求めなかったし、どのみちニューヨークのど真ん中で立派な住まいを構えられるだけのゆとりもなかったので、新居はあいかわらず大学の近くを選び、住み慣れた町の喧騒に心地よさを見出すこととなった。貧乏でも、それに満足している者は金持ちである。

私たちが借りた三階のアパートメントは、寝室とキッチン、居間、バスルームだけという最小限の間取りであったが、二人が生活するにはそれで充分だった。夫婦そろって学者という立場にもかかわらず、書籍の重さで床が抜けることはなく、書斎さえも必要なかった。なにせ、大学までは自転車で二十分の距離なのだ。

これもまた余談になるが、家具をそろえるのが思った以上に楽しかった。私たちの趣味はともに地中海風だったが、ベッドの足の装飾が嫌だ、傘立ての素材が気に食わないなどと、細かいところで意見が対立し、互いに相手を言いくるめるのが新婚当初のゲームとなった。二人とも教師の身であり、フレッドほどではないにしても言葉の扱いには長けていたため、激戦は避けられなかった。

必要なものがそろったらそろったで、今度は安っぽい壁紙が不快になり、大屋に許可をとって三日がかりで家中に砂色のペンキを塗りたくった。むろん次の改装のターゲットは床で、いったんすべての家具を外へ出し、壁と同色の薄い石タイルを敷きつめた。すっかりリフォームした部屋にシンプルな家具や装飾品を並べ終えてみると、これがなかなか素人にしては上出来で、ギリシア調の簡素でごつごつした雰囲気がよく出ていた。

私たちの生活はキャンパス中心だったが、毎朝自転車で一緒にでかけ、講義の合間に語らい、早く帰ったほうが食事をつくって待っていた。休日は外食するというのが、いつの間にか習慣化した。二人だけの食卓は、いつも会話がはずんだ。夜を徹しての大喧嘩もしばしばだったが、フレッドに言わせれば、喧嘩をしない夫婦など他人も同じだそうで、実際、本音で言い争うことは心の絆をいっそう深める行為にほかならなかった。もちろん、紳士的な私は彼女に手を挙げたことはなかったし、そんなことをすれば逆に叩き伏せられていたはずである。

夜の夫婦生活については語るまい。ただ、私は彼女が初めての相手だったし、今になっても彼女以外の女性は知らない。しかし少なくとも、彼女は満足していると言ってくれた。もちろん、私もだ。

ああ、このような幸せが私に訪れようとは。人間嫌いで孤独な私が、こうも変われるとは。言うなれば、気まぐれな運命の女神テュケに嫌われていたところを、その姉妹の堅実なネメシスが救ってくれたというところか。それまで先送りにされてきた幸福は大波のように押し寄せ、再び退いていく気配もなく、これが永遠に続いてくれという私の切実な願いは時の巨神クロノスにも認められているようだった。神話に例えるならば、私はアドメトス——妻アルケスティスの献身によって新たな生を得た、幸福な夫の見本であったろう。史学部の教授会が長引き、夜更けに帰宅してみると、待ちくたびれたジェニーが冷めた料理の並んだテーブルに頬をあずけて眠っている。安らかな寝顔にそっと口づけをし、「ただいま」と囁く。寝ぼけ眼でほほえむ妻の愛らしさに、胸がいっぱいになる……。

シェイクスピアも、たまには勘違いをするようだ。旅は恋人たちの出会いによって終わるわけではなく、ましてや人生はカビの生えた話のように退屈であることは決してない。確かに今の世の中は関節がはずれているかもしれないが、私にとっては素晴らしい新世界だったのだ。

しかし、そんな幸福に影をさし、笑顔を嘲笑うもの。それはトンネルで輝く謎の岩。クローゼットの奥、コートの陰でじっと私を待ちつづける金庫のなかの、一枚の紙切れだった。

これが心の眼を悩ます塵ひとつ。

一九八一年といえば、売れないTV俳優でさえ国を導けることが証明された驚くべき年だが、その晩夏のこと、我がドノヴァン家にも信じがたい事件が起こった。若き日の私を孤独で苦しめたような穏やかな朝——私はジェニーに、過去にクノッソスで犯した過ちを、そして金庫のなかに眠る一枚の図面のことを、涙に咽びながら告白したのだ。きっかけは忘れてしまったが、ごく普通のおはようのキスだったたと思う。

私は自分がどのように語ったか覚えていない。ただ、若かった自分がいかなる欲望に踊らされたか、そしてそれ以来、考古学者としての意義をどれほど見失ってしまったかを奔流のように説明し、己が逃避の反芻をつづけてきた事実を再認識したのである。

「罪悪感は忘れちゃだめ」ジェニーは、早くも白いものが混じりはじめている私の髪をなでながら囁いた。その瞳は、結婚して以来ずっと気になっていた不思議な金庫の秘密を知った満足と、夫の長きにわたる苦悩に対する同情、そして何よりも、私のすべてを受け入れてくれる暖かな愛があった。優しく包み込むような声に、侮蔑や嫌悪、失望の刺は微塵もなかった。「これから、あたしと一緒に研究するの。そして、何かを発見するの。お釣りが残るくらい、その罪を償えるようにね。そうすればきっと、謎が解けるだけじゃなくて、あなたの捜し求めているものが見いだせるはずよ」

「捜し求めているもの？」

「ええ。ずっと追い求めてきたもの。分かるでしょう？」

私たちは、婚約したあの夜のように手を取り合って、クローゼットに向かった。そして二つに折れるその扉を引き、二度の火事と数回の引っ越しのなかで最優先に守り抜いてきた金庫を前に、堅く抱き合った。ジェニーが、私の頬を流れる涙を唇で拭いながら、「愛してる」と囁いてくれた。

金庫のダイヤルの番号は、もはや私自身の誕生日と同じようなものだった。

あの運命の夜から実に十七年後、私は閉ざされていた過去への扉を開け放ったのだ。

耐熱構造、絶対の防犯、あなたの財産を永久に守ります――通信販売の金庫はそんな宣伝文句を謳っていたが、分厚い特殊合金と二重ロックも、時の経過によるじわじわとした酸化だけは防げなかったようだった。ぞっとすることに、取り出した紙はすっかり黄色くなっていたのだ。しかし震える手で広げてみれば、あの懐かしきクノッソスの図面は、ぼんやりと老け込んではいるもののちゃんと残ってくれていた。

「さすがは古代遺物のコピーね。気合が違うわ」ジェニーは私の突拍子もない話を裏付けるその図面ににっこりと微笑みかけたが、一人の学者としての興奮はその瞳にはっきりと現れていた。

呼吸はエロティックなほどに荒く、キッチンの椅子に腰を下ろす動作は、身体障害者のそれのようにぎこちなかった。

大学には、ともに風邪をひいたので休講にすると電話を入れた。私たちはそれから昼食の時間が過ぎるころまで、小さなテーブルに額を寄せ合いながらその見取り図を調べた。私よりもずっと器用な彼女が、その小さな図面を別の用紙に模写しているあいだ、私は資料として持っていた現クノッソス遺跡のパンフレットを広げ、双方を比較した。ひとつひとつの回廊や階段があるていど一致し、また大幅に異なることにたとえようもない歓喜を覚えながら、私は若かりしあの夜のことを鮮明に回想していた。赤ワインの芳醇な香りと、破れたスラックスの中を伝う血のぬくもり、擦りむいた手の鈍痛、透き通るような青白い月光と、服をしとどに濡らす雨――自分の手が無残に崩れた壁に酒瓶を叩きつける場面が浮かぶ前に、私は慌てて現実に引き返した。

「どう?」ジェニーが尋ねてきた。

「ばっちりさ。――ふふ、何を怖がっていたんだろうな。そうさ、あんなにも精密な図面が、ただの落書きであるはずはないんだ」

それは確かに、クノッソスの過去の姿を表していた。それ以上でも、それ以下でもなかった。私を暴挙へ駆り立てた、隠された秘密とやらの手がかりはどこにも見当たらず、私はそのことに微かな失望と深い安堵を覚えた。これは何の変哲もない大発見であった。クノッソスを再修復したり、宮殿の模型を作ったり、クレタに関するあらゆる学術書に図を載せたりすることができるだろうものの、古代文明の秘密までは握っていなかったのだ。この紙の価値が低ければ低いほど、石板を破壊した私の罪も軽くなろうというものだ。

私は顔をあげて微笑みかけたが、ジェニーはなぜか仏頂面のまま、不意に椅子から立ち上がって荒々しく冷蔵庫を開けた。そして私の訝しげな視線の先で、瓶ビールを一気に飲み干してしまったのである。

「どうした、ジェニー？」私は何かとてつもない間違いがあったことを悟り、微笑は徐々にこわばって白痴めいたものになった。

やはりこの図は、何の意味も持たないものなのだろうか。例えば、宮殿建築のさいに、現場監督が奴隷たちに細部を説明するための資料だったとか。そして、都市が完成して役目を果たし終えたその図は、壊す手間をはぶいて壁に埋められた――。そうだ、そうに違いない。現在のクノッソスが正しいのだ。エヴァンズは正しい復元をおこなったのだ。これは言わば完成予想図であり、下書きであり、完成した実物とは大きく異なってしまったために抹消されたのだ。綿密に計算された現在の都市計画でさえそういうことがしばしば起こるのだから、遥か古代においては、設計士と現場監督との意見の相違はあたりまえのことだったろう。時の片隅の、真の芸術を問う小さな物語。失われた歴史の序曲。熱意たっぷりの建築家は、完成した都市の、予定とは違う姿に怒り狂い、せめてもの証拠とばかりに、技術の粋を尽くして設計図を壁のなかに保管した。実現しなかった自分の夢を歴史に残し、いつかの遠い未来の人々に正当な評価を問うために……。

いや、待て。もしかしたら、迷路のような町並みによって現在地を見失う来訪者が相次いだため、王国の土木課の工員が慌てて作るはめになった、簡単な案内標識だったのかもしれない。きっとそうだ。まあ、そんなこんなでも一応の価値はあるが、大発見というわけには――

先の見えない錯乱へ突っ走った私の心を、ジェニーが引き戻した。

「図におかしいところはないわ。これは大変な物よ。精密さからして、クノッソスの設計者本人が残したものだと思う」

「なら、もっと喜んだら？」私はどっと力を抜いた。「……それとも、石板を壊した俺に愛想を尽かしたのかい？」

ジェニーはようやく笑い、首を横に振った。空の瓶をゴミ箱に放り込んだ彼女は、また深刻な顔に戻って腰に手をあて、うなるように言った。

「ダーリン、あなたの紙を見て」

「それで？」

ジェニーの模写の横にある年老いた紙を取り上げて、私はいまいちど観察した。

「よく見て」

私は穴の開くほど睨みつけたが、ジェニーがいったい何を言わんとしているのかさっぱり理解できなかった。ジェニーはおあずけをくらった猫のようにフーッと息巻き、髪を掻きむしった。彼女のこんな不可解な挙動は初めてで、いまだに事態が把握できない私は、またしても不安の波に襲われた。

「クノッソスじゃないわ。そのずっと下、はしっこのところよ」

言われて気がついた。私は、紙の上半分にどんと構える宮殿にばかり気を取られていたのだ。そういえば石板から写し取るさい、慎重さよりも単なる潔癖症にうながされて、隅々まで鉛筆をこすりつけたものだった。そこで今度は、紙の縁から見回しはじめ、宮殿の周囲にごちゃごちゃと群れる小さな建造物をひとつひとつ吟味し——

私は眉をひそめた。紙に顔を寄せ、つづいて顔に紙を寄せた。

「これは?」

「冗談とは思えないわ。何か理由があるはず」ジェニーは声を詰まらせていた。「あなたは何かを見つけたのよ……」

そう——図面の右下、クノッソスの南東、つまりこの図には記されていないイラクリオンの町とは、宮殿を挟んで逆方向の紙の隅に、眼を凝らさなければ分からぬほどのちっぽけな建造物が記されていた。ジェニーが新しく模写した紙を引き寄せ、その物体の輪郭を黒く塗りつぶした。

ひと部屋だけしかない、戸口のない四角い囲いのようなもの。五分もかけてそれを凝視しつづけたが、その中に描かれている絵が、私にはどうしても雄牛の頭以外のものには見えなかった。

「風邪が治りました」ともう一度電話を入れた私たちは、夕方から大学へ出て、帰り際の学長にひれ伏し、臨時休暇をもらう約束をとりつけた。その夜は研究室と図書館をあわただしく行き来し、翌朝早く、なけなしの貯金を下ろして六日後の飛行機を予約した。

最近では、休講の掲示に怒る生徒などほとんどいやしない。研修旅行の多い私たち夫婦と、フレッド、ヘンリーは、最も単位を取りやすい教授の上位争いをしていた。それが不純な理由とはいえ、世代の違う若者たちに好かれるというのはいいものだ。自分の両親でさえゴミのように扱う若者が多い時代だし、ジェニーはともかく、私にとって人気者になることは、他人のエキストラでしかなかった青春時代の埋め合わせのようなものだった。

私たちは信じられないほどに進歩した――そう、幼少のころのＳＦコミックにしか存在しなかったような、実に快適で豪華な旅客機のシートに座り、小さな窓からエーゲ海を一望した。英雄テセウスの父アイゲウスが身を投げた海。幾万の船と幾百万の戦士たちが沈んでいった海。人類の祖先を育んだ緑柱石《エメラルド》の海とちっぽけな島々が、まばゆい陽光にきらきらと輝きながら私の帰還を歓迎してくれている……。

先に述べたように、世界各地へ旅をしていたにもかかわらず、また私が古代ギリシア文明の研究を選考していたにもかかわらず、私たち夫婦はふたりしてギリシアを訪れたことはなかった。その理由は二つ——ひとつは、すでに調査され尽くされ、観光客でひしめいている遺跡には、もはや新発見の余地がなかったこと。もうひとつは言うまでもなく、過去の悪行から眼を逸らしつづけていた私が、前者の理由を言い訳に、ギリシア訪問を頑に拒絶していたことだ。

ジェニーもまた、オックスフォード時代にアテネを訪れたことがあるということだった。ギターを始めたそもそものきっかけは、〈風の塔〉の近くにある民族楽器博物館を観覧したことらしい。ギリシアの音楽家アイノアナキスの収集品が展示されているこの建物では、そなえつけのイヤホンを通して、それぞれの楽器の音色を楽しむことができる。私も告白を終えて、ようやく前回の旅行について語れるようになり、私たちはそれぞれの若き時代を懐かしみながらギリシア全土を観光して回った。出立間際、フレッドが「遅ればせながら結婚祝いだ」と言って、二千ドルもの大金を手渡してくれたのである。クレタは最後のお楽しみにした。どのみち、居ても立ってもいられずに実行した旅だったので、まともな調査ができる機材は何ひとつ準備していなかった。

ああ、愛する人が隣にいることの喜びを、世界中の人々のいったい何人が知っているのだろう。私は知っている。そしてその思い出は、神々の飲物ネクタルよりも私の心の滋養となる。ロドス島では、ジェニーが嗅いだ薔薇の香を私も嗅いだ。デロス島では、アポロンの湖を護る獅子像を肩を組んで見上げた。デルフォイでは、至聖所《アデュトン》で天の声を聴こうと、わざわざ市場で買ってきた月桂樹の葉を口に含み、わけのわからない神託を口走って神官と巫女を演じた。キュプロス島のパフォスにある、美しく澄んだ入り江ペトラ・トゥ・リミウでは、ジェニーが泡から生まれたアプロディテを真似てすっかり服を脱ぎ捨て、私はポーズをとる彼女をフィルムまるまる一本分撮影した。サントリーニ島の玩具のような純白の町でかくれんぼをし、ミコノス島の猫たちと遊んだ。ミケーネの獅子門をくぐることも忘れなかった。学生時代と違って知識も大幅に増え、それに比例して興味も広がっていた。一日じゅう歩き回れるだけの体力もついていた。私たちは研究者としてではなく、観光客としての立場を保つことを心掛け、ありとあらゆる遺跡や名所をめぐり、眼につくかぎりの食べ物をすべて味わい、途切れることなく感動を受けた。

私は哲学者ではないし、詩人でもない。だが、人間としてこれだけは断言できる。どんな歓喜も、希望も、感動も、幸福も、共有できる人がいなければ何の価値もないのだと。

そう、若かりし頃に知るべきだったことを、私はようやく学んだのだ。

ああ、若者たちよ、旅をするがいい！　遠い異国の地を訪れ、その世界に身を委ねるがいい！まだ幼い君たちは、故郷について何も知らない。君たちが住む町は狭すぎる。そこで一生を終えてはいけない。君の町はとなりの町へと通じ、その大地はこの地球という星のすべてに通じている。大海を恐れるな。そんなものは水たまりにすぎない。大空を恐れるな。君たちはそれを吸い込んで生きている。旅をして、知るのだ。見知らぬ土地などない。君たちは青春の女神《ヘーベ》に守られている。君たちはどこへでも行ける。若者たちよ、旅をして学べ。この星こそ、いつか宇宙へと旅立つだろう君たちが故郷と呼ぶ場所なのだから。

ところが、どの観光地にいても、私の心からはクレタのことが離れなかった。エーゲ海とアッティカ半島、ペロポネソス半島をあらかた巡り尽くし、アテネの中心部に戻ってくるころには、本当の目的地であるクノッソスの存在ばかりが頭を埋めつくしていた。

市内の博物館を観覧しているときのこと。あふれかえるほどの古代遺物がぎっしりと展示されているなかに、ひとつだけ空っぽの陳列ケースがあった。新しく据えつけたばかりだったのか、それとも展示品を交換する途中だったのか。何にしろ、さしたる意味はない光景だった。しかし私はそのガラスの前に惚けたように立ち尽くし、ジェニーにそっと腕を引かれるまで動くことができなかったのである。

あまりに放心状態がつづいた私は、喫茶店《カフェニオン》でついに我慢の尾が切れたジェニーにぴしゃりと頬を叩かれた。

「いいかげんになさいな。遺跡は逃げないのよ？　それこそ何千年もあそこに座ってたんだから」彼女はレッツィーナ——干しぶどうのワイン——をすすり、その個性的な味に顔をしかめた。「今夜ハルマゲドンが起きたって、消え失せやしないわ。でも、あたしたちの時間は違うんだからね」

「時間はたっぷりある。ずっと一緒さ、ハニー」私はいとおしさのあまり、破顔せずにはいられなかった。「ほら、そんなに顔を歪めるんじゃない。可愛い顔がだいなしだ」

「やっぱり頭がおかしくなってるわ。あたしはもう三十四歳よ?」

「可愛いさ」

ジェニーの照れくさそうな顔に、私自身もすっかり顔面を火照らせた。安っぽい誉め言葉など欲しがる女性ではないと勝手に決めつけていたし、私も口達者なくせに愛の言葉など囁かないたちだったのだが、ディオニュソスがワインに祝福を授けてくれたのか、このとき、私たちの心のピースがぴったりと合い、素敵なパズルができた。その絵柄は、情熱に輝く私たちの瞳と、口もとに浮かぶ照れ隠しの苦笑、なぜだか頰を伝う一粒の涙……。

「ほらっ、お世辞のお礼よ」プラカの格安ホテル〈アクロポリス・ハウス〉へ引き上げる途中、ジェニーは紙ナプキンに包んだものを私にポイッと放ってよこした。酔いの回った私はぎこちなく受け止めて、茶化した。

「お世辞の代金は後で請求するよ。これは弁護料としてもらっとく」

ストローの包み紙が、可愛く蝶結びにしてあった。憎まれ口を叩きながらも、私はどきどきしながらそれを開けた。

中には、銀のチェーンを通した古いコインが入っていた。ジェニーが以前から、死んだ父親の形見の品だと言って、大切にしてきたペンダントだった。

「銀には聖なる力があるって、父さんは言ってたわ。まだ本物の銀貨が流通していた時代は、お金は人と人との心を結びつけていたものだって。これをもらったのは留学が決まった夜、父さんと過ごした最後の夜だった」

「そんな……」私はすっかり酔いが覚めた。「これは君のお守りだ。もらうわけにはいかない」

「あなたが持ってて。お願い」

彼女の頼みを断れたためしはなく、私はうなずいて、それを首にかけた。ひんやりした鎖の重さがなんとなく誇らしくて、新鮮な喜びと不思議な安心感を与えてくれた。

「ありがとう。大切にするよ」

ところがその夜、私は愛の営みを邪険に拒否された。私が窓辺で憮然としていると、ジェニーはベッドのなかで独り言のようにつぶやいた。

「まだ報告してなかったけね。この前、デルフォイの神託所でお告げがあったのよ」そっけない声音には、満悦の笑いが含まれていた。「汝らは、もうすぐ親となるだろう。無茶はするなって」

「……ほう。嬉しいな」

私の返答はそれだけだった。子供ができたことを知らされたにしては、何ともつまらない反応であるが、きっと世界中の男どもの半数は、私のように間抜けな言葉をもらすことしかできないはずだ。母となった女たちはその無様な姿に苦笑し、自分が本当に愛されていることを実感するのだろう。

吹き込んだ夜風が、ようやく私の意識を回復させたのは、いったいどれほどたってからだろうか。窓の外に広がる美しい夜景、紺碧の夜空に抱かれて静かに眠るアクロポリスの丘を眺めながら、私はついに微笑みを浮かべた。

「ああ、そういえば、俺にもお告げがあったよ。男の子なら〝夏の北風《メルテミ》〟、女の子なら〝月桂樹《ローレル》〟と名付けるべし、って」

「いいわね」ジェニーは毛布を持ち上げて私をベッドへ招いた。「男の子ならティム。女の子ならローラ。ところで、さっきのお守りの意味がわかった、お馬鹿さん？」

「いや、わからない」私は彼女の腹部に顔を寄せ、恐る恐る口づけをした。「やっぱり君が持つべきだ。君たちが」

「いいえ。あなたには、誰よりも強くあってほしいの。あたしを愛してくれた人だから」

「君の方がたくさん愛してくれている」

「はっきり言って、それはあなたの間違いよ。あたしには、あなたが必要なの。あなたが思っている以上に」ジェニーは、私をきつく抱きしめた。「あたしたち、ずっと一緒よね。健やかなるときも、病めるときも」

「ああ、そうとも」

「博物館であなたが見てたもの」彼女が優しくささやいた。「あたしにはちゃんと分かってるよ」

胸がドキリとした。夫婦の絆というのは、どこまで深いものなのだろう。

そうなのだ――あの空っぽのガラスケースのなかに、私は白い石板の幻影を見ていたのだ。傷ひとつない、偉大な過去の遺産を。ああ、どれほど悲嘆に暮れたことか。どれほど後悔し、どれほど己を憎悪したことか。私が壊していなければ、あれはこの場所に飾られていたのだ。私の名前や顔写真とともに。ほかの観覧客がそっと私を指さし、賞讃のまなざしを向けて囁きあうのだ。あの人よ、ほら、現代のシュリーマンと呼ばれてる、有名な考古学者……。

ぎゅっと眼を閉じて歯を食いしばる私の耳に、ふとジェニーの穏やかな寝息が聞こえてきた。私の腕のなかで、胸がふくらみ、またしぼむ。私は眼を開けて、眠り込んでしまった彼女の顔を見つめた。安らぎに満ちた寝顔。母となる女。私の妻。……胸の苦しみが、すっと消えた。

もしあれを壊していなかったならば、現代のシュリーマンと呼ばれていたなら、私が彼女と出会うことはなかっただろう。世界中をともに旅することも、彼女と恋に落ち、愛を交わすこともなかっただろう。

私は今、どんな名声よりも貴重なものを手に入れているのだ。決して悔やむことはない。あれで良かったのだ。そして賢いジェニーは、そのこともちゃんと分かっているのだ。そうでなければ、きっと博物館のなかで、立ち尽くす私を慰めるために強く抱きしめてくれていただろうから。

私は彼女の額に、そっと口づけをした。

「おやすみ。一千たびもよい夜でありますよう」

人生でもっとも穏やかな夜といえば、私はいつもあの夜を思い出す。最高の酒はレッツィーナを、最高の色は地中海の青と白を、最高の食べ物はつまみに注文した——

いや、この話はやめよう。気取らずに土地のものを食べておけばよかった。生きているにしろ死んでいるにしろ、カタツムリは嫌いだ。

とにかく、最高の夜だったのだ。


アテネのエリニコン国際空港から出ているイラクリオンまでの飛行機も、ずいぶんと様変わりしていた。十七年前に乗ったのは、ライト兄弟も仮病を使いたくなるだろうオンボロのプロペラ機で、車輪が目的地の滑走路について完全に停止するまで、私は落ちませんように落ちませんようにとギリシアの神々に祈りつづけていたものだった。しかし今度は、イカロスの不運についていろいろ想像するようなことはなかった。ジェットエンジンのついた鉄板の翼は真夏の太陽に溶けることはなく、期待と恐れに思い悩む私たちを難なく島に送り届けた。

時間の流れに取り残されているのか、それとも何かの魔法が故意に時間を止めているのか、クレタは昔と変わっていなかった。たしかに人々のまとう服は現代的であったし、建物や商店――私が煙草を買った古めかしい酒屋もなくなってしまっていた――も発展の波に遅れまいとしているのがありありと感じられた。街頭にたむろしていた靴磨きの少年たちも幾分か減ったようで、まったく同じ場所に群れている若者たちの奇妙な髪形は、この町が大都市へと成長したことをはっきりと宣言していた。観光客の増加にあわせて道を往来する自動車も格段に増え、味気ないデザインの近代的なホテルが腰をすえ、ニューヨークとさして変わらぬ喧騒とざわめきが街路に満ちていた。

しかし、ひとたび町から出て丘の上から見下ろせば、古来から伝えられてきたのどやかな風景は昔と同じように私を圧倒し、胸をはって腕を広げて、ゆっくりと深呼吸したいという気にさせるのだった。海風がスモッグや排気ガスを残らず浄化するのか、見上げる大空は突き抜けるように青く澄みわたり、見下ろす南の大地には蒼々と繁るオリーヴやブドウの畑が、北には地中海特有の雑多な町並みが見渡すかぎりに広がって、誰しも陶然と見とれずにはいられない鮮明なコントラストをなしていた。ソクラテスがアテネのアゴラで「無知の知」という革命的思想を得たのは、大自然と人知の織りなす、この形容しがたい造形美を眺めていたときではないだろうか。

その秀麗な景観とはうらはらに、この土地は遥か古代からさまざまな異民族に侵略されるという苛酷な歴史を重ねてきた。金箔で着飾ったローマから鋼に身を固めたドイツまで、我こそが時代の覇者と名乗る者たちには、クレタが地中海を統べるための巨大な戦艦に見えたに違いない。子供たちに食い尽くされ、母なる島は死んだ。現在は夢の古代王国の影だけを残し、都市部以外の地はただ荒廃するのみ。だが、その苦難の歴史が作りだしたのだろうか、過疎化した農村の住民たちの瞳はみな、大都会の超近代文明のなかでのほほんと生きる私のそれよりもずっと強く輝いていた。遺跡があることで観光客が訪れ、その落とし金によって島民の生活が維持されていることを考えると、古代の神々はいまだに彼らの民を庇護しているのだろうと思えてならない。彼らは隷属農民《クラロタイ》の末裔――国の基盤を支える生業を身をもって成し、いかなる時世にもそれを絶やすことなく受け継ぎ、ときおり伏せていた顔をあげて汗を拭いつつ、ただひたすらに支配者たちの遍歴を見守ってきた、この島の歴史の偉大なる観察者なのである。

私たちはホテルに到着して荷物を置くなり、シャワーも浴びずにクノッソスへと向かった。途中の道は観光用に整備されていて、あの夜さんざんにすっ転んだ私をひどく苦笑させた。バスの窓から遺跡が見えた瞬間、ジェニーが力づけるように手を握りしめてくれたが、鼓動に拍車がかかるのは避けきれなかった。もし独りきりだったなら、運転手にすぐさま町へ戻るように命じていたことだろう。車から降りた私は、動悸がひどく、足が震えてまともに歩けないありさまだった。通路にひしめいていた観光客は後になって、余命いくばくもない病人が観光にきていたね、と同情たっぷりに語り合ったことだろう。

ところが驚いたことに、私が完膚なきまでに破壊したはずのあの回廊の壁は、完全に修復されていた。私利私欲に狂った若者がおこなった暴虐の面影は、微塵にも残っていなかったのである。

「良かったね」ジェニーが笑った。「こんな技術が昔からあったら、モーゼはどうしてたかしら」

「よく見ると、ここから微妙に色が違う」私は指さした。「表面の感触も。でもこれなら、気づく人はいないだろうな」

私が呆然と――そして途方もない安堵と罪からの解放感に放心していると、背後から笑いかけてくる声があった。

「昔は酔っぱらいがひどいことをしたものですよ。この壁も修復が大変でしたなぁ」

学生時代と違い、私は世界各国の言語に通達していた。私はぞっと血の気が引いていくのを感じながら、ゆっくりと振り返った。なぶるような声の主は、ちょうど通りかかったらしい中年の警備員だった。険悪な様子で警棒を手にしている。私はまじまじと彼を見つめた。相手も視線をそらさない。地中海人の深い深い瞳が、私の過去を覗き込むように触手をのばしてくる。

「ああ、これ、やっぱり直した跡ですか」私はぎこちなく微笑んだ。「なんだか、色が違って見えましてね」

「ひどい壊れ方でしたよ。ほんとにひどかった。直してからは目立たなくなりましたけどね……すっかり元通りというわけにはいかない。いちど壊れたものは、別のものに変化するしかないんですよ」

緊張が続いていたところへ、さらに緊張が上乗せされ、私は軽い眩暈を覚えた。そしてその一瞬、ほんの一瞬、警備員の顔がゆらりと変貌したように見えた。ギリシア各地に石像として残る、古代の神の顔……。姿も若返り、翼のついた兜と絹の外衣《ヒマチオン》を身につけた、半裸の優男となる。警棒がぐにゃりと歪み、二匹の蛇がからみついた杖に変わる。

だが、しょせんは強迫観念にすぎなかったのだろう、私のこわばった面持ちには気づかず、警備員はにこやかに「どうぞ、ゆっくりお楽しみください」と言葉を続けた。ほっとしたのもつかのま、その男の立ち去りぎわの一言が、私の胸にわだかまりを残した。

「あんなことをする奴には、この遺跡の本当の価値なんてわかりっこありませんや」

宮殿を出た私たちは、明け方から降り続いていた小雨のなかを、散歩をするふりをして目的の場所へと向かった。見取り図のクノッソスと現物とのサイズを比較したうえで割り出した距離は、南東へ約二千百五十ヤード（申し訳ないが、秘密は厳守せねばならない。この距離は事実よりもだいぶ短い）。どのみち測定器を持っていたところで、何やらごそごそやっていれば警備員にしょっぴかれるのはまず間違いなかったので、私たちはコンパス片手にその距離を歩測した。短足の私は小股だったので、ちょうど二千九百歩（これも事実ではない。いや、足は短いが）進んだところで立ち止まった。

そこは一見、何の変哲もない土地に見えた。農地ではなく、名も知れぬ低木が点々と生い茂る、なだらかな丘のふもと。――直進できたとは思えないし、距離もだいぶ狂っているだろう。しかし、私たち二人は同時に何かを感じた。いつの世にも信頼性ゼロの考古学者の霊感というやつではない。あの衝撃的な精神の震えは、私たちの足元からはい上がり、性の迸りのように全身全霊を駆けめぐったのだ。

「ここだわ、間違いない。地下に何か埋まっているのよ」

ジェニーが不敵な笑みを浮かべたそのとき、つと、右手の空に猛禽が舞った。古代ギリシアでは、これはゼウスの吉兆の知らせとされる。私にくるりと向き直った彼女は、アマゾンの女王ペンテシレイアが憑依したかのように堂々と足を開いて立ち、その美しい黄金の髪は地中海からのそよ風に舞ってきらきらと高貴に輝いていた。もしもこのとき、青銅の巨人タロスを倒して上陸したアルゴ号の英雄《アルゴナウテス》たちがこの近辺を通りかかったならば、イアソンはここにも黄金の羊毛皮があると叫んで卒倒したに違いない。

「さあ、あたしたち探検隊の最大の舞台よ」興奮という言葉があれほど相応しい表情を、私はほかに知らない。「それぞれに卓越した能力を持つ、完璧な人材を集めましょう。有能な学者たちと、カメラマンと医者——彼らを率いるのは、世界最高のロマンティストにして、歴史に語り継がれるべき運命を持って生まれた、偉大なる考古学者ランス・ドノヴァン教授！」

「ふむ。有能な学者とカメラマンと医者ねえ。すると、ドノヴァン隊長の奥さんは留守番かな？」

私が茶化すと、ジェニーは拗ねたように唇をとがらせ、私の腹にパンチを叩き込んだ。

私はくすくすと笑いながら彼女を抱き上げ、広い広い大空の下、くるくると踊り回った。雲の切れ間から覗く一条の陽光が、ジェニーの爽やかな笑顔をとても素敵に輝かせた。折しも、小雨のやんだ空の彼方に、虹の女神《イリス》が透きとおった七色の橋をかけてくれた。

「あたしは誰よりも有能よ。知ってるでしょ？」

「ああ、知ってるとも。一緒に行こう、未知の世界へ」

「誰よりも有能だって言ったでしょ？　一番乗りはあたしよ」

おおやけにはされぬまま、調査隊はおよそ三ヵ月後に結成された。『イリアス』の〈軍船表〉で有名な列挙法《カタロゴス》をもって、ここにメンバーを紹介しておこう。

まず、参謀となったのは、私たち夫婦の先輩であり、恩師でもあるフレッド・ケラーマン。いかにも学者然としたふさふさの白髪とあごひげがトレードマークの、酒樽のような初老の男で、常日頃から見せるその冷静沈着さは単なる愚鈍とは違う。学界での評価は非常に高く、学生たちの厚い支持も得ていた。安心して子供を預けられる叔父さんといったところだが、何事にも真面目すぎるのが欠点といえば欠点か。私とジェニーの仲人でもあり、一番の友人。私たち夫婦は月末になると、彼の家で開かれる恒例のバーベキュー・パーティーへ楽しく出掛けた。

私の後輩にあたる考古学者ヘンリー・グリーン。エジプト考古学界では若き新鋭として名が知られつつあり、その知識への飽くなき渇望は、若き日の私を彷彿させた。物腰はどこか貴族的で、色の薄い金髪に縁取られた細面の顔は繊細だ。以前にも語っていたとおり、実際にかなりの上流階級の出であるらしく、高級品に身を包んでいないことはなかった。頭脳も立派なもので、穏やかに、しかし的確に事実と根拠を重ねていく彼と弁論で戦う者は勇敢だ。そして、彼に惚れない女学生は見る目がない。私と彼とのあいだに、私生活での付き合いはほとんどないに等しかったが、それは彼が私と同じように、人間関係に必要以上の緊張と警戒を覚えることに原因があった。大学でも、彼のことをはぐれ狼だと感じる同僚も少なくないようだった。独身であるが、彼の浮ついた噂は耳にしたことがない。

アメリカ自然史博物館の学芸員であり、地質学権威のデニス・ウィルソン。初体面だというのにすぐさま皆と打ち解けた陽気なアフリカ系黒人で、フレッドの旧友であった。この話に乗った理由は、フレッドの誘いがあったからでも、一大発見の可能性があったからでもなく、単に秘密厳守という言葉が気に入ったから。この私でさえたじろぐほど妻を溺愛しており、持ち出す話は彼女のことばかりだった。真っ黒な肌の無口な美人で、毎朝、一時間の散歩を欠かさないという。私たちはすぐに、彼本人よりも彼の奥さんについて詳しくなった。私にとって、黒人とこれほど深く知り合うのは初めてだったが、デニスの発散する躍動感を身近に感じていると、スポーツ界の現状を考慮しなくとも、いずれ世界を担うべき能力を秘めているのは彼ら黒色人種だと思わずにはいられなかった。なにせ、こんな御時世にもあんな爆発的な笑顔が浮かべられるのだ。核兵器や温暖化、隕石の衝突など恐れるに足りぬのだろう。

医師は、例の苦難に満ちたナイル探索にも同行したラリー・モートン。臆病さが始終眼につくが、それゆえに、片時も離れることなく付き添ってくれる。単純で害のない独身男だが、でっぷりしたフレッドがさらにふやけたような体格、禿げた頭とあぶらぎった顔を見るかぎり、彼の薦める健康療法には従わぬほうが無難だろうと、私とジェニーはいつも真剣に話し合ってきたものだ。実際、これまでの旅でもっとも病気がちだったのは彼であり、もっとも多く休憩を提案したのも彼だった。威厳が損なわれるとでも思っているのか、決して自分のことをファースト・ネームでは呼ばせなかった。私たちもそれに対抗して、彼をドクターとは呼ばなかった。

報道記者兼カメラマン（ドキュメンタリーのナレーターはあれ一回きりだった）のエディ・カ

トラー。私とジェニーが探検記を売っている雑誌社の若手で、本職以外でも全国を飛び回っては珍奇な映像を収め、テレビ局に売りつけていた。アマゾン探索でヴィデオカメラを壊すという失策を犯してから、名誉挽回とばかりに私たちとの再同行を希望し続けてきた。その年齢ゆえか無鉄砲なところはあるが、彼の業界ではそれも美徳のひとつとして尊ばれるのだろう。とにかく事件や騒動には子犬のように敏感で、隣室で誰かが大声でもあげようものなら、風呂場から裸のまま飛んできた。モートンの背中にサソリが這っているのを見つけ、慎重にピントを合わせてシャッターを切ってから危機を知らせたのも、彼の性格を物語っている行動と言えよう。

そんな風変わりな面々を率いる隊長は、私、古代ギリシア神話に魅せられた考古学者ランス・ドノヴァン。副隊長はジェニファー・ドノヴァン。私たち二人については、いまさらいろいろ語る必要もあるまい。私は臆病な小人族《ピュグマイオイ》。ジェニーは、美しく豪胆で、優しい妖精《ニンフ》。私の宝物。もちろん、有能さにかけては一番だ。

簡単な地質学調査だという曖昧な申請内容に加え、観光の目玉であるクノッソス宮からかなり離れていることもあって、ギリシア政府の許可はあっけなく下りた。発掘作業中の人件費、現地での大型機材の調達、滞在中の我々の生活などに必要な資金は、その年の私たち夫婦の研究費と貯金をはたくことで、何とかやりくりできそうだった。

そう、別の鉄道会社で働いていた放埒な運転手は、ついにトンネルへと戻り、岩の輝きがまぎれもなく金鉱脈であることを知った。そしてそれを報告するため、過去に打ち捨てた愛する列車に乗り込んだのである。機関はまだ錆びついてはいなかった。古き時代のシュリーマン駅はもうなくなってしまったけれど、このレールの先のどこかには、きっと新しい駅があるはずだった。列車は一路、未知の大陸へと走り出した。車輪が吠え、警笛が雄叫びをあげた。ああ、若かりしころの情熱が、私の胸によみがえっていた。夢が手を伸ばせば届くところにあった。装備の新調を思い立ったために、余計な金と手間がかかったものの、ヴィザの申請、大学への長期休暇の要請、受講生たちへの休講の言い訳、新聞の講読停止や郵便の差し止め、現地の土木業者への依頼——すべての準備が、滞りなく順調に進んだ。

だが、発掘開始の三週間前、ジェニーは死んだ。

五

考古学の実践というものは、世の少年少女たちが考えているようなロマンに満ちた冒険とは大きく異なる。埋もれた財宝にはてんで縁がないし、大発見と呼ばれるものは、一般人には岩のかけらや土塊と見分けがつかないような珍妙な物体ばかり。古代生物学をはじめ、分野によっては化石というたいへん興味深い対象をあつかうが、それにしてみても何ヵ月、何年もを費やして小さなブラシとスコップで大地を削っていくという実に退屈な行為だ。私自身にしてみても、あるのかないのか分からないものを掘り出すというこの作業は大嫌いだ。下手をすれば、数年もの時間と数十万ドルを浪費したあげく、何も出てこないという悲惨な結末も待っている。しかし、その苦行から得られる疲労と虚脱感、己が矮小で無力だという認識こそが考古学の真髄なのだ。

そんな点で言えば、私やジェニーの調査活動は正道の考古学からはかけ離れていた。発掘に根気よく従事する人々のように一からの新発見を目指すのではなく、私たちは既知の遺跡を再調査して、新たな論理的発見や学説の立証をこころみるタイプの学者だった。それまでに確証されていた知識や概念をすっかり転覆させるあの勝利感は、やってみなければわからないことと思うが、とにかく私たちにとっては病みつきになるほど魅力的であった。それに、たとえ的を外したところで、単調な発掘作業とは比較にならないほど楽しいという救いもあった。

しかし今回、私たちは大々的に土いじりを行うこととなった。仲間を集めるまでの経緯は、図らずも私に、己の交友関係の真実を教えてくれたのだが……。

ギリシア旅行から帰国するなり、私とジェニーは調査隊に加えたい人材を検討した。そして先に述べた各個に対して、電話やファックスを通じて、あるいは顔を突き合わせて、助力の要請を繰り返したのだが、返答は皆同じ。「馬鹿馬鹿しい。どうかしちまったのか、ドノヴァン？」

覚悟はしていたものの、落胆したのは事実だ。私は幾度となく連絡をとって説得を試み、フレッドとヘンリーには石板の秘密さえ明かしたが、彼らの反応はますます険悪化するばかりだった。記者のエディだけは「休暇が取れるか上司に話してみます」との返事をくれたが、最も期待していたフレッドは、私に病院へ行くよう薦めた。

私が失意のどん底にあることをジェニーに話すと、彼女はおもむろに夕食の席を立ち、名簿を手にして電話へ向かった。待つことわずか三十分あまり。彼女は食卓に戻り、にっこりしながらグラスを掲げた。

「全員、承諾したわ。ぜひ協力させてくれって」

「どうして？　いったい何を言ったんだ？」あんなにも冷たい反応を示していた彼らが、こうもあっさりと態度を豹変させたことに、私は愕然とした。「まさか……金か？」

「事実よ」ジェニーは茶目っ気たっぷりに微笑んだ。「思い出させてあげたの。うちの亭主に、こんな大がかりな嘘をでっちあげる度胸がないことは知ってるでしょって」

かくして、各分野で名を馳せている男たちがひとつの目的のために手を結び、乗務員として列車に乗り込んだ。古びたノートにぼんやりと残る小さな絵だけを頼りに、何の論証もなく取りかかったわけだが、そこにもまた問題が隠れていた。それに気づいたのは、学者の面々が私たちのアパートで一同に会したときだった。

フレッドの推薦で調査隊に加わったデニス・ウィルソンは、過去の研究者たちが残した無数のデータのなかから、地質調査報告書や地殻変動の記録をほじくり返し、クノッソス周辺の土地に関するあらゆる情報を検索してくれていた。素人の私が見たかぎり、例の現場はなんの変哲もない生まれながらの丘陵地にしか見えなかったわけだが、いくつかの資料と自らの知識を検討したデニスの見立てでは、クレタの丘陵地は太古からの姿を留めているわけではないという。

「千八百年ほど前には、あの辺りの丘はかなりの急勾配を持っていた。ところが、風雨に蚕食され、たび重なる活発な地殻変動によってことごとく土砂崩れを起こして、現在のなだらかな姿に変わったんだよ」デニスの専門用語にあふれた説明は、要約するとざっとこんな感じだ。「クレタはもちろん、地中海に地震が多いのは君たちも知ってると思う。我々が探しているものが丘のふもとにあったなら、二つの可能性が考えられるわけだ。つまりひとつは、徐々に崩れた土砂に埋もれたことで保護され、まだ原型を保っている。もうひとつは、丘と同様に地震によって倒壊している。しかしいずれにせよ、何かしらのものが地中から出てくる確率は大きいね」

「それじゃ、発掘ですか。で、僕たちはいったい、何を掘り返すつもりなんでしょう?」

ヘンリーの何気ない言葉に、私たちは今更ながらに顔を見合わせた。

そうなのだ。どれくらいの深さに、何が出てくるのかわからない。いや、何を探しているのかさえわからない。これでは発掘の方法や手順を定めるすべがなかった。

たちまち、大激論がはじまった。中生代の恐竜――なんとかサウルスやなんとかドン――の発掘の権威であるフレッドは、彼の得意とする方法で発掘を進めることを主張した。すなわち、ブラシとスコップである。博物館の次期館長候補であるデニスも、一大発見をドリルで穴だらけにしてしまう危険を憂慮してフレッドに賛同し、物理検層法による地層内部の予備調査から取りかかるべきだと述べた。彼は電気や音波、爆発物による地震探査法などの必要性について、それぞれの開発の歴史から施行手段までをえんえんと解説した。何しろ、常にロックハンマーを携帯しているような男なのだから無理もない。

しかし一方、私とヘンリーは断固として反対し、あるていどの深さまでは大型機械で掘ろうと言い張った。ヘンリー・グリーンはピラミッドの創成についての論文で一躍有名になってはいたが、やんぬるかなまだ若手であって、悠長に時間を費やす根気も忍耐も持っていなかった。富と名声を重んじる彼にとっては、何かしら見つかればそれでよいのであって、作業中の過失による遺物の損傷などは懸念の対象にはならないのだった。私はと言えば、私なりの勘と推論——ご存じのとおり、私の基本概念のなかで神話は重要な位置を占めていた——で、掘り起こすべきものはきわめて頑丈な建造物であって、フレッドの言う「慎重さ」「繊細さ」は必要ないと信じていた。

これが決まらなければ予算案の作成も装備の調達もできないとあって論争は白熱したが、二時間にもわたったそれは、キッチンと居間とをきりなく往復し、給仕役を一手に引き受けていたジェニーの発言であっけなく幕を閉じた。

「どっちにしろ、長々とやるだけのお金がないじゃない。それに、なんて言ったっけ……音波探鉱なんとか。ほら、デニスの言ってる地底の空洞やら異物やらを見つけるやつ。そんなのまで買って、食費はどうするっていうの？　パワー・ショヴェルでがんがんえぐっちゃいましょうよ。早いし安いしね。貴重品がぶっ壊れたって、知らん顔して埋めときゃいいのよ。どうせ公表してない調査なんだから」

その意見は強引このうえなかったが、資金が不足しているという現実を突いているだけに妙に説得力があった。それよりも、皆の顔が見物だった。もとより学者という人種は、繊細で紳士的であるがゆえ、威圧的な女性に弱い。いつも壇上で繰り広げている全世界を敵にまわした熱弁もどこへやら、彼らは反論する勇気も萎えて、ただ同意の印に頷くことしかできなかったのである。

その日が十一月にしては珍しく暑い陽気だったことも大きな要因だったのだろう。ジェニファー・ドノヴァンは摂氏二十五度を越える日には、ノーブラにTシャツ、股の付け根でカットしたデニムパンツという服装になるのだ。

ソファに座る私の背後に回り込んで、ジェニーは腕を投げかけてきた。そして、耳元で囁いた。

「捜し物が見つかるといいね」

君は大胆で、聡明で、勇敢な女性だった。そしてそれ以上に、繊細で優しい女性だった……。ありきたりの、しかし彼女にこそ相応しいそんな追悼の言葉を、私は葬儀の席で口にした。自分の愛する妻に「だった」という時制句を使うことの虚しさを、私以外の誰が知ろう。葬儀の日は寒かった。柩に横たわった彼女は、Tシャツのかわりに婚礼衣装をまとい、好きだった山百合に囲まれてそっと微笑んでいた。墓碑にはただ簡潔に、〈吟遊詩人〉と銘打った。

彼女が気に入っていたバンダナ一枚と、古びたケースに収められた愛用のギターだけを残して、私はジェニーの遺品を、彼女の唯一の親族である叔父夫婦に送った。けれど、空っぽの衣装棚とクローゼットの半分、広すぎるベッドはどうにもできなかった。一人の人間がこうもあっけなくこの世から消失してしまうことが信じられなかった。二人で過ごした日々が、ジェニーの存在そのものが一夜の夢のようで、私ひとりには多すぎる食器や、二組ある歯ブラシとバスタオルなどが、辛うじて彼女との生活が現実であったことを示すばかりだった。

轢き逃げ犯人は捕まらなかった。保険や財政上の手続きはすべて弁護士にまかせて、忌引休暇の最中、私は家から一歩も出ることなく過ごした。ニオベのように涙、また涙……。毎日、銀貨のペンダントを胸に下げ、真っ赤なバンダナを胸のポケットに忍ばせた。毎夜、かすかな彼女の香りを求めてベッドに顔を埋めた。何とはなしに掃除をすれば、ベッドの下に積もった塵埃には長い金髪がまじり、掃除機のノズルをあやつる私の手を動揺させ、慌ててスイッチを切るものの、それはすでにゴミ屑でいっぱいの容器のなかへ吸い込まれてしまった後。窓を開けようものなら、吹き込んだ冷たい北風が、部屋に残っていた彼女の香りを無残に散らした。じきに私は、怖くて何もできなくなった。そして、それでも彼女の生活の痕跡が日ごとに薄れていってしまうことに、涙で枕を濡らした。

熟睡できるような夜はなく、快活に目覚めている昼もなかった。電話がひっきりなしにかかってきたが、その人々は失ったものを褒めるのは、思い出を辛いものにするという言葉を知らないらしかった。そのうちに、誰に何と言われ、何と答えたのか思い出せなくなり、私は電話の線を抜いてしまった。

すべての物事はぼんやりと滲んでいて、冬の寒さに曇った窓越しの風景に似ていた。私の脳裏には四六時中、狂っているとはいえ筋の通っているシェイクスピアの引用が立て続けに浮かんできて止まらなかった。

真の恋が平穏無事に進んだためしはない……不幸な星の恋人よ……私たちが踊る時代は過ぎてしまった……知らないままであまりにも早く出会い、そして知ったときにはあまりにも遅すぎた……別れはあまりにも甘く切ない……すべてであり、すべてを終わらせるものであり……すぐに消えてしまう稲妻にあまりにも似て……激しい喜びは激しい終わりに結びつく……これこそはもっとも無残非道の一撃であったのだ……おお、俺は運命の慰み物……生まれたときからこの恋は不吉な運命のよう……失って以来、愛してきた……我々は幸せな日々を過ごしもした……この世は混沌の闇に飲まれよう……人生は歩く影絵にすぎない……済んだことは済んだことです……。

夜ごとに訪れる夢の神《オネイロス》もまた、私をひどく苛んだ。見取り図に妙な印を発見して以来、私はミノタウロスの悪夢に頻繁に襲われていたのだが、ジェニーを失ってからはそれが激化し、鋭利な角の一撃によって視界が血塗られるのが常となった。

数日おきに、フレッドが仕事帰りに立ち寄ってくれた。調理済みの食料を腕いっぱいに抱えてきては、ほとんど手つかずのままシンクに放置されている残飯を片付け、まったく着替えぬままの私をベッドから引きずり出して、汚れた服を脱がせてから浴室へ追い込んだ。そして私がシャワーを浴びたのを確認すると、また服を着せ、洗濯物を持ち帰った。

「こんなままじゃ駄目だ」ある日フレッドは、私の腕をシャツのそでに通そうと苦労しつつ、患者のわがままに困りはてた医者のように、失意と憤りのまじった声をあげた。

「このままでいいのか、悪いのか、それが問題だ。独白するハムレットを気取りたいならそれでもいいさ。しかし、本当に何もかも捨ててしまうつもりなのか？」

私は答えず、悪戦苦闘する彼に眼も向けなかった。その時、ついに堪忍袋の尾が切れたのか、彼は私のあごに手をかけ、力ずくで顔をあげさせた。

「発掘はどうする！　あの仕事を最後までやり抜くのが、君の義務のはずだぞ！」温厚な彼が、これまでに発したことのない凄まじい怒号だった。「やめるつもりか！　ええ？　なぜだ！」

何のことを言っているのかさえ、理解できなかった。フレッドはとうとう私の頬をしたたかに殴りつけ、手にしていた靴下を壁に投げつけて出ていってしまった。

私が半裸のまま椅子に座り続けているはずだと気づいたのだろう、明け方になって、彼は戻ってきた。怒りというよりは悲しみの表情を浮かべて唇を嚙みしめ、うるんだ眼で見下ろす彼に、私は質問の返事を答えた。

「だって、ジェニーがいないじゃないか」

大学には休職願いを出した。私は疲れ、しかしその疲れを感じないままに、喪失感だけを抱えて暮らした。昼過ぎに眼を覚ますのだが、何をしたいとも思わなかったし、何をしたら良いのかもわからなかった。時間はもっとも荒れ狂う日のなかでも流れる。明日、また明日、また明日と、時は小刻みな足取りで日々を歩み、おそらくはこのまま一生を終えるのだろうというぼんやりした認識だけを残して過ぎ去っていった。悲しみは感じなかった。ただ虚ろだった。

ある日、空っぽの瞳に861224という数字が飛び込んで来た。

フレッドから届いた派手派手しいクリスマス・カード。一九八六年十二月二十四日。——私は五年もの時間が流れ去ったことを知り、同時に、ジェニーと生きた幸せな五年間を思い出した。

そしてその晩、いつもとは違う夢を見た。

何処の魔法の国だろうか、艶やかに磨きあげられた角の門をくぐった先の森の奥深くを、私は独りぼっちで歩いている。果てしなく遠くまで広がる黒曜石の地面に、無数に立ち並ぶ神殿の列柱にも似た巨木たち。齢旧《としふ》りたまっすぐな幹はどれも鈍い銀色で、見上げても梢がわからないほどに高く高くそそり立ち、そのうえに覆いかぶさる鉄の枝葉の天幕は分厚くて、陽光月光を問わずひとかけらほどの光も通さない。寂寞とした森は昏《くら》く冷たく、ひどくもの悲しい。しかし、密生した枝々には、鋭い光を放つ小さな花がびっしりと咲いていて、まるで満天の星空のような景観をつくり出している。

下界を歩く私はときおり頭上をあおいで、その幻想的な光景に微笑みを浮かべる。しかし私がそうやって見上げると、驚いた花たちはすぐさま砕けるようにいっせいに散り、ほのかな残光をはなつ花びらは、指先ではじいた煙草から舞う火の粉のごとき儚さで、暗澹たる森にゆっくりと降り注いでは消えてしまう。

私は胸を悼《いた》め、うなだれつつ歩きつづけるが、やがてまた欲求に負けて顔を上げる。火花か金粉のように花弁が散る。闇に包まれた枝のあいだをピョンピョンと飛び移るのは、水晶のように透きとおった小さな鳥だ。彼らは翼のなかに外の陽光を蓄えていて、長く飛び立つたびに、尾を引く流星が一瞬きらめいては消える。私はその星に願いごとをしたいと思いつき、しばし立ち止まって待ちかまえるのだが、小鳥は思わぬときに思わぬところから現れては飛び去り、いつも口を開くまえにいなくなっている。

夢幻の光景は頭上だけにとどまらない。枝たちが次々と実らせる大きな果実は、眼もくらむほどの荘厳な黄金色に輝いていて、その光焔は雲間から差し込む天使の梯子のように、遥か下界まで帯のように降臨する。そのスポット・ライトが照らすやいなや、不毛だった漆黒の地肌には瞬く間に下草が芽生え、蔓や茎がのび、およそ思いつくかぎりの様々な色の花が咲き乱れる。だが、それもわずか十数秒だけのこと。果実はすぐに熟して輝きを失い、羽毛のようにゆっくりと大地に落ちてきては、己の祝福で咲かせた草花たちを花火のようにパアッと散らせて、ともに灰に回帰する。私は何度も足を早めてその光に照らされてみようとするが、間に合うことは決してない。

とぼとぼと歩く私は、やがて奇妙な光景に行きあたる。周囲に不規則にそびえる樹木とは異なる、透きとおるような白い石でできた木々で、巍然としたそれらは壁をなすようにずらりと並んで柵塁をつくりあげている。幹の肌は巨大な鑿《のみ》で切り刻まれたかのようにひび割れ、何かの図面らしきものを描き出している。その裂け目の奥では、苦悶によじれた木目が脈打つようにビクビクと震えている。

この生きた壁のなかには、何があるのだろう。好奇心に駆られた私はぴったりと寄り添う幹と幹の隙間に手をかけ、力をこめる。それはちょうど、無数のひびと隆起が、何やら動物の頭部らしきものを形作っている場所だ。石の木肌はたやすく砕け、私は欲求のおもむくままに深く深く穴を広げていく。唇に飛び散った樹液は、赤ワインの香りがする。やがて指先が突き抜けると、とたんに幹は砂糖細工のようにもろくなり、崩れて瓦礫と化す。

私は身をよじるようにして壁の奥へと入り込む。突破した私が見るのは、森とは隔絶された空間で、さざ波ひとつ立たぬ静穏な湖だ。今では壁というよりは柵のようにも思える木々は、岸辺に沿ってその湖畔を堅固に取り囲んでいる。湿気は闇と混ざり合い、陰鬱な空気となってわだかまっている。

けれど、暗黙とした雰囲気の只中に、まばゆい光がある。大きく伸び広がった枝葉も、これだけの広大な空間を覆い尽くすには至らず、木々の指がとどかぬ湖の中心では、天空から降りそそぐ金色の光が鏡のような水面を輝かせている。

あまりに美しい風景に、この先どのようにしたら良いかもわからず立ち尽くす私。その視界に、天からひらひらと舞い落ちてくる一枚の紙切れが映る。

あれを探していたのだ。

私が見守るうちにも、その紙は湖の真ん中にふわりと落ち、そのまま木の葉のように浮かぶ。なんとしても入手したい私は、水に踏み込むべきであろうかと湖面を覗き込むが、底は見えず、ただ墨のような暗闇がたたえられている。私は昔から、足が立たない深さでは泳げない。

躊躇し、考えあぐねていると、やがて水を吸った紙は浮力を失い、ゆっくりと沈んでいく。私は意を決する間さえおかず、衝動的に飛び込む。

あれを手にしなければならない。あの紙は私の大切な宝物であり、決して失ってはいけない貴重な地図なのだ。さあ、深く息を吸いこみ、全力を尽くして水をかけ。

なぜなら――

翌朝、私はギリシアへの出立を決め、仲間たちに連絡を取った。フレッドは私の突然の回復に

恐縮ですが
切手を貼って
お出しく
ださい

112-0004

東京都文京区
後楽2－23－12
(株) 文芸社
ご愛読者カード係行

書　名					
お買上 書店名	都道 府県	市区 郡			書店
ふりがな お名前			明治 大正 昭和	年生	歳
ふりがな ご住所	□□□-□□□□			性別 男・女	
お電話 番　号	（ブックサービスの際、必要）	ご職業			

お買い求めの動機
1．書店店頭で見て　2．当社の目録を見て　3．人にすすめられて
4．新聞広告、雑誌記事、書評を見て（新聞、雑誌名　　　）

上の質問に1.と答えられた方の直接的な動機
1.タイトルにひかれた　2.著者　3.目次　4.カバーデザイン　5.帯　6.その

ご講読新聞	新聞	ご講読雑誌

文芸社の本をお買い求めいただきありがとうございます。
この愛読者カードは今後の小社出版の企画およびイベント等の資料として役立たせていただきます。

本書についてのご意見、ご感想をお聞かせ下さい。

① 内容について

② カバー、タイトル、編集について

今後、出版する上でとりあげてほしいテーマを挙げて下さい。

最近読んでおもしろかった本をお聞かせ下さい。

お客様の研究成果やお考えを出版してみたいというお気持ちはありますか。

ある　　ない　　内容・テーマ（　　　　　　　　）

ある」場合、弊社の担当者から出版のご案内が必要ですか。

希望する　　希望しない

ご協力ありがとうございました。

ブックサービスのご案内〉

社では、書籍の直接販売を料金着払いの宅急便サービスにて承っております。ご購入望がございましたら下の欄に書名と冊数をお書きの上ご返送下さい。（送料１回380円）

ご注文書名	冊数	ご注文書名	冊数
	冊		冊
	冊		冊

驚きもせず、「準備はできているよ」と嬉しそうに笑った。続く数日を費やして、こまごました私物や必要最低限の衣類、すべての書籍、ジェニーのギターを研究室の片隅へ移すと、家具をリサイクル業者に引き取ってもらい、生活雑貨をすべてゴミに出してアパートを引き払った。

あの夢は、思慮の女神《メティス》が私の潜在意識へと授けてくれた、最後の助言だったのだと思う。神話で語られるふたつの夢の門――ひとつは挽き切られた象牙、ひとつは磨かれた角――のうち、私は未来の正しい予言を伝えるという後者に踏み込んだのだから。

もっとも大切なものを失い、私に残されたのはクノッソスの秘密だけだった。そしてそれを探るためにならば、私はどんな暗い深淵へも飛び込んでいかなければならなかった。フレッドの言うように、あの図面の秘密を探るという仕事は私の義務であり、この世で行うべき最後の任務だった。

さあ、残る力を振りしぼり、全力を尽くして謎を解きあかすのだ。考古学者として、そして一人の人間として、私の捜し物を見つけるのだ。

なぜなら――なぜなら、ジェニーもそれを望んでいるはずだから。

作業を開始するにあたって、私たちは当然のことながらクノッソスからの距離を再測量した。トランシットの扱いに長けたデニスは「歩測なんか目安にもならないよ」と笑ったが、実際にはさほど不正確ではなかったらしく、私たちがたどり着いた発掘地点はやはり、クノッソスの南東に位置する大きな丘のふもとに決まった。

これは理論的にも、決して異常なことではなかった。延長線上には、クノッソスの離宮であったと推定されるアルハネス遺跡が、さらにその先にはこぢんまりとした聖山ユフタスがある。すなわち、都市クノッソスを現存する遺跡のみと考えず、クノッソス宮殿―アルハネス遺跡間を半径とする円周内すべてと解釈するならば、私たちの発掘地点もその敷地に含まれることになるからだ。

喜んでする労働は苦痛を癒すものだ。さて、最高責任者の私が最初にスコップを大地に突きたててから実に二週間後――人夫の操縦する小型ショヴェルカーの鉄のあごが、地中に埋もれた巨石にぶつかって無残にねじまがった。私はその報告を受けるなり現場へと駆けつけ、すぐさま大型の採掘器具をすべて停止させ、手作業にかかるように命じた。

謎の図面は、悪戯書きではなかった。それどころか、私たちがこれほどたやすく目的のものを発見できたのは、ひとえに石板に彫刻をほどこした名も知れぬ工匠の、知恵と努力の賜物だったと言えよう。なぜなら図面上の距離と角度、現実の距離と角度の対比は、ミリよりも小さい単位までぴったりと一致していたからである。角度の魔法を知る者ならば、微細なずれがいかに大きな違いをもたらすかが理解できよう。もしも図面に刻まれたクノッソスと発掘地点との位置関係に多少なりとも誤差があったならば、私たちはまったく違った場所を掘り起こすはめにおちいり、このような瞠目に価する古代遺跡に出会うことは永遠にかなわなかったはずなのである。

そしてその遺跡とは、私が半ば確信していたものにほかならなかった。クレタ島において、出口のない囲いのなかの雄牛が印となるならば、それが示すものはひとつしかないではないか。

そう、ギリシア行き・夢の特急列車は、遅れに遅れたものの、ついに終着駅へとたどり着いたのである。駅名の札はまだ空白だったけれど、そこに運転手の名前が刻まれるのは間違いなかった。私たち乗務員はいよいよ、その土地を調べるために列車から降り立ったのだ。

丘の北東側の斜面をえぐるような形で、ちょっとしたビルの地下二階ほどまで掘り下げたときに現れたこの門は、幅は私の身長の二倍ほど、高さは三倍ほどで、私には分類できない岩石――学者というのは、自分の専門分野以外のものにはとことん無知なものだ――四つを、積み木のように組み合わせて造られていた。両柱とその上に乗せられた梁、そしてそれらを支える敷石は、いずれも巨大な切り出し岩で、その単純な造形ぶりは世界各所の環状列石を連想させた。違いはといえば、こちらの岩のそれぞれが機械で裁断したように正確な直方体であることだ。ミノア文明の定石には当てはまらない建築様式だった。門柱に浮き彫りにされた、踊る雄牛の彫刻はきわめて躍動的で、しかも時の蚕食をまったく受けていなかった。

さらに周囲の斜面を掘り返したところ、門の奥には、砂岩に似た正体不明の石で組まれた四角いトンネルが、丘の地中――つまり、南西へと続いていることが明らかになった。しかし門が、開閉式の扉ではなく、ぴったりとはめ込まれた石の蓋によって堅くふさがれているために、その内部の状態はまったく計り知れなかった。

蓋となっているその石板も、私たち学者の興奮を煽るものだった。平らに削られた一枚岩で、それがきわめて薄いことは木槌で叩いたときの音で知ることができたが、質はと言えば、大理石とも石英ともちがった、透きとおるような白さを持つ岩石だった。まったく得体が知れず、化学物質などによる測定を行わなければ、専門家のデニスにも種類は断定できないということだったが、しかしながら私の告白を聞いていたフレッドとヘンリーは、それこそが、私が過去に叩き割ったあの石板と同種の鉱石であることに気づいたに違いない。

しかも、私を既視感《デジャヴ》に陥らせようとするかのように、その滑らかな表面には、またしても細緻な彫刻がほどこされていた。

脳の絵。まっさらな白いカンヴァスの真ん中に、実にリアルに描かれた人間の脳味噌の絵――。

そもそもミノア文明の発祥はギリシア文明のそれよりもずっと古く、宗教も大きく異なっている。物神崇拝《フェティシズム》をおこない、何よりも動物的多産を重んじたクレタ人は、牛や蛇と同じく優れた生殖力を持つとする大地母神を至高神の座にすえて崇めていた。これはアッティカに新たに誕生したギリシア文明と交わるうちにポトニアと名付けられたものの、現在よく知られている気まぐれで人間的な神々の侵略を受けて消滅していったと考えられている。しかしながら、そんな宗教的概念をはじめ、古代クレタの風習や生活を知り尽くしていた私にも、脳という肉体の器官をこの場の象徴とした理由と動機を説明することはできなかった。仲間たちも同じだった。このような異例の装飾は、私が知っている自然崇拝のミノア文明にはまったく似つかわしくなく、どちらかと言えばヘンリーが専門とするエジプト文明の遺物のように異質で不可解きわまりなく、それだけに不気味で近づきがたいものだった。あまりにも捉えどころのない、唐突に投げかけられた謎だったので、私たちはその絵の意味するところを推測して議論を交わすことを、後回しにせざるをえなかった。

それにしても、たとえ位置が正確だからとはいえ、ちょうど入り口にぶつかったというのはまことに運が良かったと言える。もし幸運に恵まれずに測量がずれていたならば、私たちは貴重な遺跡通路の天井をぶち破ってしまっていたことだろう。私は今更ながらに、考古学発掘における予備調査の必要性を感じずにはいられなかったが、そんな反省も一時だけのことで、私たちは代わるがわる縄梯子を伝い降りては、その迫力ある門柱の彫刻を夢中で鑑賞し、さらなる発見をかたくなに覆い隠す謎めいた石蓋に向けて、飢えた獣のような眼を注いだ。もしも視線というものに熱を伝える力があったなら、その数十分間のうちに、石板の封はどろどろの溶岩となりはてていたはずだ。特に若いエディは興奮の絶頂にあり、飽き飽きするほど私たちに色々なポーズを取らせて記念撮影を行った。

私自身も含め、誰もがこの発掘計画の見込みに対し、半信半疑でいたのは間違いない。この建造物の衝撃的な出現は私たちの心を浮き立たせ、今までに経験したことのない胸の高鳴りを生んだ。

ヘンリーだけではない。どんな人間にも暗い欲望がひそんでいる。ましてや、学者として成功した人間に、それが根を下ろしていないはずもない。私たちは全員一致で、この発見の報告を見送ることに決めた。調べ尽くし、研究し、すべての発見を一度にぶちまけて世界を震撼させてやりたいという、何とも子供じみた優越感を得たかったのだ。私はまさしく、過去のあやまちをくり返していた。モートンの他人任せな態度は相変わらずだったが、誰よりも堅実なフレッドが積極的にそれを主張したのはいささか奇妙だった。

もしもあのとき、ジェニーが我々とともにいたのなら、彼女は適切で道理にかなった対処をしたことだろう。貪欲な笑みを浮かべ、眼をギラギラさせた男どもの頬をしたたかに張り飛ばし、「びっくり箱とは違うのよ、あんたたち」とたしなめてくれたことだろう。賢い彼女のことだ、皆を仰天させたあの豪快な提案を即座に撤回して、身体を売ってでも金をつくり、今後は最高の機材と長い時間を使って慎重に調査をするのだと言い張っただろう。

世に言われるように、男は結局いつまでも子供であり、生涯を通じて母親を必要としているのかもしれない。しかしその運命の日に、死んでしまった彼女は立ち会うことはなかった。思慮深き女神メティスも、今度ばかりは沈黙していた。

私たちはすべてを極秘のうちに行うことを最優先事項に置き、毎週末に政府へ提出するよう言われていた何枚かの報告書を、すべて「いまだ収穫なし」の一言で埋め、調査研究員としてのあらゆる義務と手順をはぶいた。そして大量に買いつけてきた葡萄酒で盛大に乾杯し、この偉業をなし遂げるのに一役買った人夫たちにも一杯ずつふるまった。

酒はレッツィーナだった。気分が悪いと言ってホテル——私たちは現場のテントで寝泊まりしていたが、滞在中の緊急連絡先として、最低クラスの部屋をひとつ確保する必要があった——へ帰った私は、ひとり、ささやかな祝賀会を催した。ジェニーのために用意したグラスに、そっと自分のグラスを当てて乾杯し、報告を偽ったことについての謝罪をつぶやくとともに、今後の調査について多くの意見を交わした。テーブルの向かい側の、誰も座らぬ椅子を見つめる自分がどんな表情をしているのか、私にはわからなかった。

過度の杯はすべて呪われたものだ。私はやがて、泣きだした。

次の仕事は、息せき切って現場を囲むように長い杭を打ち込み、そこに分厚い防水シートを張りめぐらせて外界の眼を遮断することだった。内部で何が行われようと、近隣の農民がどんな噂を立てようと、外のあちこちに据えた「地質調査現場。許可なき者の立ち入りを禁ず！」の札がすべて処理してくれるはずだった。

発掘にたずさわった地元の人夫たちには、この発見がさも当然のことのような顔で対応し、彼らの興味や好奇心を刺激しないように心掛けた。けれど、それは杞憂にすぎなかった。三十余名の人夫たちはみな一様に、最先端の文明に囲まれて生きてきた私たちが苦笑を隠しえないほどに脅え、言葉厳しく命じられたときでなければ現場に近づこうともしなかったからである。

門の発見から二日後、私たちはまたしても全員一致で、門を閉ざしている石板の撤去を決め、それをさっそく実行に移した。まず、門と石板とのあるかないかの隙間に、長く細い釘を数十、数百とびっしり打ち込んでいき、両者の接触を断つ。続いてハンド・ドリルで、四隅と各辺のそれぞれに八つずつ穴をあけ、ロープに繋いだ鋼鉄の鉤を引っかける。決して力が偏ることのないように、すべてのロープを均等に引っ張る。すると石板は垂直に立ったままじりじりと引き出される。どっと釘が散らばる。あとは、一本に束ねたロープをクレーンに繋いで、石板を穴から引き上げるだけでよかった。

もしも石板に毛ほどの傷もつけずにやるつもりだったなら、こうあっさりとはいかなかっただろう（考古学者ならば、本当はそうすべきなのだ。くれぐれも真似しないように）。しかし私たちは遺跡を発掘した直後であり、ちょっとした絵が刻まれているだけのこの石板にはさほどの価値を見いださなかったのだ。財布に五百ドル入っていれば、小銭を落としたところで大騒ぎはしない。人間とはそういう頭の悪い生き物なのだ。

とはいえ、封となっていたその石板を邪険に破棄したわけではない。二度とそのような愚行は犯すものか。クレーンから人夫たちの筋肉に委ねられた巨大な石板は、緊急にイラクリオンから調達してきた大量の藁と防水シートに幾重にもくるまれ、さらに大量の藁が敷きつめられたトラックの荷台に静かに寝かせられて、調査が一段落を迎えるまでこの場に保管されることとなった。念のため、トラックのタイヤはすべて取り外した。その状態ならば、まかり間違っても暴走することはないだろうし、窃盗も不可能、爆発でもしないかぎり貨物は安全であると思われたからである。いずれその石板は、この発掘の成果のひとつとして博物館に展示されることになるはずだった。デニスは相変わらずこの奇妙な岩石の組成を調べたがっていたが、彼もまた少年だったことがある男だ。いよいよ封印の解けた不思議な通路の魅力にはあらがいきれず、おそらく大量の時間を費やすだろうその仕事は後回しにしようという提案にあっさりなびいた。

石板の保管処理が終わるなり、私たちは天井の落盤や有毒ガスが充満している可能性など恐れもせず、我先にと懐中電灯を手にして通路へ侵入しようとした。けれど神々はあまりの狂乱ぶりを見かねたらしい。宥《なだ》めるかのように雨のニンフ《ヒュアデス》たちを遣わせ、私たちはただちに穴から這いだして、発掘現場を守ることに徹しなくてはならなかった。

スコールの常で豪雨はすぐにおさまり、やがて地中海の熱い太陽がふたたび顔をのぞかせた。しかし頭を冷やされた私たちは、そのころにはすっきりと理性を取り戻していた。何の準備も計画もなしに通路を探索するのは自殺行為であると今更ながらに思い当たり、私たちは調査を後日に延期するということで意見の一致をみた。

洞窟探検じみた調査になるだろうと判断したフレッドが、その幅広い人脈をつてに、アメリカへと応援を依頼した。

五日後にやってきた男は、名をピーター・デニングスといい、世界的に有名な冒険家だった。ヴェトナム戦争においては、若干十九歳にして幾多の勲章を授与されたという。その後の彼の経歴――新経路によるチョモランマ登頂、サハラ砂漠の徒歩縦断、犬ぞりによる北極点到達――を考慮すれば、もっとも頼りになるチームメイトであるだけでなく、歴史の一幕に名を残すに相応しい奇矯な人物と思われた。我々との同行は初めてであったが、デニスに負けず劣らず開放的な男で、彼はすぐに皆の好感を得た。なにせ、イラクリオンの飛行場へ降り立った彼は、派手なヒョウ柄のジャケットに黒革のパンツ、デザイナー物のサングラスを身につけ、機内で親しくなったという若い女性観光客の腰を抱いていたのだ。半袖のサファリシャツにくたびれた帽子をかぶって出迎えた私たちには、妙に頼もしく思えたのだ。

ピーターと一緒の飛行機で駆けつけた仲間が、もう二名。一名は、フレッドの研究室の若き助手で、名はジャック・エマーソン。趣味で無線を楽しむ彼は、地上の通信機をまえに、探索中の我々をバックアップしてくれる。もう一名は橙色のカナリアで、名前はまだない。彼（彼女？）の来訪は、有毒ガス対策――予算不足で分析機を購入できなかった我々が妥協した結果だ。カナリアは呼吸器官が非常に敏感で、昔は鉱山でよく使われたという。デニスがさっそく、フェニックスというご大層な命名をしてやったが、この鳥の過酷な任務を思った私は、彼のように溺愛するのをためらわずにいられなかった。だいいち、フェニックス――すなわち不死鳥《ポイニクス》であったら役に立たないではないか。

こちらでは手に入れにくいためにアメリカへ注文した、いくつかの装備も一緒にとどいた。照明つきのヘルメットが人数分、大型の懐中電灯が六基、それぞれに合う乾電池、ランタン四基、携帯食料、医薬品、携帯用酸素ボンベ、衣類などだ。また、通路が地下水で満たされていたときのために、潜水用具が二セット、深い縦穴に行き当たったときのために、登山具一式。これらを扱う技術と知識は、専門家のピーターが提供してくれるはずだった。

考古学調査においては、一般人が思いもかけない必需品もある。例えば、肉などの冷凍保存用に売られているポリエチレン製のバッグ。上部がジッパー式になっている主婦の友だが、私たち探検家はこれを画期的な発明だと高く評価している。たとえ百枚持っても軽量で、丸めれば水筒サイズ。密封できるため、生体標本の保管などさまざまな用途に使えるし、何より遺跡を汚さずにすむ。緊張で腹を下しぎみなモートンにとっては、まさに奇跡のアイテムだ。

それと、通路が崩れて道が塞がっていたとき、もしくは——考えたくもないが——落盤が起きて退路が遮断されたときのために、スコップとツルハシが二本ずつ。もちろんこれらは発掘作業でも使用していたが、現地の道具屋で仕入れた安物だったため、携帯するには重すぎた。取り寄せたのは、刃がステンレス製で、柄が折り畳み式の優れものだ。

服装は全員そろえた。頑丈な軍用ブーツ。砂色のデニムパンツを履き、白いTシャツのうえに砂色の分厚いサファリシャツを羽織る。探検家らしい実用的な服装であるし、どのみち、それ以外の外見はエディが許してくれない。頭部にはヘルメット、背中にはナイロンのザック。手のひらにゴムの滑り止めがついた厚手の手袋。ピーターを除く各自が、これまでの旅の習慣で腰に山刀を帯び、ウエスト・ポーチには絆創膏や包帯、鎮痛剤、消毒薬などの応急救護用品をおさめた。塵埃に悩まされるため、ゴーグルとマスクも必須だ。

素人ならば、なかなかに十分な装備であると確信したことだろう。しかし私たちにしてみれば、近代文明が提供してくれる電子機器をすべてはぶいた、実に邪道で古風極まりない、換言すれば素人臭い、芝居がかった装備だった。

「いやはや、最重要の品である照明器具の動力源が、なんとアルカリ乾電池とは」物資の確認時、ヘンリーが電池でお手玉をしながら苦笑した。「充電器を使える機種があるでしょう。いったい、どなたが発注したんです？」

「まったくだ」ピーターがうめく。「あんたらも玄人なら、地底にガスがたまってることは知ってるはずだ。軍用の携帯ガスマスクなら、どこでも売ってるはずだぞ」

「金がなかったんだよ、金が」フレッドがため息まじりに弁解する。「貧弱な装備であることは百も承知している。リッチなスポンサーがついていれば、君らが目を丸くするような品をそろえてみせたとも」

「たとえば、空気成分分析機」と私。

「たとえば、赤外線暗視装置、電気毛布」とデニス。「他には、冒険家さん？」

「いくらでもあるさ、素人君。退屈になったときのために、日本製の携帯ゲーム。ゾンビと戦うために電動鋸。落盤や行き止まりの壁を吹き飛ばすために粒子分解砲」ピーターが淡々と挙げる。「何より、照明がわりになる光剣《ライト・セーバー》を忘れたのが痛い」

「買おうとしたんだよ、ピーター。しかし店員に、ジェダイの騎士の資格証を見せろと言われてね」フレッドが応じる。「実に残念だ。可愛いピンク色のを特売中だったんだが」

「冗談はやめにしよう」私がたしなめた。「装備の不足は肉体と知力で補えばいい。それに……何だか虚しくなる」

そう、気が咎めていたのが事実だ。そもそも、探検などという発想そのものが子供じみていた。本来ならば、潜入前に空気の成分を調べ、発電機につないだコードを壁に配線して照明と通信機能を確保し、炭鉱のように天井を材木で強化して、放射性炭素による年代測定など、ありとあらゆる調査をしながら一日に十メートルほどの速度で進むのがセオリーであり、場合によっては宇宙旅行や細菌事故用なみの密閉服に身を包むべきなのだから。

ところが私たちは、伝記が書けるような冒険をすること以外は念頭になかった。通信設備は、ジャックが提供してくれた無線機だけ。光源といったら、各自がかぶるヘルメット、数本の懐中電灯とランタン、一束の蠟燭だけだというのに（腰のベルトに装着するタイプの照明器具は、注文した会社が発注を忘れているのか、空港で手違いがあったのか、私たちの手元にはとどかなかった）。

そう、私たちは思慮が浅く、愚かで無鉄砲だった。有名なデルフォイのアポロン神託所には「汝、自らを知れ《グノーティ・サーウトン》」という格言が掲げられていたというし、厚顔無恥な人間は神に疎まれるものと昔から決まっている。「度を越すな《メーデン・アガン》」という言葉もある。――しかし、学者が度をわきまえてしまっては、何を探究することもできまい？

私は仲間たちに告げた。己に忠実であれ。

探検前夜は、全員がホテルに泊まって英気を養った。翌朝六時、朝飯くらい食わせろというモートンの愚痴も聞かずに、私たちはイラクリオンを徒歩で出発した。トラック以外の車輛を用意する余裕はなかったし、秘密保持のためバスやタクシーに乗るわけにもいかなかったからである。滞在中に使った衣類もろもろの荷物は、残った資金と一緒にホテルに預けたし、航空便で届いた新しい機材や装備はその日のうちに現場へ運んであったので、身は軽やか、足取りは羽根のようだった。クノッソスまでは街道を進み、そこからさらに一時間ほど、オリーヴ畑の広がるのどかな丘陵と、ところどころに点在する林を越えれば現場に着く。そそくさと着替え、ザックに物資を詰める私たちに、ためらいは微塵もなかった。

潜水用具や登山用具、無線通信機、スコップやツルハシ、先に述べたポリエチレン容器など、かさばる荷物はすべて、同行する二人の人夫に背負わせた。六本の懐中電灯はヘルメットの照明が故障したときの予備でしかないので、同じように人夫に預けることにした。食料と水、交換用の乾電池は、各自がそれぞれの判断で決めた分をザックに収めた。モートンの荷物は食料が中心、フレッドは乾電池を大量に取ったと語れば、それぞれの性格が明確になると思う。

ひとつひとつ装備を分配しているさい、四つあるはずのランタンがすべて消え失せてしまっていることにヘンリーが気づいた。空港では確認したし、そのままこの場へ運ばれたことも確かだから、夜間に窃盗にあったと見るしかなかった。外国製の品物は高く売れるし、それがコールマン社の新品となればなおさらだ。

「犯人が人夫の誰かであることは確実だ。ちくしょう、十分に満足している者は、十分に報酬をもらっていることになる――あれは嘘だな」

私がぼやくと、フレッドが穏やかに笑った。

「連中はさっぱり満足していなかったのさ。しかも、我々は彼らひとりひとりの顔さえも覚えていない。全員を尋問しなければならないほど高価な品物というわけでもない。下手な対処をして連中の反感を食らうよりは、このまま眼をつむろう。盗まれても笑っていられる人は、盗人から何かを盗んだことになるんだからな」

フレッドが指導者の資質を備えていることは、もうお分かりだろう。そんな寛大な姿勢が功を奏し、良識ある一人の人夫が名乗り出て――と言っても、落ちているのを見つけたのだと言い訳していたが――一基だけは取り戻すことができたのだから。

それは小さなトラブルではあったが、浮かれきった私たちが警戒心というものを思い出すためには必要な事件だった。エディはヴィデオカメラのバッテリーをひとつひとつ確認し、フレッドは助手のジャックを呼びつけ、石蓋の積載されたトラックだけは何が起ころうとも死守するようにと念入りに言い渡した。

先日のスコールは冬季のこの地に付き物としても、季節の神々《ホライ》の頭はどこか狂ってしまっているようだった。真冬だというのに風は牙を剥くこともなく、むしろ病人の吐息のようにじっとりと生ぬるくさえあって、長袖のシャツが疎ましく感じられるほどだった。しかし地底へ潜入する私たちにとっては、もはや気温や湿度など関係なく、何かを警告するようなこの不自然な気候に不安を覚える者はいなかった。

出発間際、いよいよというときになって尿意を催すのが私の悪い癖だが、今回にかぎってはとりあえず我慢しておくことにした。一刻も早く通路を探索したいと気が急いていたし、たとえ膀胱が破裂しかけても、例のポリエチレン容器がたっぷりある。それに、私が真先に実践してみせることで、皆も馬鹿馬鹿しいプライドを捨てやすくなるだろう。

まことに地中海らしい晴天のもと、すべての準備を終えた私たちは、ついに未知の世界へと旅立った。見送る人夫たちが白蠟のような顔で立ち尽くすなか、私たちはカナリアの籠に続いて我先にと縄梯子を伝い、うるわしきクレタ島の地下へと降り立ったのだ。巨大な門に飲み込まれる前、太陽と青空に別れを告げたのは、カメラを廻して御託を並べはじめたエディだけだった。

だが今思うに、私たちはその行動をもっと検討し、何もかも、誰もかれもが幼稚な軽率さに捕らわれているという反省を導き出すべきだった。世界でも類を見ないほど完璧に現存していた遺跡の発見に小躍りしたのは、まあ仕方ない。何と言っても、私たちは考古学者なのだ。二度の手違いによる照明器具の不足も、携帯した予備の電池がごく少量であることも、まさかこの遺跡が信じられぬほど巨大であるとは知らなかったのだから、懸念の対象にはならなくて当然だ。

私たちがまずすべきだったのは、カナリアで通路内の空気の安全を調べることでも、装備の最終チェックでもなかった。降りる前のほんの一瞬でもいいから冷静になり、ブレーキが壊れていたこの列車が、いつのまにか音速も光速もこえ、空間の狭間を突っ切って異世界へ到達してしまっていたことに気づくべきだったのだ。この通路がこのような浅い位置で数千年の時の重さに耐え抜いたという不自然極まりない事実を疑問に思い、一度の簡単な測量でぴたりと入り口を掘りあてた奇跡を奇跡と信じず、人夫たちのように怯えるべきであったのだ。

我々の精神状態だけではない。そもそも、何かが——何もかもが、最初からおかしかった。

しかし……もしかしたら、その異常さこそが正常だったのかもしれない。

ここは、遥か古《いにしえ》より生き残る神々の地。

これは、呪われた魔獣が封印されたクノッソスの迷宮《ラビュリントス》。蠟の翼をつけたダイダロスとイカロス、魔法の糸玉を持ったテセウスのみが脱出可能な永劫の牢獄だったのだから。

第二部　現在

通路に侵入してから、すでに六時間経過——私たちは、体力の温存をはかるために休息を取っている。電池を節約するために照明器具をすべて消し、かわりに小さな蠟燭を三本ともして通路の真ん中に立てた。橙色の光焰は茶褐色の岩壁に陰影をつくり出し、その正確無比な石組みの線を鮮明にしている。装飾も壁龕《へきがん》もない、単調で無機質な壁。私が見るかぎり、その精巧な技術はエジプト文明やインカ帝国のそれをも凌駕している。遥か古代のミノア文明には、このような驚嘆すべき建築様式がどこにでも普及していたのだろうか。それともこれは、工匠ダイダロスのみが成せる天才の業なのか。

一時間ほど前、情けなくもパニックにおちいりかけた私だったが、今では暗闇のもたらす閉塞感にも慣れ、身体を濡らした冷や汗もようやく乾きはじめた。空気が正常であるという不自然な状況について考えるのをやめてからは、ずいぶんと気も落ちついた。今、私は壁に背を預けてくつろぎながら、仲間たちを見回している。

隊の参謀であり、ジェニーが欠けたことで副隊長も兼ねることになったフレッドは、地上のテントで通信機をかまえているはずの助手に話しかけている。相変わらずの落ち着きようは信頼度抜群だが、通路が目算より長いことへの懸念が、その陰鬱な口調にあらわれている。長い付き合いだが、フレッドが神経質なのか楽天家なのか、私はいまだに断定できない。

そんなフレッドに対して、雑音まじりのジャックの声もまた、まだ電波が届くことについての疑念をもらしている。院生の立場で調査本部の指揮を一手にまかされたのだから、不安と緊張が尽きないのも仕方あるまい。

同じく年若いエディは、命懸けで守りますよと宣言したヴィデオカメラを膝に抱え、うとうとと微睡《まどろ》んでいるようだ。どんなに威勢が良くとも、まだ二十九歳、体力よりも精神力がいつまでもつか。およそ彼ほど、退屈が嫌いな男はいない。万が一ここに閉じ込められたとしたら、真っ先に仲間を惨殺しはじめるのは間違いなく彼だ。

医師のモートンが、日だまりのなかの猫——いや、波打ち際のトドのように仰向けにだらしなく寝そべっているのは、専門家のみが知る疲労回復の技を実践しているものと思いたい。無様という言葉ならともかく、彼がその姿勢でくつろぎという言葉を表現したいというのだったら、私はいっそ彼を蹴り殺して永遠のくつろぎを与えてやろう。

デニスは自分の博物館への土産にと、手近な壁の砂塵をピンセットでちまちまと集めては、嬉しそうにガラス瓶に入れている。笑顔には不安のかけらもない。興味というものがここまで人間を強くする様子は、ひとつの哲学的な解答であるように私には思える。

ヘンリーは私と同じく何もすることがないのか、通路の先の暗闇をぼうっと眺めながら物思いにふけっている。きっと、この発見から得られる利益を一セント単位まで計算中なのだろう。彼にまかせておけば、もはや我が大学の繁栄は確定したようなものだ。

装備運搬のために連れてきた二人の老若の人夫たちは、いまだに怯えた様子でこそこそと囁き合っている。彼らが異国の言葉で語り合うのは、くじ引きで負けたことへの自己憐憫か、それとも憎たらしい米国人どもへの呪詛か。

フェニックスは異常こそ訴えていないものの、妙におとなしく、囀りもせずに止まり木のうえでじっとしている。彼（彼女？）は今、その小さく純朴な脳で何を思うのだろう。

今が何世紀なのか忘れさせるこの遺跡内部に自然に溶け込んでいるのは、唯一、ピーター・デニングスだけだ。まるで冒険映画から抜け出してきたように筋骨たくましい巨漢の彼は、空港に到着したときのていたらくもどこへやら、袖をちぎったシャツの胸元をはだけた頼もしい姿で、一心にナイフの刃を研ぎつづけている。私たちも不測の事態にそなえて簡素な山刀をベルトに下げているが、ピーターの携帯する武器は米軍仕様の大型サヴァイヴァル・ナイフだ。

分厚い刃からして重量もかなりのものであろうが、それを手慣れたように軽々と扱うピーターの太い腕は、まるで肌のすぐ下に岩が埋まっているかのようにごつごつと隆起し、秘められた力を立体化している。腰に大型拳銃を下げているものの、壁に映し出されたその屈強な影は、まさに古代の勇者の生まれ変わり。刃が濡れた砥石を滑るシュウッ、シュウッという音を聞きながら、私は汗で艶やかに光る躍動的な筋肉に、鼻筋がとおり眉は太く、鷲頭獅子体獣《グリフィン》のような鋭い眼をしたその冒険家の精悍な美貌に見惚れた。彼ならば、ヘラクレスに課せられた十二の難題もわけなくこなせることだろう。私はこの探検に相応しいその姿をうらやみ、二十世紀の都会にしか生きられない己の貧弱な肉体を忌み恥じた。

出立前夜のホテルの部屋で、ピーターはそのナイフが自分の護符であると語り、数々の冒険のなかでももっとも印象深いという山猫との格闘の模様を鮮やかに演じた。さらに私たちがこういった品物には無知だと知るや、彼は得意げにその武器の個性を披露してくれたものだ。熱処理によって黒く染められた刃は輝くことなく、闇に溶け込んで敵の眼をひかない。峯に並んだ鋸歯は、鉄条網をもたやすく切れる。ねじ込み式の柄頭の裏にはコンパスが取り付けられており、柄そのものは空洞で、釣り針や釣り糸、縫合用の針、防水マッチなどのツールが収納されている。柄には滑り止めを兼ねたナイロンの紐が固く巻かれており、より破壊的な武器が必要になったときには、ほどいたその紐を鍔の両端の穴に通し、棒に結びつけて槍をつくることができる……などど。嬉々とした顔で説明するピーターを絵に描くことを考えて、私はくつくつと笑った。古今東西の武器を両肩にひっさげ、足元にはたくさんの美女をはべらせ、背景を埋めつくす化け物どもと戦っている。しかも素っ裸で、大爆笑しながら。

売り込みにきたセールスマンのそれのように、ナイフの説明は長々とつづき、皆は眠気に負けて各自の部屋へと引き上げていった。しかし私は、「武器の歴史は人間の歴史そのものだ」というピーターの言葉に興味を駆り立てられ、話が終わるまで残った。実用性を突き詰めた武器に誰もが感じる独特の凶悪さが、大冒険を前にした私にはひどく魅力的だったのかもしれない。

そう、これは私の最後の冒険だった。仲間のひとりが、数々の能力を秘める魔剣を持った勇者だというのも、なかなか乙なものではないか。

勇者……。ああ、幼いころに読みふけった幻想冒険小説が懐かしい。さながら、フレッドは厳格な老騎士、ヘンリーは謎めいた若き魔術師、デニスは賢い道化、エディは陽気な盗賊、モートンは不摂生な僧侶、人夫たちは迷信深い異国の蛮族。私たちはバランスの取れた理想的な冒険者一行に違いない。しかし、私の演じる役は？

不意にどこからか視線を感じて、私の夢見心地な連想は覚めた。顔をめぐらせると、険しい面持ちでじっと凝視しているヘンリーと眼が合った。その青玉《サファイア》を思わせる碧眼には、小さな炎の生み出した幻影だろうか、冷酷な魔物が宿っているように思えた。

「何だい、ヘンリー？」私が尋ねると、彼は少しもうろたえたような素振りを見せず、しかし、いささか早すぎる返答をした。

「何でもありません。少し考えごとをしてたんですよ」

「女のことだろう」砥石から顔をあげずに、ピーターが口を挟んだ。この男は、常に周囲に神経を行き届かせている。「違うか、坊や？」

「内緒です」

そっけない答えにピーターは鼻を鳴らし、私は苦笑をもらした。

「君は謎の多い男だな、ヘンリー。考えてみたら、君の私生活のことはさっぱり知らない。大学でもほとんど会話しないし。君と仲良くできるのは、旅をしているときばかりだ」

「そうですね」またしても、興味のなさそうな、気の抜けた返事。「そう、いつも楽しい旅でしたね」

「あちこち行ったもんだ……。覚えているかい、ピラミッドのことを」私は、かまわずに話し続けた。「みんなが危ないと止めるのも聞かずに、君とジェニーは頂上めざして競走した。観光客たちだけでなく、警備員たちまで囃し立てて……」

「もちろん、忘れられませんよ」ヘンリーは自嘲気味に笑った。「山岳部の顧問だった僕が負けた」

「あの後、食事をおごってもらったっけな」

「ジェニーとの賭けでしたから。——元気な女性でしたね。真夏の太陽みたいにいつも輝いていた。気づいていましたか？　学業という言葉には唾を吐きかけるような学生たちも、彼女の講義にだけは真面目に出席していたんですよ。まるでクレオパトラのように……あなたの好きなギリシア神話で言うならヘレネのように、彼女はすべての男たちを奮起させずにはおかない夢想の存在だったんです」

「そうだな」ヘンリーの重い舌が急に回りはじめたことに驚きつつ、私は首に下げたペンダントを指でまさぐった。ジェニーの話になると常にそうする癖だった。「ヘレネか……。私にとっては、ナウシカアであり、ペネロペだったよ」

「誰です?」ヘンリーは当惑ぎみに眉をひそめた。「すみません、ギリシア神話には詳しくなくて……」

「いいんだ。私がファラオの家系を知らないのと一緒さ。ペネロペというのは、英雄オデュッセウスの妻だよ。オデュッセウスは、トロイア戦争と海神ポセイドンの怒りのせいで、二十年間も苦難に飲まれ続けた。そんな彼を、ペネロペは故郷でずっと待っていた。ギリシア神話中の人物らしからぬ、忍耐強い貞淑な女性だ。ナウシカアというのは——」

その時、フレッドが出発を告げて腰をあげたため、私たちの会話は立ち消えとなった。ピーターはナイフと砥石を鞘におさめて、すっかり熟睡しているモートンを爪先で揺り起こした。エディは眠そうに瞬きながらカメラのバッテリーの残量を確かめ、デニスは採集した岩石の標本を宝物のようにザックにしまう。人夫たちは大量の荷物を軽々と背負った。皆、疲れはないようだった。

歩きはじめてしばらくしてから気づいたのだが、フレッドは私たちの会話を耳にして、私の心が悲哀によって萎まないうちにと気をつかってくれたらしかった。

そしてそれは、感謝すべき判断だったと言える。すでに私の視界には、波打ち際でアプロディテの真似をするジェニーの姿が蘇っていたのだから。胸を痛いほどに締めつけられ、涙が溶け込んだ吐息をもらしていたのだから。悲しみがやってくるときは、一人でそっとではない。それは狼狽《ポボス》と恐怖《デイモス》とを引き連れてくるのだ。

それにしても、ヘンリーの声色にはいつも以上にピリピリしたものがあったように思えてならない。それは私たちの置かれた環境のためなのか、それともやはり、ジェニーを守れなかった私への非難と憎悪のあらわれなのか。「あなたの好きなギリシア神話」――そんな何気ない言葉に、個人的な底深い侮蔑と嘲弄とを感じた私のほうが、いささか過敏になっているだけなのだろうか。

通路の主役は闇だった。オリュンポスの神々よりも古い巨神エレボスの支配が、隅々まで行き渡っている。このような常闇は、私たちのように昼と夜とに生きる者にはなじみがないものだ。昼をつかさどるヘメラだけでなく、夜のニュクスさえも、何らかの光で身を飾っている。天に散在する星々の輝きや、葉群《はむら》を飛び交う蛍の瞬き、現代に至っては、午前零時になっても都市は彩色ゆたかな光に満ち満ちている。慈悲の心を持つプロメテウスが太陽の火を分け与えてくれて以来、人はもはや闇を恐れることはなくなった。

けれど私たちがこの場所に持ち込んだ光は、人類の生活のすべてを担っている文明の、ほんの鱗片にしかすぎない。ちっぽけで有限な電気と炎。その取り扱いを間違えれば、私たちは立ちどころに黒い空気に包まれ、何の抵抗もできなくなる。万が一、この先そのような事態が起きたとしたら、この調査隊はどのような形で人間の非力と精神のもろさを思い知ることになるのだろう。

私のタイメックスは午後二時ちょうどを示しているが、あいかわらず通路に変化はない。私たち九人の足音だけが、コツコツと虚ろに響きわたる。普通の早さで百を数えるほどの時間が、まるで一時間にも感じられる。

「緊張が膨れあがっています」

急に背後で発せられた、とてつもない緊迫感に満ちた声。ギョッと振り返ると、なんのことはない、エディがヴィデオカメラを廻しながら現場の様子を取材しているだけだった。

「暗い通路は依然として直進しています。我々はどれくらいの距離を歩いてきたのか……いったいここは、クレタ島のどの辺りなのでしょうか。一行を導くドノヴァン教授らの眼は、いずれも鋭く周囲の岩壁を観察し、素人の私には理解できない何かの印を捜し求めていま――」

「印だって？　何のことだい？」

デニスが困惑して尋ねると、エディは舌打ちしてため息をつき、カメラに話しかけた。

「ここはカットだ、監修さん」そして、デニスに懇願するような眼を向ける。「まいったなぁ。まあ、あなたとの同行は初めてだし、最初に言っておかなかった僕も悪かったんでしょう。これからは、僕が何を喋っても聞き流してくださいね」

ポカンとしたデニスに、エディは肩をすくめてみせた。

「そう。つまり、そういうことです。僕の商売は、視聴者が画面に釘付けになるような映像を撮ることなんです。疲れた旦那さんが次の日の仕事を忘れ、うんざりした奥さんが皿洗いをうっちゃり、騒がしい子供たちが息を呑む。そのためには、現場の緊張をつくり出す必要もあるんですよ。退屈しながらとぼとぼ歩いてるだけなんて、口が裂けても言うわけにはいかないんです」

「つまり、視聴率稼ぎの小細工ってわけだ」

鼻で笑って嘲ったのは、デニスと同じく、エディの素顔と初対面のピーターだ。エディはじろりと睨みつけた。

「何とでも言ってくれて結構。その分、あなたの出演場面が減りますけどね」

「俺の百万人の女性ファンが怒るぞ。夜道には気をつけることだな」

「じゃあ、あなたの映像はすべてカットしましょう。かわりに、ナレーションを入れる。出発直前、名実ともに世界一のタフ・ガイであるピーター・デニングス氏は、急な下痢のため同行を断念——」

「カメラもてめえの頭もぶっ潰してやる、早漏のクソガキめ」

ゴリラのように息巻くピーターの様子に、見守っていた仲間たちだけでなく、飛びのいたエディさえも笑った。それはささいな会話であったが、ピーターの意図が私にはわかった。この男、筋肉だけかと思っていたがどうやら脳味噌も立派なものらしく、元兵隊らしい粗暴な軽口を叩くことで、若いカメラマンの緊張を解きほぐそうと努めているのだ。この先、もっと頼りになりそうだった。

少しずつ会話がはずみはじめたが、そこからいくらも歩かぬうちに、通路は唐突にT字路に突き当たった。今までは南西に進んでいたのだが、ここはどちらかに曲がらざるをえない。左右に分かれてのびている通路は、これまでの道のりとまったく異を生じないままに、特徴がないという特徴だけをもって、闇の深奥へと果てなく続いている。

「さて、どちらへ?」

単調な歩みにちょっとした事件が起きて、先頭に立っていたデニスが嬉しそうに尋ねてきた。彼の顔は暗闇に同化してしまっているが、私たちがそそぐ光線に照り映える真っ白な歯が、彼の満面の笑顔をあらわしている。爽やかなその表情はこの無感情な通路に不釣り合いではあったが、暗闇に萎えきっていた私の心はほっと一息ついた。

デニスのように陽気な人物は、過酷な探索行には不可欠である。疲労はもちろん、かかとの靴擦れや張りつめたふくらはぎ、こめかみをつたう汗の玉が着々とストレスをつのらせていくなか、どんな困難も笑い飛ばしてしまう奔放で快活な仲間の素振りが、何よりの助けとなる。今までは、ジェニーがその役を務めてくれていたのだが。

飛行機の中でのこと――愛妻について際限なく喋るのをさえぎった私の質問に対して、デニスはこう答えた。

「地質学者になった理由と目的、それに意義ですって？　そうですね……母なる大地への愛着が理由であり、母なる大地へ敬意をしめすことが目的であり……母なる大地をこの指でマッサージすることが意義です。幼年期、広大な空の下で輝くキリマンジャロを眺めて過ごしたことが原因でしょうかね。親父は、密猟者を取り締まるレンジャーだったんです。ジープに揺られながら、あの巨大なものが何でできているのかを知るために、運転に必死な親父を質問責めにしたものです。そしてその大きな山が、地球というさらに巨大な存在の一部にしかすぎないと知って、歩む道を決めました。アフリカの大自然を愛した親父の影響も大きいのでしょう、自分は世の人々が当然のものと考えている大地からの恩恵を忘れまいと誓いました。母を敬うように大地を愛し、疲れ切った母の愚痴を聴くように、大地が語る思い出話を聴いてやろう……ひとりでもそういう子供がいれば、母なる地球も、我々人間の我がままと悪戯を許してくれるんではないだろうかと。

自分は大地から生まれ、死んだら大地へ帰るんだと思っています。母の腕に抱かれて眠るように」

彼は開けっぴろげにそう語ったあと、すぐにまた話題を、妻のお気に入りの食べ物へと戻した。

「実は彼女、もうすぐ母親になるんですよ」と、誇らしげに微笑んでいたデニス。地位も、財産も、健康も、愛も、幸福も、そして自分の存在意義も、すべて手に入れた男。うらやましいかぎりだ。それに加えて子供とは。

「ドノヴァン教授、どっちへ行きますか？　眠っちゃってるんですか？　もしもーし！」コンコンとヘルメットを叩かれて、私は我に返った。即席のコントに仲間たちが笑っている。「可哀相に、舌がなくなっちゃったんですね？　じゃあ、指でしめしてください。どっちへ行きたいんです？　左右はわかります？　こっちが右、こっちが左ですからね」

デニスは左右を逆に教えてくれた。私はしばし考え込むように腕を組み、やがておもむろに今まで進んできた方向を指ししめすと、デニスさえもが笑い転げて両手を挙げた。

「完敗です。で、どうします？」

それはスピンクスの謎かけよりも捕らえどころがなく、私もオイディプスではなかったのでその問いには答えられなかった。私はフレッドとヘンリーに助言を求めた。二人とも、島の中央部へ向かったほうが良いだろうと考えたのか、北西の方向——右の道を薦めた。

「君たちはどうしたい？」のちのち口論が起きないように、私は他のメンバーにも尋ねた。彼らはすべて任せると言い、モートンは帰りたいと愚痴った。

「ようし、右だ。後の文句は聞かんからな、諸君」

手帳に曲がった方向と時刻を書き込んだフレッドが、外界のジャックにそのことを報告し終えると、私たちは右折した。デニスが壁にチョークで矢印を書いていたが、念のためか自分だけしか信用しないたちなのか、ピーターは床に同じことをしていた。


それから二時間あまりのあいだに、通路は分岐することなく左に折れ、右に曲がり、さらに右へ曲がった。周囲の様子に変わりはない。冷たくも暖かくもなく、暗鬱な静寂と空虚感に包まれている。足音だけが途切れることなく、時計を見ないでいるとすぐにも時間の感覚が麻痺してしまいそうだ。休息を期に親しげに喋っていたピーターとエディだったが、つい十五分ほど前に冒険家が賢明にも口を閉じた。この探索は長引きそうだった。

地底に幽閉することは、人間を発狂させるもっとも簡単な手段であるという。三年ほど前、ユーゴスラビアで洞窟内部の調査にたずさわった折、私はひとりの洞窟専門の潜水夫と話す機会を持った。彼が言うに、地下では、人間の体内時計はみるみるうちに衰えていく。サーカディアン・リズムが狂って昼夜の感覚が喪失し、どんな恐怖症にも無縁だった者でさえ、天井の暗闇がのしかかってくるような錯覚におちいりはじめる。本人さえも気づかないままに精神的ストレスが蓄積し、やがては人それぞれに異常な行為に遁走するようになる。二十時間も眠り込む者、突然ありもしない出口に向かって駆けだす者、性行為や自慰にふける者、呼吸困難におちいる者――そのケイヴ・ダイヴァーは、指で自分の眼球をえぐりだした地質学者を見たことがあったそうだ。

「学者さんて偉そうに聞こえる名で呼ばれてるが、なあに、なまっちろい坊ちゃん育ちの弱虫さ。人類が滅亡の危機に瀕してみろ、生き残るのは絶対にダイヴァーさ。水の中が一番安全だ。間違いない」

弱虫か。確かにそうかもしれない。

私はモートンを臆病者と評してきたが、事実は否だろう。彼はヒポクラテスの誓詞に生涯を捧げ、メスを握る手に人の生命を預かるのだ。医者は時として神になることを強要される。手術室の外の廊下では、必死に涙をこらえる家族が祈っている。膝にすがりついてくる子供もいるだろう。ママを助けてと言われるだろう。だが私が耳にしているかぎりでは、外科医ラリー・モートンが手術を失敗したり、誤診を下したことは一度もない。

どんな職種に就く者も、何かを創っているのだ。モートンは希望を。エディは娯楽を。ピーターは人間の可能性を。使い古された例えだが、工場で機械の操作ボタンを押すだけの者でさえも。

だが、学者というのは自分本位になりがちだ。人類の英知のためにと豪語しながらも、いつの間にか己自身の好奇心と知識欲ばかりを満たし、しまいには名声を得たいがためだけに真理を追求するようになっている。私は、その典型と言わざるをえない。

そもそも私は、自分の選んだこの道に誇りを持てているのだろうか？

ジェニーがいつも口にしていた捜し物とやらは、それなのだろうか？

「ランス」真後ろについていたフレッドが、私の肩にそっと手を置いた。人のファースト・ネームをろくに呼ばないこの旧友にしては珍しいことだ。私が振り返ると、妙にこわばった彼の顔が、ライトに照らされて幽鬼のように浮かび上がっていた。

「我々がこの遺跡の中に入ったとき、通路は南西に向かっていたな」フレッドが確認するように囁くので、私はうなずいた。「そしてそのまま直進し、T字路で右に曲がった。その後は分かれ道がまったくないまま、左、右、右と曲がった。正しいか？」

「そうだ」

「少々の誤差はありこそすれ、通路は常に一直線、曲がり角は直角だったよな」

「ああ、間違いない」

「ならば我々は、北東に進んでいることになるわけだ」

フレッドは緊張に眼を見開いたまま、手にしたコンパスをそっと差し出した。私はそれを歩きながら受け取り――しばらくして思わず立ち止まった。

南西へ進んでいる。

「歩くんだ、皆にばれる」フレッドに小声で注意されて、私はまた歩きはじめたが、足元はどうにも覚束なかった。うすうす感じ取っていた不吉な予感と恐怖が、今、不可避の実体と化して私を襲いはじめていた。

クノッソス周辺の地下に強力な磁場があるなどとは考えられない。それに、もしそうだったならば、針は狂ったように回転するはずだ。しかしどんなに揺さぶり、叩き、懇願してみても、針はやがて自信ありげにピタリと静止するのだった。

と、突然、列の最後尾についていた人夫が悲鳴をあげた。ギョッと振り返った私たちに向かって、若いほうの人夫が何やらわめきながら訴えてくる。ピーターが彼を羽交い締めにして懸命に黙らせようとしているが、脅え、錯乱しきった叫びは続く。

「落ちつけ。落ちついて話してみろ」

もともと英語のできる人夫を選んでおいたので、デニスが優しく言うとようやく悲鳴はおさまった。しかし、男の体はまるで凍えてでもいるようにガタガタと震え、顔はライトの黄色がかった明かりでもわかるほどに蒼白だ。

知っている数少ない英単語を並べて、男はたどたどしく言った。

「いない。仲間、いない」

私たちは一瞬理解できずに眉をひそめたが、すぐにエディがぞっとしたようにつぶやいた。

「八人しかいませんよ」

私たちは互いに顔を見合わせて人数を確認した。学者陣は私も含めて四人。医者とカメラマンと冒険家が一人ずつ。だが、人夫が一人しかいない。年老いた人夫が消えている。

ばかな。私はぎゅっと眼を閉じてうろたえた仲間たちの顔を締め出すと、記憶をたどった。分岐点は初めの一回きり。そしてあの時は、確かにあの老人は最後尾についていた。鳥籠を曲がり角の壁にぶつけて、デニスが罵りながらそれをひったくったのを覚えている。だが、あれから何度か曲がりはしたものの、枝道はどこにもなかったはずだ。はぐれようにも、はぐれられるわけがない。

私たちがさらに若い人夫に問い詰めると、いなくなった老人は迷宮に入ったときから怯えていて、背後の闇が恐ろしい、妙なうなり声やささやき声が聞こえてくるから位置を替わってくれと訴えつづけていたのだそうだ。彼は迷信深い年寄りの戯言だろうと無視していたが、たった今、冗談を言おうとして振り返ったら、そこには誰もいなかったのだという。

「逃げたんでしょう。迷うような道じゃないし」ヘンリーがうんざりしたように首を振った。

「まったく、これだからクレタ人は嘘つきだって言われるんだ……」

「あの男にそんな度胸があったかな、ワトソン君」にやりとしたピーターは、逆に面白がっているようだ。まさしく、抜群の推理力で事件の手がかりをつかんだシャーロック・ホームズの心中を剝き出しにしたような笑顔。「さてさて、振り返るのも嫌なほど背後の闇を怖がっていたのに、数時間の真っ暗な道を独りぼっちで帰ろうとするかな？」

「途中で倒れたのかも――。そうさ、きっとそうだ！」エディが引きつった笑い声をあげた。恐慌が起きかけている。そう悟った私は、少々声を大きくして言った。

「消えた理由はどうでもいい。それより――」

「どうでもいい？　次に僕が消えたとしても、あなたはどうでもいいで終わらせるんですか？」

「落ちつくんだ、エディ。頼むよ」

「そうそう、視聴者のみなさんにこの不気味な出来事を報告しろよ。なにせ行方不明だぞ？　早いとこ報道して、牛乳パックに写真を載せなきゃならん」

しかし今度ばかりは、ピーターの皮肉も功を奏さなかった。

私は一息ついて、続けた。

「それより、あの男は何を持っていた？　ずいぶんとかさばる荷物を背負ってたが」

「この男が持っていないものですね」ある程度は自制を保っているヘンリーが答え、若い人夫のザックを調べた。「スコップとツルハシが一本ずつに、潜水用具を全部、懐中電灯を三基と、その交換用の電池が少々……そんなものでしょう。後は、彼自身の山刀と食料と水、ゴーグルとマスクくらいですね」

「ランタンもだ」親猫とはぐれた子猫のような声で、モートンがつぶやいた。「あいつが持ってるのを見た。一個しかないのに」

「どうせ必要なかったさ」これ以上パニックの波を広げまいと、私は開き直るようにピシリと言い切り、つとめて平静を装った。実際には、貴重な予備の光源のほぼ半分を失ったことに涙がこぼれそうだったが。「食料と水を各自に分けておいてよかった。ただ、潜水用具はまずいな。通路に水があったら、そこで探検もおしまいだ」

「潜るのも泳ぐのも得意だぜ。サイパンにいた頃にゃ、素潜りで海老をとって、露店で観光客に売りつけたもんさ。あんたらが息を止めててくれりゃ、マリアナ海溝の底まで連れてってやるよ」

度胸が人並みはずれているのか、皆を落ちつかせるための空元気か、はたまた事態を収拾しようと試みる私に手を貸してくれたのか、ピーターが得意げに自慢した。

他の者たちはそれで吹っ切れたらしかったが、私はまだ恐怖を拭いきれなかった。きっと、フレッドも同じだったに違いない。モートンは論外だ。探検の続行が決まった瞬間に浮かべた、餌皿をひっくり返してしまった老犬のようなしょぼくれた顔からして、彼が堪えがたいわびしさを感じているのは間違いなく、今にもクンクン泣きだしそうなパグそっくりだった。

若い人夫は恐怖のあまり雇用契約——ちゃんと言うことを聞いたら、千ドルの特別手当て——を忘れ、憤りの矛先を私たちに向けた。明かりをくれないのはひどい、自分たちだけ光るヘルメットをかぶっているのはずるいと愚痴りだし、フレッドは彼の追い詰められた顔と明らかに反抗的な態度を懸念して、懐中電灯のひとつを使うことを許可してやった。すると単純なもので、人夫はたちまち有能そうな表情を取り戻し、親切なケラーマン教授の荷物をぜひ背負わせてくれとまで申し出た。同じくらいちゃっかり者のフレッドは、仕方ないといった表情を装ってザックを手渡し、私たちもそれに付け込んで、邪魔なだけのゴーグルやマスク、着替えのシャツなどをすべて彼に持たせることに成功した。

「さて、この時代の、選び抜かれた、最高の精神の持ち主である諸君」フレッドが朗々たる声で『ジュリアス・シーザー』を引用した。「恐怖に負けてはならない。臆病者は、死ぬ前に何度も死ぬような思いをするのだから」

「賛成だ」私も言った。「現在の恐怖など、恐ろしい想像と比較したら何でもない。死を恐れる気持ちは、想像しているうちが一番強いのだ」

「何をごちゃごちゃ言ってるんだ、こいつらは?」ピーターがヘンリーに尋ねた。

「お気に入りのシェイクスピアですよ」ヘンリーが苦笑した。「アメリカ人、いい言葉を教えてくれてありがとうよ」

「ありがとうと言うのが、いつも貧乏人の謝礼だ」デニスも加わって、皆を笑わせた。

ともかく、どうにか自分を取り戻した私たちは、そのまま北東へと進んだ。皆、無口だったが、エディだけはヴィデオを廻しながらとめどもなく喋りつづけていた。途中には分岐点も曲がり角もなく、私たちはただ直進するのみだった。

なのに一時間後、いつの間にかコンパスの針は、私たちが真南へ進んでいることを示していたのだ。


私たちは二度目の休息を取った。

前回の休息と、私たちの行動は変わらなかった。ただ、ピーターはフレッドの許可を得て煙草をふかしている。考古学者たちの手前で気をつかっているのか、遺跡を汚さないように灰はポケットに落としていた。ヴィデオカメラをいっそう強く抱きしめるエディと、電池の浪費にかまわず懐中電灯を点けっぱなしの人夫は、そろって落ちつかなげに前後の暗闇を覗き込んでいる。しかし前回の休息時間との明確な相違は、それぞれの座る位置に表れていた。全員が、灯火の届く範囲内から一歩も外に出ようとしないのだ。カナリアはいまだに身動きひとつせず、陶器のように硬直している。糞ひとつしていない。まさか死んでいるのではないかとデニスが砂粒を投げつけたが、瞬きはしたものの、またすぐに彫像に戻ってしまった。

声の不自然な震えを悟られぬためか、フレッドはジャックとの通信をごく簡潔に済ませ、もしも例の老人夫が逃げ出してきたなら、装備だけ取り戻して解放してやるように伝えた。

滋養を取るべきだというモートンの指示に従って、私たちはビスケット状とペースト状、二種類の携帯食を水で流し込んだ。ＮＡＳＡご推奨だという大胆な宣伝文句が、パッケージの隅にさやかに印字してある。空腹を感じていなかったためか、もともと薄味のそれはまったく味気なかった。もっとも、私はジェニーを失って以来、美味しさや暖かさ、心地よさといった何気ない喜びには無縁になってしまっていたが。

会話をしないでいると、楽しかった日々の記憶がいつものように私を苛む。ぴっちりしたジーンズで颯爽と歩く金髪娘が見えて、私は廊下を走る。ポンと肩を叩くまえに、くるりと身をかわして私のみぞおちに拳をたたき込むジェニー。結婚してまだ二週間――今夜の食事はどうしようかという会話が、奇妙な新鮮さを持っていた時代。

まだセピア色ではない。だが、やがて霧がかかり、おぼろげに霞み、ジェニーはさらに美しくなり、私は自分に自分を重ねるのが難しくなっていくのだろう。彼女の声が思い浮かばず、写真を見ても現実味を感じられなくなる時が……。

やりきれなくなって眼を開けた私の脳裏を、何やら異様な直感めいたものが走り抜けた。

何かがおかしい。

顔ぶれは全員そろっている。あの臆病者の人夫がいるのなら、みんな大丈夫なはずだ。通路の闇を見透かす。右、左。何もいない。いや、何かがいるかもしれないと考えることがおかしいのではないか？

私はどうにも落ちつかない気分で座りなおし、こんなことなら追憶にひたった方がましだと苦笑した。そこで再び、視点を合わせずにぼうっと床を見つめ――

不意に気づいたある事実に、血も凍るような衝撃を受けた。

尿意を感じていない。

けれど私はここに侵入する前、膀胱が発する性急な悲鳴を無視したのではなかったか？

しかもどうやら、奇怪な状態にあるのは私だけではないらしい。九時間以上もたったというのに、仲間たちが「ちょっと失礼」と言ってそそくさと暗闇の中へ消えたことは一度もなかった。若い人夫が運ぶ二百枚のポリエチレン容器は、依然として手つかずのままだ。

私は早まる鼓動を無視してゆっくりと立ち上がり、デニスがかたわらに置いている鳥籠をさりげなく覗き込んだ。小さな相棒も、やはりその点は共通していた。

私は動揺を押し殺し、冷静に分析するよう努めた。そうとも、たかだか九時間だ。八人の男と一羽の鳥がそろって便意を覚えずにいるには少々長すぎる時間ではあるが、この緊張感と興奮がありったけのアドレナリンをぶちまけたのなら、別段不思議なことではあるまい？

それとも、代謝機能を低下させるような成分が空気に混じっているのだろうか？

〈ドノヴァン製薬から新発売のスプレー・クレタは、なんと古代文明の遺跡から抽出した奇跡のエッセンス。デートの前のあなたの下痢も、これで退散！　トイレが見つからないヨーロッパ旅行にも最適です！　新陳代謝の鈍化によって、なんと汗もストップ！　ワキガにお悩みのあなたももう安心だね！〉

冗談を言っている時ではない。ましてや、パニックまじりに冗談を口走っている場合ではない。〈使用方法は簡単。真っ暗闇のなかで吸い込むだけ！〉。考えろ。そうだ——私はしばらく前に汗をかいた覚えがある。あれは精神的な冷や汗であったが、発汗がおこなえるからには、排泄もできなくはないだろう。

できなくはない？

いや、まさか、そんな。

できなくはない。ただ、必要がないからしない？

そういえば、休息の意味がないほどに、私はまったく疲労を感じていない。さきほどまでは、長年の旅の生活で得た体力の賜物だと信じていたのだが、背負ってきた荷物の量を考えれば、どうにもおかしい。いつもならばぜいぜいとあえぎ、脂肪ぶくれの顔をみっともなく紅潮させているはずのモートンも、この探索にかぎっては一度として音を上げていない。いまも彼は退屈そうに座り、さっさと歩きだそうと言いたげな顔をしている。

するとカナリアは怯えて硬直しているわけではないのか？　何もする必要のないこの状況に馴染んでいるだけなのか？　人間と違って、余計な想像力がないからくつろいでいられるのかもしれない。止まり木をつかむ足が疲れることもなく、糞もせず、まるで呼吸さえやめてしまったように見えるほど微動だにしない……。

妙な好奇心が頭をもたげてきた。私は胸いっぱいに息を吸い込むと、ぐっと止めた。薄闇のなか、時計の秒針をじっと見つめる。十秒、十五秒……

馬鹿げている。呼吸をしないでいられるはずがない。

……一分を五秒ほど過ぎたあたりで、苦しくなってきた。だが、耐えつづける。

動物には酸素が必要なのだ。

……一分三十秒。こめかみの血管が脈打っているのが聞こえる。かなり辛い。

必要なはずなのだ。

……私はスポーツマンではない。二分で限界がきた。顔が膨れ上がっているのが自分でもわかり、これ以上は無理だと悟る。

しかし、息を吸おうと決心した刹那、なんとも言えぬ奇妙な感覚が襲ってきた。上りの高速エレヴェーターの重圧感と、落ちるジェットコースターの無重力感。レストランの調理場の熱気と、初雪の積もった朝の冷気。すべてが一緒くたになって私を包み込み、全身をはいまわる。光が皮膚の毛穴から流れ出し、かわりに闇に潜む何かが侵入してくる。不可思議に活性化された感覚。洗いたての洗濯物の気分。

眼を下ろすと、五分がとっくに過ぎていた。

呼吸は止まったまま、心臓は落ちついた拍動を続けている。

何という不可解な矛盾。吸収した酸素によって細胞が正常に機能していなければ、我々が生きていられるはずがない。

だが、それが起きているのだ。

空気がいつまでも新鮮に感じられたのは、このためなのだ。これでは、酸素の有無など分かろうはずもない。仮に通路内に満たされているのが窒素ガスであろうと水素ガスであろうと、濃硝酸の煙やヘア・スプレーの霧であろうとも、同時にわだかまる闇の純成分があるかぎり、我々の肉体にはいかなる被害も及ばないのだ。まあ、触覚がある以上、神経はまともに機能しているはずだから、まさか腐食性ガスを吸い込んで肺が焼けただれているということはあるまい。現に、ピーターのマルボロの煙は、禁煙を続けている私の鼻の粘膜に苦い味を残している。とすると、細胞が酸素を必要としないがために、体が気体を吸収することを拒んでいるに違いない。私が吸い込んでいるものが何であれ、ただ肺を膨らませて、毛細血管には触れるものの血流には溶け込まず、成分の変化もないまま、再び吐き出されているだけなのだ。

こんな分析が正しいのかどうか、私にはわからない。むしろ、さきほど胃におさめた携帯食の添加物表示に、神々の食物アンブロシアの名があれば、あっさりと納得できるかもしれない。

——ともかく、私たちは今、すべての生理的欲求や肉体の劣化と無縁になってしまったのだ。ことあるごとに触れ回っているように、私は考古学にしか興味がない視野の狭い人間であって、医学にも生理学にもてんで疎く、いったいどのような原理と構造でそれが可能になっているのか見当もつかない。新種のバクテリアが腸のなかの排泄物を分解して、体に必要な養分へとリサイクルしてくれているのか？　それとも、体内のどこかで酸素が発生しているのか？　それとも

——

さらに脳裏に浮かんだ突飛な発想に、私は身をこわばらせた。いまさら無意味だというのに、恐怖に襲われたとっさの反応で、はっと息を吸い込む。

私は死ねない。死ねるとしても、そう簡単にはいくまい。

こうした探索でもっとも懸念される、窒息や衰弱や飢餓の可能性が残らず排除された今、もはや私の肉体を損傷させる方法があるとすれば、それは物理的な衝撃や負荷だけであろう。大きな裂傷による出血、内臓や脳が破壊されるほどの打撲や圧迫、いや、それらさえも確かであるかどうか……。

滅びることのない魔法。この古代から変わることのないクレタの地を支配している魔力が、ここには満ち満ちているのか。宿命《ケル》や死《タナトス》の指先を遠ざけんとする必然の女神テミスの陥穽が、私たちをじわじわとからめ捕りつつあるのか。痛み《オイジュス》や老い《ゲラス》には、暗闇に包まれた私たちが眼に入らないのか。

もはや理屈は武器にならず、常識は盾の役目をはたさない。私がため込んできたすべての知識は狂人の戯言《たわ》と化し、老獪とも言える私の知恵は墓穴を掘るためのツルハシでしかなくなった。私たちは、昼が明るく夜が暗い故郷を遠く離れ、無限の宇宙の果てにある星よりも異質な、光の存在しない別の次元の界隈へと足を踏み入れてしまったのだ。

怯えきった私の胸を、銃弾のように掠めた思いがあった。直後、私は無邪気にも微笑みを浮かべたのだが、やがて激しい戦慄が喜びにとってかわった。

ここでは、思い出はセピア色にならない。

際限のない思考の錯綜に心を奪われ、揺らめくことなく燃え立つ蠟燭の炎を見つめているうちに、私は知らず知らずのうちに忘却の雲に包まれていった。ロトスの花弁や果実を口にしたわけでもなく、ただ眠りの神《ヒュプノス》に手を引かれるままに……。

間奏曲《インタリュード》——泡沫《うたかた》の夢

「あれは何？　妖精かしら」

ジェニーが眼をきらきらさせながら見上げたのは、五番街のビルの間を舞い落ちてくる粉雪の群れだった。クリスマス・イヴにふさわしく飾られた街。立ち並ぶ高級ブティックのショー・ウィンドウからあふれる光が、真っ暗な空からしんしんと舞い降りる純白の結晶をおぼろに輝かせている。街路樹や街灯や建物をつなぐ無数の豆電球は、濡れた路面に映ってその数をさらに増し、まるで御伽噺の幻想の世界のように私たちを包み込む。

毎年この夜、地上に生まれる魔法の星の海。

ジェニーがつと手のひらを上に向け、ひとひらの雪を受け止めた。いつも暖かい彼女の手で、それはすぐに澄んだ水滴になった。

「ふふ、化学者たちは可哀相。この雪が、酸素と水素の化合物が結晶化したものとしか思えないんだもの」

ジェニーは微笑みながら、その水滴をそっと唇に運んだ。排気ガスだらけだぞ、と言おうとしたが、彼女の優艶な面持ちにはっとさせられて、違う言葉になった。

「美味しいかい?」

「わかんない。星の味がするよ」

私と二人だけになると、このように、少女のジェニーが男勝りのジェニーの皮を脱ぎ捨てることがある。そんな真実のジェニーの言葉に揺り動かされて、私も仰向いて口をあけた。一粒、二粒。ひんやりとくすぐったい奇妙な刺激が、私を楽しく笑わせる。

そう、今夜くらいは夢があってもいい。これは神様のくれたプレゼント。奇跡と不思議がいっぱいに詰まった祝福の宝石……。

ジェニーは、両手いっぱいに買い物袋をかかえた私に飛びつくなり、そのうちの三つほどをひったくった。

「おい、いいって」

「持ちたいの!」

両手を後ろへまわし、私の数歩さきを足取り軽く跳ねていくジェニー。たくさんの足音のなかで、彼女のそれはとりわけ楽しげだ。そうやって夜空に顔を向けている姿は、今年こそは眠らないでサンタを待つのだと決めている無邪気な小学生のようだった。このわずらわしい荷物さえなかったら、私は衝動的に彼女を抱きしめずにはいられなかっただろう。

「ね、プレゼントはなあに？」ピョンと振り返ったジェニーが尋ねた。

「さあね」私はそっぽを向いた。

拗ねたようにぷうっと頬を膨らませるジェニーが、いとおしくてたまらなかった。思えば、この数ヵ月はクノッソス調査の準備にいそがしくて、二人だけの時間をろくに過ごしていない。私たちのアパートはすっかり研究施設となってしまい、独身男のヘンリーが泊り込んで昼夜ぶっ続けで文献を読みあさっているし、フレッドやデニスも予告なく頻繁に訪れるものだから、キスを交わすのが精一杯だった。

しかし今夜ばかりは、あのはた迷惑な連中も自宅へ帰った。ヘンリーはそのまま居座りそうな勢いだったが、ジェニーの追い出し策——触っただけで壊れそうなツリーの飾りをそこらじゅうにばら蒔いたのが効いたのだろう。今夜は二人きりで町をぶらぶらと歩き、家へ帰ってストーヴをつけ、ワイン・グラスを傾けながら豪華な七面鳥のディナーを味わい、ベッドの上でプレゼントを広げるのだ。そして、その後はもちろん……

おっと、愛の営みはおあずけだった。かわりに、引っ越しの具体案でも練るとしようか。なにしろ家族がひとり増えるのだから、あんなボロっちいアパートでは困る。

ああ、どんな子供だろう。どんな泣き方をして、どんな声で笑うのだろう。見てくれはどちらに似るのだろう。男だろうと女だろうとかまわないが、父親よりは母親に似てほしいものだ。優しい瞳で異性を魅了し、奔放な笑顔で友達をたくさん作って欲しいものだ。

「きっと幸せになれる」私はつぶやきながら、聖夜に華やいだ町を眺めた。こんなに美しい世界に生きていて、不幸になんかなるはずがない。

二千年前、遠いベツレヘムの馬小屋で、ひとりのユダヤ人がこの世に生まれた。愛を説いて死んでいったその大工の息子の一生は伝説となり、人々は今でも、愛というものを思い出すために彼の誕生日を祝う。人間がどんなに変わろうとも、その夜だけは、世界中に愛が満ちあふれる。人間というのは、なんと不思議で、なんと優しい生き物なのだろう。

「なあ」私が呼びかけると、ジェニーは振り向きもせずに返事だけした。

「ん？」

「笑われるかもしれないけど……幸せだ。君がいてくれて」

「あらら、どうしたの？　急にまた」

「いや、うまく言えないんだけど、愛してるんだ」

すれ違う人々が、吃りがちな私の言葉に小さく微笑んだ。口笛を浴びせた若者もいる。ジェニーはくすくす笑いながらようやく振り向き、呆れたような――でも、嬉しそうな顔をした。

「どれくらい愛してる？　どれくらい幸せ、ランス・ドノヴァン？」

「どれほどかともし言えるとするなら、私はあまり幸福ではない」

「嬉しいわ。勘定できるような愛は、乞食の愛だものね」

「さあ、早く帰ろう。君と二人きりになりたい」

「あらあら。あなたのお歳では、情欲の血気盛りは静まったはず」

「私たちは男です、陛下。……ええっと……このような場合は玉葱が役に立つだろう」

「玉葱？」詰まった末の無茶苦茶な引用に、ジェニーは爆笑した。「あなた、頭のなかで何か奇妙なことを考えてるでしょう」

「あなたの旦那は、またいつもの狂乱ぶりがはじまったのさ」

「まあ、何ですか！　あなたは軍人でしょ？」

「なあ、通行人に見られてるぞ。奴らは知恵がおびただしく欠乏しているって」

「そんな正直な奴どもは鞭打て！」

ジェニーは笑い転げた。

私の大好きな笑顔。大切な笑顔。

そのときだった——車のタイヤがスリップする甲高い音が、平和な静寂を残忍に切り裂いたのは。もっとも、ニューヨークではありふれた音であり、私は気にもとめなかった。ただ、素敵な夜の穏やかな雰囲気をぶち壊しにするその音に顔をしかめただけだった。

だが、一瞬後、総毛立った。

音は私の背後。

すぐ後ろだ。

「ランス!」

ジェニーが眼を剝き出し、警告の叫びをあげて私を突き飛ばした。倒れながら私が見た、わずか数瞬の光景——白いヴァンが車道をはずれて突っ込んでくる。飛び散った買い物袋が車輪に踏み砕かれる。ジェニーの体が、耳が破れるほど無残な音を立ててバンパーにぶつかり、雪の降りしきる夜空にふわりと舞う。押し出されるように、血と胃液が口から吹き上がる——その長い長い時のなかで、私は運命というものが、動きだしてしまったら最後、誰にも止められないものであることを知った。幸福が砕け散ることが、いかにあっけないものであるかを知った。路上へ倒れゆく私は、悲しすぎるほど無力だった。

濡れたアスファルトにぐしゃりと叩きつけられたジェニーは、激しくむせながら私の名を呼んだ。そんな彼女を、勢いのおさまらないヴァンが轢き潰した。車体の下に引きずり込まれて、彼女の凄まじい絶叫は一瞬だけしか続かなかった。全身の骨が砕けるゴリゴリッという音が町に響きわたり、ビルの谷間を駆け抜けた。ヴァンは雑貨屋のウィンドウに突っ込みかけたが、すぐにハンドルを切って体勢を立て直すと、少しの躊躇も見せずに走り去っていった。

町はまた、すぐに静けさを取り戻した。

ありきたりの不幸な出来事。周囲にいた通行人たちは、皆それぞれの反応をしめしている。肩を組んだ中年のカップルは互いの体をぐっと引き寄せて立ち尽くし、父と母は幼い娘を強引に抱き上げてそそくさと立ち去る。若者のグループの中では、女の子たちがこれを期にとばかりにお目当ての青年に抱きつき、可愛らしい悲鳴をあげる。

壁際にへたり込んだまま、私はそんな彼らを見上げた。視線はどれも同じ。イヴの夜なのに。奥さんだったのかしら。この男の立場でなくてよかった――。

ようやく立ち上がり、私はのろのろと歩み寄った。あんなにも華麗に生きていたジェニーの体はぐしゃぐしゃの肉塊と化し、両足と左腕は不気味によじれていた。足首がブーツごと潰れている。めくれあがったコートの下、柔らかな茶色のカシミアのセーターの脇腹から、折れた肋骨が突き出している。腰は真横へ曲がり、スカートは脱げ、両足の間にあふれだした内臓が、冷たい夜気のなかで湯気をあげている。そして――ああ、頭が、彼女の頭が割れてしまっている。

野次馬がさらにざわざわと集まってくる中、私はよろめきながら膝をつき、ジェニーの痙攣する体をそっと抱き起こした。そしてあまりの残酷さに、あえがずにはいられなかった。これだけ傷つきながら、彼女はまだ生きていた。意識もあった。話すことさえできた。そして彼女は、血に染まった眼を細め、途方もない苦痛のなかで懸命に微笑んだのだ。

ただ、私を心配させないがために。

「大失敗……」その一言だけで、ジェニーの口と鼻からゴボゴボと鮮血があふれだした。唯一折れていない右手が細かく震えながらあがり、指先がそっと私の頬を撫で、すぐに落ちた。「困ったな……あたし、死んじゃうみたい……」

自分が泣いているのかどうかもわからないまま、私は何度も何度も首を振った。ジェニーはそんな私の手を握ると、ほっとしたように吐息をもらした。

「死に方なんて、考えたことなかった」彼女はぽつりとつぶやいた。「おかしいよね。滅亡した世界を研究してたくせに……」

さらに血を吐き、ジェニーの眼がそれた。意識が薄れているのだと思って私は彼女の手を握りしめたが、そうではなかった。

彼女は、私の肩ごしにニューヨークの町を見上げていた。

「不思議ね。いつかはこの町も、この国も土に帰る……こんなに発展した文明も、遺跡になる時が来るの。でも、誰が掘り起こしてくれるのかな……」

「ジェニー……駄目だ」

「あたし、幸せだった。この……時代を……生きられて……」

ジェニーの手が冷たくなってきた。寒い日にはすぐに凍えてしまう私の指先を、いつもそっとくるんでくれたこの暖かい手が。

「こんなに儚いんだね……人生って」

ジェニーは何かにふと耳を傾けるように、首を動かした。私たちを取り囲んでいる人々のざわめきではない。きっと、商店から流れてくるクリスマス・キャロルを聴いているのだろう。

「すべては塵に帰る……永遠の人生なんかに憧れては駄目……人生が永遠だったら、人生は人生じゃなくなる」

断末魔の激しい痙攣に、譫言にも似た言葉が幾度となく途切れる。

赤ちゃん、とうめく。

ああ、もう喋らなくていい。君には力ない言葉など似合わない。苦しみなんか味わってはいけない。

「永遠の存在はひとつだけ。ほら、聞こえる？　子供のころに聴いた音楽……あたしの母さんも、おばあちゃんも、子供のころに聴いたのよ……世界中の……人たちみんなが……子供のころに……夢を……」

「愛してる、ジェニー。愛してる」

私にはそれしか言えなかった。心の扉を開く言葉。幸福をもたらす始まりの言葉。すべての幸福が終わり、もっとも愛する人と別れようとする時、人はもう一度、その言葉の魔法を信じるのかもしれない。

「うん」ジェニーはにっこり笑った。「ずっと一緒。健やかなるときも……病めるときも。死が二人を別とうとも……。また、会おうね。どこか……別の世界で……」

ジェニーの瞼がゆっくりと落ちていく。その頬に、唇に、ポトリ、ポトリと雪が舞い降りる。彼女が消えていく。

「気持ちいい……この町がなく……なっても……雪は、毎年……」

私が瞬きしたあいだに、激しく引きつることもなく、ジェニーの体は動きを止めていた。うっすらと開いたままの虚ろな眼の奥で、あの澄みきった青い瞳は光を失っていた。命の終わりは、あまりにも静かだった。

そして、私は知っていた。それまでの優しい別れの会話が、すべて幻想であることを。現実には、ジェニーの最期の声は、轢き殺される直前の無残な絶叫だった。私が抱き起こした時、彼女はとっくに絶命していた。頭蓋が砕け、首が折れていた。

しかし、聞こえたのだ。それでも、私には聞こえたのだ。

私は妻の、そして私に一度も笑いかけることのなかった我が子の亡骸をかき抱き、いつまでもむせび泣いた。いつまでも、いつまでも。涙がほとばしるにつれて、腕のなかの遺体と同じく、私の心は凍てつく冬の寒さに冷えきっていった。雪が、私たちを覆った。

やがて救急車がやってきて、仕事のことしか頭にない男たちが言葉巧みにジェニーを奪い取ろうとしたとき、私は心の奥底で叫んだ。気が狂うまで叫び続けた。

こんな町で……

こんな世界で、幸せになんかなれるものか……

七

先頭を歩んでいたデニスが壁画を発見したのは、探索開始から十時間半後――私が様々にわき上がる感情に打ち負かされ、半ば意識を捨てて機械的に歩を進めるようになった矢先のことだった。

「考古学には無知でありますが、私はいま、素晴らしい感動を覚えています！　この壁画の美しさと躍動感はミケランジェロの『最後の審判』もかくや、まさに歴史を越えた芸術の頂点と言っても過言ではありません……」

エディが野球中継のアナウンサーのようにまくしたてるのを聞きながら、私はずっと長いあいだ立ち尽くしていた。いや、私だけではない。分野にとらわれず芸術をこよなく愛するフレッドをはじめ、映画好きなヘンリー、漫画収集家のモートン、古代美術などにはとことん興味のなさそうなピーターでさえもが陶然と見とれている。第一発見者のデニスに至っては、まるで遠い宇宙からの啓示を受けたような顔つきだ。

私たちの眼を釘付けにする精密なフレスコ画――右手の壁いっぱいに描かれたそれは、雄牛の首に腕を回す、クノッソスの王妃パシパエの妖美な姿であった。

白毛の聖牛の、私の十倍はあろうかという巨大な体躯は、注がれた幾筋もの光のなかで隆々とした筋肉を波打たせ、その豊かな毛並みを絞りたての乳のように輝かせている。太い四肢は、それぞれが樫の巨木のように強靱そうで、偃月刀のように反り返った鋭い角と、灼熱の溶岩のごとく燃える紅い両眼は、異国異世界からの侵入者である矮小な私たちを無言のままに威嚇していた。

そのかたわらにぴったりと寄り添う等身大のパシパエは、一糸まとわぬ豊満な肉体を雄牛の脇腹に押しつけている。一本一本まで細緻に描かれた長い黒髪はほつれ絡まり、その雪花石膏《アラバスター》の肌は快楽の汗に濡れてぬらぬらと淫靡に輝く。桃色のふっくらした唇は、欲情の吐息を洩らすかのように心持ち開いている。眼は陶酔に虚ろ。みずからの手で鷲掴みにした乳房は、柔肌が今にも裂けんばかりに張り詰めている。秘所は閉じた両股によって隠されているが、それが一層エロスの度合いを増長させ、実になまめかしい。

「ええっと……この絵は……何を意味するんですか、ケラーマン教授?」エディがフレッドをアップで映しながら、おどおどと質問した。「雄牛と美女の戯れなんて、普通じゃないですね」

「テセウスの冒険に関わる有名なギリシア神話じゃないか。いったい何を勉強してきたんだ？ 童話は読まなかったのかね？」

「いや、その……いろいろ忙しかったもんで」

「クレタ島の王はミノス、それは知ってるな？ その妃パシパエは、愛と美の女神アプロディテの怒りを買って白い雄牛に恋することになった。彼女は雄牛を誘惑するために、ダイダロスに雌牛の模型を作らせ——」

「ちょっと待った」私は口を挟んだ。「彼女に呪いをかけたのはアプロディテじゃない。アポロドロスをはじめ、ほとんどの叙事作家はミノスが海神ポセイドンを怒らせたことが原因だと記してる。建国の祝いとしてポセイドンから贈られたこの白い雄牛を、生贄として奉納しなかったためだ。アプロディテ云々というのは、神話を童話として簡略化するさいに誰かが考えついたデタラメだよ。いったい何を勉強してきたんだね？」

「そうだったのか？ まあ、そうだとしても私はアプロディテ説を推すね。ギリシアの女神たちは嫉妬深さの代名詞だし、いかにも神話らしい経緯《いきさつ》じゃないか」

「確かにね。あんたが意地っ張りだということを忘れてたよ」

私とフレッドのやり取りにあわせて、エディのカメラが忙しく左右に振られている。

「ダイダロスというのは、名工として誉れ高かった男だよ」親切なデニスが、エディのために――そして視聴者のために――補足しながら後を継いだ。「彼の発明の才能は、ダ・ヴィンチをも凌ぐほどだった。帆や斧といった道具は、彼が考案したとされている。甥を殺した罪でアテナイを追われた後、ダイダロスは地中海各地を放浪し、やがてミノス王に保護された。そして、フレッドの言う悲劇が起こった……」

突然はじまったこの即興の講義に、私はふと、高校の女教師ヘレンを思い出した。彼女のことだから、もっといい男と結婚して、子供を二三人も産み、今頃はもう、初孫を抱く世代になっているはずだ。毎晩、柔らかなソファに埋もれて編み物に熱中し、精魂込めた蘭が花開くのを待ち焦がれて、ふと庭の温室へ目を向け……そう、ときには星の瞬く天球を見上げて、大好きな神話の世界に心を解放していることだろう。きっと彼女は、退職の日に稚拙なラヴレターを差し出した内気な少年のことを覚えてはいないだろう。その少年が三十年近くもたった今、神話の世界に足を踏み入れているとは、夢にも思わないだろう。

だが、それでいい。私が学術的に大変な罪を犯したことだけは、知ってほしくない。彼女には、空想が空想で終わる世界で幸せな人生を送ってほしい。ああ、なぜ私は、彼女の結婚の破綻を嘆かなかったのか。告げたいことはたくさんあったのに、なぜ手紙一枚おくらなかったのか。それが、一時期とはいえ愛していた者に対する仕打ちなのか。

私はそのようにしか人を愛せないのか。

「……そのダイダロス特製の模型をかぶって、パシパエは雄牛と交わった」デニスの解説はなおも続き、エディは壁画を眺める彼をアップで映している。「でも、それはただの情交に留まらなかった。王妃は子を宿し、やがて牛頭人身の怪物を産み落としたんだ。奇形の王子は、皮肉を込めてミノタウロス――つまり、ミノスの雄牛と呼ばれた。ミノスはクレタ島を統合し、アテナイを攻略したほどの偉大な帝王だったが、同時に残忍で嫉妬深い男でもあった。事態の全貌を知った彼は激怒して――まあ、妻を家畜に寝取られたんだから、無理もないけどね――その怪物と妻を監禁するために、もしくはその醜聞を隠蔽するために、名工ダイダロスに大迷宮を建設させた。そしてその牢獄が完成すると同時に、王は秘密保持を理由にダイダロスとその息子イカロスも一緒に閉じ込めた」

「イカロスというのは、翼が溶けて空から落ちた……」

「そう。しかし、それはまた後の物語だ。ギリシア神話というのは、無数の挿話の集合体なんだ。それぞれが複雑かつ絶妙に関連しあっていて、学ぼうとすれば、まるで現実の歴史をたどっているような錯覚さえ覚える。ただし時制が目茶苦茶だから、混乱もさせられる。地域によって、言い伝えられた物語の細部も異なる。ヘラクレスやテセウスといった英雄たちは、年表を作成したら数百年は生きていたことになるだろうね。まあ、その支離滅裂さこそが、ギリシア神話の魅力でもある……おっと、神話はドノヴァン教授の専売特許だ。あとで彼に解説してもらうといいよ」デニスは話をもとに戻した。「さて、それから毎年、アテナイから運ばれた十四人の健康な若者が迷宮に投げ込まれた。人身御供――ミノタウロスの餌としてね。事態に窮したアテナイの王アイゲウスは、元凶である怪物を抹殺すべく、生贄の若者たちの中に強力な戦士を紛れ込ませた。それが後にアテナイの王となる勇者テセウスだ」

「毎年という説もあれば、三年ごと、九年ごとという説もある。そもそも……」

「そうですか」我慢しきれなくなって口を挟んだ私を、エディは手で制した。デニスだけを映しつづけて、尋ねる。「では、ウィルソン教授。先ほどからご説明いただいている迷宮が、我々のいるこの通路だと？」

「さあねえ。ここを歩いていると、そう信じたくなるよ。けど、神話はあくまで神話だ。知ってると思うが、生物学の常識から言って、牛の精子と人間の卵子が結合して生きつづけるのは不可能だ。ミノタウロス云々は結局のところ、獣姦するのはいけないよっていう教訓を伝える物語じゃないのかね」

「これは私個人の疑問です。なぜ、ミノス王はミノタウロスを殺さなかったのでしょうか。いくら怪物でも、武装した軍隊にはかなわないと思えるのですが」

「古代ギリシアにおいて、親族殺しは決して許されない罪だったのさ。神々は復讐の女神たちを遣わせ、そんな罪人を死ぬまで苦しめた。ましてや、ミノタウロスは海神によって創造された生き物だ。もしもそれを殺したりすれば、ミノス王は言語に絶する責め苦を受けただろうね」

撮影を見守る私はやがて、デニスの解説よりもむしろ、デニス本人に注意を奪われた。彼は熱に冒されているかのように早口で説明しながらも、終始、壁画に眼を向けたままなのだ。まるで見えない磁力に手繰り寄せられているかのように、先ほどよりもいささか接近してさえいる。

彼のジーンズの前は卑猥に膨らんでいるが、私にはそんな彼を嘲笑することはできない。性欲《ヒメロス》に捕らえられたのは、ほかの皆も同じだ。好男児のピーターはもっとも女性経験が豊富そうであり、実際、メンバーのなかでは一番平静を保っている。だが、若くて精力旺盛なヘンリーとエディはもちろん、愛妻家のデニスも、もう老人の域に足を踏み入れているフレッドも、老若問わず女性患者を無数に診察してきたはずのモートンも、一様に下劣な笑みを浮かべて壁画に見入っている。人夫にいたっては、羞恥心のかけらも持たぬのか、ズボンの中に手を入れて股間をまさぐっているほどだ。男の性欲は果てしないと言ってしまえばそれまでだが、この強烈な反応ぶりは不気味でさえあった。我々は学者であり、医者であり、カメラマンであり、冒険家なのだ。滅多なことでは動じない、鋼の忍耐力と自制心を持っている人種のはずなのに。

それにしても、なんと欲情をそそる蠱惑《こわく》的な女体であろうか。現代のどぎついポルノ映画や雑誌でさえ、足元にも及ぶまい。この媚態はあまりにも立体的で、肉感的で、淫猥だ。こうしてじっと見つめていると、ひとりでに手が動きだしてパシパエの美しい肉体に触れようとしてしまう。唾液で濡れた唇の奥に舌を入れ、柔らかな乳房や引き締まった腹をなで、唯一あらわにしていない股間に指をすべりこませて探ってみたくなる。きっと全員がそんな状態にあるに違いない。私たちは互いに互いの視線に拘束され、それに安堵しながらもどこかで憎らしく思っているのだ。

私たちの意識を立ち戻らせたのは、エディの無邪気な一言だった。

「つまり、これはミノタウロスの両親の肖像画というわけですね。いったい、誰が描いたんでしょう。どうしてこんなところに？　そして、何のために？」

人は何のために肖像画を飾る？　私たちは各々でその答えを思い浮かべ、デニスもまた沈黙した。

虚栄心を満たすため？　故人の姿を後世に残すため？

残された家族の心を慰めるため？

ここに閉じ込められた息子の……

「さあ、報告しよう。完全に原型をとどめている壁画を見つけたと」嫌な想像を振り払うかのように大声で言ったフレッドは、人夫の背から通信機を下ろさせた。マイクを手にして助手の名を呼ぶ。「ジャック、応答願う。ジャック、どうぞ」

「はい。ケラーマン教授ですか？」

「そうだ。相変わらず雑音がひどいな。そっちはどうだ、ジャッキー。何か変わったことは？」

「ええ。二時間ほど前から雨が降ってます。大変な豪雨ですよ。時期が時期ですから珍しくもありませんが、たまったもんじゃありません」

「雨か――」フレッドは皺だらけの顔をさらにしかめた。「まずいな。ここへ流れ込みそうか？」

「それは大丈夫。発掘地点の周囲に土塁を作りましたし、穴の真上には無理やりテントを立てましたから」

「よし、さすがは私の助手だ。……ところで、例の閉所恐怖症の人夫はどうなった？　年寄りだからな、もう何時間かたたないと、出てこないかもしれないが」

と、ジャックの返答がしばし遅れた。

「それなんですが……」

「どうした。怪我でもしていたか？」

「あ、いや、その男はまだ戻ってません。それより、こっちの人夫たちも怯えきって騒いでるんです。さっきから稲妻と風が凄くて――神が怒っていると口々にわめいています。何だか連中、とり憑かれたような様子ですよ。ムンクの『叫び』みたいな顔をして……。クレテスって何ですか？　全員が木立の奥を見つめて、そう口走ってるんですが」

「クレテス」私はつぶやいた。「クレタ島の精霊たちだ。この地で産まれた赤子のゼウスを守った」

「ばかばかしい」フレッドが鼻を鳴らした。「今は二十世紀だぞ？　君まで錯乱するんじゃない、ジャッキー。連中には、残ってるワインを全部くれてやれ。――それより、大発見だ。聖牛とパシパエを描いた壁画を見つけた」

「保存状態は？」

「完璧だ。しかも驚いたことに、三次元的な画法なんだ。今までの絵画の歴史を塗り替えるような傑作だよ。来年から、世界中の中学校の教科書に載るぞ」

「来月号のペントハウスにもな」ピーターがにやっとして、皆を苦笑させた。

「そいつぁ素晴らしい。第二次調査には、ぜひ僕も――お、おい、何をしてる！　どこへ行くんだ！　戻ってこい！」狼狽の声。「ああ、すみません、教授。逃げられました。どいつもこいつも、急に……」

スピーカーの向こうで、何やらガタン！　とテーブルを引っ繰り返したような大きな音がした。数秒の異様な静寂の後、耳をつんざくような痛ましい悲鳴がスピーカーからあふれて通路内に響きわたり、メロンを落としたような妙な音がそれを瞬時に断ち切った。

そして、またしても絶叫。

「どうした！　ジャック！　おい、ジャック！」

「助けて……何だこいつらは……う、あがっ……ちくしょ――」

同じような気味悪い音がさらに二度ほど続き、同時に、ざわざわと人の声らしからぬ声が聞こえた。イナゴの大群のようなノイズが走る。よく聞き取れなかったが、現代のギリシア語ではない。もっと古めかしい言葉で、「罰」「生贄」という単語が幾度か耳に飛び込んでくる。ガリガリッ、ガガガガッと電波の乱れる音がしてあちらの通信機が破壊されたことを伝える。フレッドは忿懣《ふんまん》と絶望とに顔を歪めた。

「くそっ、何があった！　いったい何が……」

その直後、通信機を取り囲んでいた私たちの背後で、反吐をぶちまけたようなびしゃりという音が聞こえた。ギョッと振り返った私たち――ピーターはすでに拳銃を抜いていた――の眼に映ったものは、壁画の向かいの壁から突き出した、ひと抱えほどもある石の棒。そして、その凶悪な槌とパシパエとのあいだに挟まれた何かが、通路にくずおれる光景だった。

デニス。

けたたましい音を立ててヘルメットが転げ落ち、数瞬、私たちが本能的にその行方を追ったために、光の筋が狂ったように踊り回った。私たちが顔を戻すと、地質学者を背後から急襲した石の槌は、血を滴らせながらするすると動いて壁面に収納されていく。光から逃れる闇のような、実に滑らかな動き。私たちはしばし、振り返った姿勢のまま、まさしく絵のように凍りついていた。そして視覚だけが無情に機能して、悲惨な現実を容赦なく脳に叩き込むばかりだった。

瞬時に頭を潰されたデニスの死体はまだピクピクと痙攣しており、おぞましいことに、その左手はいまだに鳥籠の把手を握りしめていた。カナリアは名づけ親の死にざまなどに興味はないのか、横倒しになった鳥籠に合わせるように留まる位置を変えただけで、何事もなかったようにたたずんでいる。デニスの脳や頭蓋骨はミンチ状になって壁から滴り、水風船が割れたがごとく飛び散った大量の血液は、今まさに絶頂に達したかのように見えるパシパエの全身をしとどに濡らしていた。その足元で、熱で溶けたプラスチックの仮面のようにひしゃげた血まみれの顔が、私たちをじっと見つめている。ばらばらと床に撒かれた、自慢の真っ白な歯。大地の言葉を聞こうにも、デニスの耳はもはや肉の切れ端でしかない。

「罠だ……ああ、何ということだ……」

つぶやいたフレッドが口を押さえて顔をそむけ、壁際で消化されていない胃の中身を戻した。酸素が吸収されないのと同様に、携帯食と水もまた、そのままの形態を保っている。

それを機に、皆が麻痺状態から脱した。エディは放心したように立ちすくんだまま、本能的にフィルムを廻しはじめた。壊れた人体など見慣れているはずのモートンが後ずさり、床に転がった眼球を踏みつけて悲鳴をあげる。若い人夫は通路にへたりこんで眼をむき出していたが、そのうち狂人のようにケタケタ笑いだすと、荷物を背負ったまま走り出し、これまで進んできた暗い通路の奥に見えなくなった。ヘンリーは壁にもたれかかったまま、わけのわからないことをぶつぶつと口走っている。それはきっと祈りであろうが、愚かな。この地を庇護するのがイエス・キリストではないことを彼は忘れている。

恐慌のなかで比較的落ちついているのは、やはりピーターだ。彼は痙攣し続ける死体や脳の破片を踏まないよう近寄り、血まみれの壁画をじろじろと観察している。数分して、彼はナイフを抜こうとし、自分がまだ拳銃を握りしめていることに気づいたようだった。冒険家は拳銃をホルスターに戻し、あらためて刃を引き抜いた。

「みんな見ろ。この馬鹿野郎、俺たちの眼がそれた隙にここを触りやがった」

ピーターはナイフの切っ先を差し伸べると、壁画の描かれた壁石のひとつ——誰もが触れることを熱望していたパシパエの閉じた股間の膨らみを、そっと押した。微かに、非常に微かに壁石が奥へ引っ込む。彼が腕を引いた直後、列車のような恐ろしい勢いで向かいの壁から石棒が突き出し、壁画と数ミリの隙間を残してぴたりと止まった。そして五秒もすると、また次の攻撃に備えるように壁の中へ戻り、組み上げられた石材のひとつにしか見えなくなった。

ピーターがもう一度ためしてみても動きが鈍るようなことはなく、獲物に飛びかかる蛇のごとく静かで俊敏なだけに、見守る私たちを総毛立たせた。

「なんて精巧な建築だよ。何千年も土のなかに埋まってたってのに、まだばっちり動きやがる。——くくっ、この絵がまだ汚れてなかったことを考えると、潰されたのはこのお偉い学者さんが初めてらしいな。まあもっとも、勇者テセウスがこんな助平落としにひっかかるわけもねえか」

ピーターは実にうきうきと喋っていた。死んだデニスを嘲弄するような口調に私は怒りを覚えたが、自分自身がああなっていたかもしれないと考えて恐怖に縛られた体は、ピーターの胸倉をつかむためのわずか一歩を踏み出すことさえ拒絶していた。そして、次に浮かんだ思いは——

もうすぐ彼女、母親になるんですよ。

微かな喜びを自分が感じていることに、私はぞっとした。指で唇の形をたどってみると、それは傾いた三日月型になっていた。人の不幸の、それも仲間であったはずの男の無残な死に立ち会いつつ、私はずっと皮肉っぽく微笑んでいたのだ。ピーターはおそらく、デニスの死によって、自分がまだ生きていることを再認識して浮かれているのだろう。だが私は、デニスが私の同類になったようで笑ったのだ。

私もまた、父親になりそこねた男だから。

「さあて、面白くなってきたと思わねえかい？　おい坊主、カメラをこっちへ」迷子のようにうろたえているエディを強引に向き合わせると、ピーターはレンズを見据えて早口で喋りはじめた。そのはきはきとした饒舌ぶりは名レポーターもそこのけで、こんな折でなかったらエディの深い尊敬を勝ちえていただろう。「えー、みなさん。事態が急変いたしました。この番組はもはや、単なる歴史ドキュメンタリーではなく、人命のかかった衝撃のリポートとなりそうです。どうやら我々調査隊は、この恐るべき迷宮に骨の髄まで捕らえられてしまったようなのです。外界では、神の怒りに恐怖した人夫たちが逃亡し、ケラーマン教授の助手ジャック・エマーソンは、正体不明の存在に惨殺されました。現在、我々は通信不能となっています。そして今、我々のすぐ目の前で、地質学者デニス・ウィルソン教授までもが残虐非道の罠によってその命を落としてしまったのです。さらに不可解なことに、コンパスはもはや正常には動きません。長い探索にもかかわらず、我々は空腹感も、便意も感じません。ここでは何か不気味なことが起きているのです。ドノヴァン教授とケラーマン教授は、これらの事実をまだ隊員たちに隠しつづけています」

私が愕然と眼を向けると、ピーターは茶目っ気たっぷりの子供のようにウィンクしてみせた。

「このまま黙ってても仕方あるまい」

「そうですね」ヘンリーが肩をすくめた。彼もまた、とっくに気づいていたのだ。

「なぜ……」エディががたがたと震えはじめた。「なぜそんな重要なことを言わずにおいたんです！　コンパスが……僕たちは迷ってるんですか？　そうなんですね！　どうして――」

悲鳴まじりにわめきたてるエディの首を鷲掴みにして軽々と持ち上げると、ピーターはドスのきいた声で言った。

「てめえがそうやって泣きださないように気を遣ってくれたんだ。――そうだろう、お二人さん？」

「ああ……すまなかった」詫びるしかなかった。

「君が謝ることはない、ランス」フレッドが首を振った。「私が黙っているように彼に言ったんだ。私の責任だ」

「誰も謝らなくていいし、誰の責任でもねえ。だいたい、自分で気づかないってのがどうかしてるぜ。あんたもか、ドクター？」

「あ、ああ」モートンの顔面は蒼白だった。「妙に体調がいいとは思っていたん――」

「まあ、今までのことはどうでもいい」ピーターはエディを突き放した。「これからどうするかを決めなきゃな。多数決は嫌だぜ。自分の命は自分で責任持とうじゃねえか」

「どういう意味だい？」私が尋ねると、ピーターは不敵に笑った。

「俺はこのまま進むという意味さ。デニスの奴には、もう病院は必要ない。水が半分なくなるまで行くってのが俺の流儀だし、今回は電池が許すかぎりのところまで行くつもりだ。あんたらは好きにするがいい。一緒に行きたい奴がいれば、今のうちに言え」

しばしの沈黙のすえ、エディは蚊の鳴くような声で「帰りたい」とつぶやいた。モートンも黙ってカメラマンの傍らについた。

「行くよ」私はピーターに告げた。失うものは何もなかったし、もとより私は命が尽きるまでこの迷宮を探索するつもりでいた。私のこころざしはひとつ。私とジェニーの心を震わせた謎が何であったかを突きとめ、死んだら、ジェニーに発見したものを教えてやりたい——。

冒険家は礼を言うかわりにニヤリとした。「他には？」

デニスの死体にチラッと一瞥をくれた後、ヘンリーが私たちの側に動いた。フレッドも続いた。彼はうつむいている医者に寂しそうに語りかけた。

「モートン、妻と娘たちに伝えてくれ。フレッド・ケラーマンは学者なのだと」

「決まりだ」ピーターは手を打ち合わせて、エディとモートンに顔を向けた。「生きてたら、また会おう。ただし、二度とこっちへ引き返してくるなよ。動くものがあったら、俺はすぐさま撃つ」

二手に別れるまえに、休息をとった。装備を再分配する必要があったので、私たちはいったん、山刀などの武器をのぞく各自の荷物をひとまとめにした。

「これだけか」すべての資材をまえに、フレッドが愕然とうめいた。

「ああ」ピーターが鼻を鳴らす。「これだけだな」

人間というのは希望を信じてこそ生きていけるが、時には信じすぎて、希望そのものをふいにしてしまうこともある。どう考えても少なすぎる装備の山をかこんだ仲間たちが、すっかり沈黙したことから察するに、私だけでなく皆が、今の今まで、誰かが大量の必須物資を持っているものと頭から決めてかかっていたに違いあるまい。

私もまた当惑のあまり、手で口を覆った。あの人夫たちも逃げ出すならば、せめて荷物だけは置いていってほしかった。財布なら盗まれてもいい、便器がわりのポリエチレン袋だってくれてやる。しかし、現況を考慮するかぎり、ほかの品物が持ち去られたことは調査の続行において致命的だった。つまり、私たちは潜水用具、登山用具、応急救護用の酸素ボンベ、スコップやツルハシなど緊急時対策の装備だけでなく、すべての懐中電灯とその乾電池、蠟燭を残らず失ってしまったのである。老人夫の件でこりもせず、光源という貴重品を日雇い労働者に任せつづけていたのが悔やまれる。フレッドにいたっては、自分のザックも預けていたのだからたまったものではない。彼の食料と水、大量の電池を含めた荷物は、深い闇の奥へ持ち去られてしまった。そういえば、我々のゴーグルとマスクもだ。

さて、焚き火をかこむ原始人のように、円陣を組んでしゃがみこむ私たちの中央には、総数二十三本の乾電池がずらりと並べられていた。が、そのうちの半数以上は懐中電灯用の大型のもので、懐中電灯そのものが失われた今となっては、ゴミも同然。ヘルメットに使用できる中型電池は十一本だけだ。これは、ピーターが携帯していた八本と、エディの二本、デニスの無残な遺体のポケットから回収された一本の合計である。

「おいおい、馬鹿を言うな」ピーターがいらいらと怒鳴った。「公平にやるんだ。ヘルメット用の電池を持ってる奴は、ここに全部出せ。抜け駆けは許さん」

「すみません」ヘンリーが気まずそうにうめいた。「僕は持ってきてなかったんです」

「同じだ」

「すまん、わしも」

うつむいた私とモートンが、のろのろと続いた。

大失態だった。今朝方、装備を各自の判断で携帯したことは記憶に新しいが、我々は不運にも、フレッドが各種の電池をどっさりとザックに詰めるのを見ていた——慎重すぎる彼を笑い飛ばしたほどだった——ために、まさか自分まで持っていく必要はないだろうと軽率にも信じきってしまったのである。電池など、それはもうダンボール箱からあふれるほど用意してあったため、逆に重要視できなかったのだ。

全部で十一本。一度に二本をセットしなければならない六基の電灯を満たすにはあまりにも少なすぎ、これまで虚勢を張ることで皆を元気づかせてきたピーターも、念力で炎を発生させられるとまではさすがに豪語しない。ただ神妙な顔つきで数少ない物資を睨《ね》めつけて、取り分の電池を無言で配るだけだった。責を感じるフレッドはそのうちの一本を返却し、他の者がそれぞれ二本ずつ所有できるようにはからった。皆が皆、最も紛失の可能性の薄いズボンのポケットに電池を収めた。

微かな望みを抱いてデニスのザックも開けたが、中身は標本用の小石がはいったガラス瓶ばかりで、光源になるようなものは入っていなかった。転がったヘルメットは髪の毛と血にまみれていて、とても触れる気にはなれなかったし、プレス機にかけられたような状態を見るかぎりでは、ケース内部の電池も原型を留めていないのは明らかだ。

これほどの凄まじい圧力を突発的に受けた頭蓋のなかで、デニスの脳は最期の一瞬に何を考えただろう。愛妻をさしおいて画中の美女に誘惑されたことへの後悔か、それともこの静謐な地下道が見かけ以上に危険であり、我々が警戒不足であるとの警告か。いや、陽気な彼のことだから、思い浮かべたとしてもせいぜい、迷宮の封となっていたあの白い岩石の組成を研究できなかったことへの落胆ていどで、少ない装備で取り残される私たちへの懸念や同情などはまるで念頭になかったに違いない。

しかし、誰かしら同情してくれても良さそうなものだ。つまるところ、私たちに残された照明器具は、替えの電池がそれぞれ一回分しかない電灯つきヘルメット六つと、ピーターの持つジッポライターだけなのだから。どこを探しても、何度数えなおしても、その事実に変化はなく、こうして立ち尽くしている今も、電池は刻々と消耗をつづけているのだから。そもそも発注した品が届かず、ランタンは盗まれ、光源のほとんどが持ち去られ――こうも不運が続いたことを思えば、信じられないとか言う前に、奇怪でおどろおどろしくさえあった。こうなったのは私たちの配慮不足だけでは決してない。たとえ燃えさかる太陽そのものを持ち込んだところで、何かしらの形で失われていたはずだ。モートンが飴玉と間違えて食ってしまうとか。ピーターが唾を吐いて消してしまうとか。

退却組のモートンとエディには、電池に加えて、二回分の携帯食と少々の飲料水を持たせることにした。食料は今さら必要ないのだが、竦み上がった彼らの心を励ますという立派な役目を果たすだろう。残りの食料は私たち調査続行組で分けたが、ピーターは自分が出した煙草二箱を回収しただけで、水筒も食料も、ザックさえも取らなかった。

地上側が破壊された通信機は無駄なので、ここに残していく――ピーターがそう言ったとき、私は反論しかけた。いや、何かに使えるかもしれない。道が分岐してどちらに進むべきか迷ったとき、サイコロがわりになるかもしれない。もしくは我々がいよいよ絶望に狂いはじめたときに、拳銃で頭を撃ち抜く順番を決めるのにも――

私は、自分がおかしくなっていることに気づいた。

「お願いできますか?」エディはヴィデオカメラを差し出しておそるおそる私たちに尋ねたが、ことごとく拒否された。フレッドが言うには、これは大切な証拠資料だから、今のうちに地上へ運んでほしい。ピーターが言うには、人の仕事までやってられるか、撮りたいなら一緒に来い。帰り道に危険はないからと、モートンは応急救護用の医薬品と医療機材をヘンリーに預け、基本的な使い方を指導している。注射器の使用法くらい分かりますよ、とヘンリーが答え、腕まくりをする。肘の内側には、麻薬注射の古い跡が残っていた。

「知らなかったな。今は克服したのかね?」

「習慣化する前にやめましたよ」ヘンリーがにやにやする。「今では、たまにコカインをやる程度です」

「金持ちの道楽もほどほどにしたまえ。それで……デニングス、そっちの食料と水はどれくらいもつと思う?」挫折したことに引け目を感じているのか、モートンは小さな声でピーターに尋ねた。

「切り詰めて四日だな」冒険家は、医師の意気地のなさに失望したらしく無愛想だ。「おまえの知ったことじゃあるまい」

「君の言いたいことは分かるよ、モートン」フレッドが嘆息し、いまだ荷物を何もかも失った責任を感じているのか、弱々しくつぶやいた。「電池の数を考えると、一基ずつ点灯しても一日半から二日が限界だろう」

「わかった」モートンはうなずいて、フレッドにぽってりした手を差し出した。「二日たって戻らなかったら、捜索隊を出すよ。約束する」

別れと激励の握手が続いているあいだに、私は皆の眼を盗んで、デニスの体にそっと触れた。彼にも別れを告げようとしたわけではない。祈りも捧げない。私の手は、デニスの胸に強く押し当てられていた。太陽や通信機についてわけのわからぬ考えへと逃げ出した理由は、この結果についての想像があまりに恐ろしかったからにほかならない。

そして、すぐに答えは得られた。それが済むと、私は立ち上がって二人の仲間と握手をし、ここまで同行してくれたことへの謝意を告げつつ、無事な帰還を果たすよう励ました。

人道に反する行為であることは承知の上だったが、気の毒なデニスの遺体はこの場に放置することにした。どちらのグループにも彼を運んでいく余裕はなかったし、どうせ鳥や獣に荒らされることはない。私たちが復路に着いてここへ戻るまでのあいだに、この迷宮に足を踏み入れる者への警告にもなるだろう。まあ、そんな者がいたらの話だが……。

少なくとも、私は皆にそう説明した。別段、私の顔色をいぶかしむ者もいなかった。

壁画の前を立ち去った後もしばらく、私の手のひらには、デニスの確たる心臓の鼓動と、健康そのものの肌のぬくもりが残っていた。

思うに、生と死を対極の存在と考えることは、大変な過ちであるに違いない。それらはむしろ相対的なものであり、ただひとつの宿命の表裏を彩っているにすぎない。幸と不幸もまたしかり。仮に、生と幸福を降りそそぐ光とするならば、死と不幸はその光によって照らされた人間の影である。人がより強い光のなかへ歩み入るほど、足元からのびる影は、より濃さを増していく。それは常に背後から、じっと見つめている。語りかけてはこない。無言のまま、一挙一動を真似するだけだ。

背後を振り返ってはじめて、人はそのおぞましい同伴者に気づく。その姿は黒い頭巾をかぶり、大鎌を振りかざした骸骨ではない。ただ無表情な、どろりとした粘液だ。人はその視線に怯える。そして愚かにも、さらに強い光のなかへと一目散に逃げ出さずにはいられない。

ところが、影が離れることは決してない。それどころか、光に近づけば近づくほど、だらしなく横たわっていた影は力強く縮み、足元へと身をすり寄せてくる。蹴りつけようとも、大地をえぐろうとも、それは光あるかぎり無傷のままつきまとう。

人は頑に信じる。光だけの世界へ行けば、影は消え去る。そうだ、闇を打ち負かしてやる！

しかし、やがて光の真下へたどり着いたとき、人はもうひとつの摂理を知って戦慄する。光ばかりを見上げてきた眼が焼かれ、暗闇に閉ざされてしまっていることに。絶望に身悶えたその瞬間、影はついに人を捕らえ、人と一体化する。

恐ろしいことだ。しかし残酷な摂理ではない。繰り返すが、それらは相対的なものであり、互いが存在するからこそ存在しうるものなのだ。

ところがこの永劫の牢獄において、その摂理は適用されない。闇がそこらじゅうを埋めつくし、影は人の姿をとることができないからだ。それはつまり、ここでの死がまったくの無力であり、生もまた本当の生でないことを意味する。光のない場所で生き続ければ、幸福もまたありえない。

哀れなデニス。もしも蠟燭が残っていたなら、私は君のかたわらにそれを灯して立ち去りたかった。それができなかったからにはせめて、漆黒の肌の君が、この年老いた闇たちの慈悲を得られるよう祈ろう。

八

時刻は午後十一時二十七分。この迷宮へ足を踏み入れてから十五時間が経過した。さらに幾度か方向を変えた通路は、姿形をそのままに、奸計ゆたかな悪意だけをゆっくりと静かに剝き出していく。踏み込んだ時には縦横に入り乱れていた光線が、今ではわずか一本に減り、ほくそ笑む闇は私たちにずっと接近して、足元や壁を隠すことで冷酷さを見せつける。

デニスを失ったあの惨たらしい事件が起きるまでは、私はピーターが煙草を吸うたびに、この年老いた遺跡が汚れることに研究者としての胸を痛め、タールの煙が壁にこびりつくことがないようにと祈ったものだった。しかし、今ではそんな些細なことは気にならない。この迷宮の人知をこえた魔力は、遺跡と呼ぶには相応しくないほどの健在ぶりで、まぎれもなく私たちを餌食にしようとしているのだから。

だが、殺戮だけを目的とした迷宮ではないようにも思える。もしもそうでないのなら、あの壁画のような陰険な罠が無数に張り巡らされていたはずだし、私たちのように不用心な侵入者はすでに全滅していたことだろう。

この途方もなく広大な迷宮の建造理由は、いったい何なのであろうか。

一基ずつ交替で灯しているにもかかわらず、電灯の消耗は容赦なく確実に進んでいた。ここ四時間ほどのあいだに、私とピーター、ヘンリーは電池交換を余儀なくされ、現在点灯中のフレッドのライトも薄くなりはじめている。少し休ませたところで、いちど極限まで酷使した電池には、闇を退けるという目的を満たすほどの電力は残されておらず、泣く泣く破棄するしかなかった。

新たな動力を補給されたライトが、効率よく連携を保ってどれだけの時間を生きられるか、フレッドとピーターが真剣な面持ちで議論している。それによって、探索を断念して折り返す時期が決定するからであるが、どんなに電池を切り詰めてもこの迷宮全体を踏破できないと承知している冒険家は、先ほどからさりげなくも熱心に足を早めて、せめて一歩でも遠くまで探ってみようとの確固たる決意を、私たち研究者以上にしめしている。

私は肉体が劣化しないのに電池が消耗することについて考えをめぐらせ、絶え間ない闇と静寂の生みだす苦悩から気を紛らわせていた。すなわち、電池の仕組みの何かが、魔力の影響外にあるのか？　それとも、電池という近代文明の産物を、この迷宮の魔力が理解できないために起きる現象なのか？　もしも後者だったなら、人類学の点においては興味深い論旨と言えるだろう。人間は有史以前から進化と発展をくり返して、現代人というまったく異質な種族となったはずだ。ところが、この迷宮のようにもっと大きな存在にとっては、人間はしょせん人間でしかないということなのだから。

　便意が起きないことも、考えてみれば滑稽だった。無数の映画や小説のなかで、登場人物の排泄シーンを描いている作品はほとんど存在しない。ラヴ・ストーリーのヒロインは、便器に座って泣きはしてもパンティは下ろさない。殺しのライセンスを持つスパイとて、たまには下痢に苦しむこともあろうが、そんな時は凶悪な敵たちも、機関銃を置いて喫茶店で休憩していてくれる。山野や大海を駆けめぐる冒険活劇にいたっては、主人公は何日にもわたって飲まず食わず出さずだ。彼らは、物語という魔法の国の住人。私たちも、今ではその一員なのだ。

　曲がり角のひとつで、私は天井にあるものを見つけて怖気を振るった。それはチョークで書かれた矢印で、まったく見当違いの方向を示していた。それがデニスの書いたものかピーターの書いたものかはわからなかったが、これで方位が狂ってしまった理由がはっきりした。

　この通路は、勝手に石組みを変えているのだ。

　私はこの発見を、誰にも言わなかった。皆で議論したところでこの絶望的な状況が改善されるはずもなかったし、通路の魔力が慈悲を与えてくれるとも思えなかったからだ。

　アポロドロスは『神話』の文中で、この迷宮を「もつれにもつれし紆余曲折に出口を迷わす」と表現している。しかし現実は、そんな言葉では足りないほど酷い。どうやらこの場所には、法と必然《テミス》の女神の手による魔法だけでなく、迷妄《アテ》の女神の呪いまでかけられているらしい。哀れなのは引き返そうとしたモートンとエディ、そして逃げ出した人夫たち。彼らは今、何処をさまよって――

踏み出した足が空を切った。

第二の罠に私が悲鳴をあげるよりも早く、まさに閃光の速度で、たくましい五本の指ががっしりと私の腕をつかんでいた。これまでの生涯を振り返るひまもあらばこそ、私は懸命にそれにすがりついた。

「うう、ちくしょう、手を貸せ！」

私の荷物も含めて、実に百五十ポンドの負荷を一手に支えたピーターが、フレッドとヘンリーにわめきちらす。しかし、冒険家の巨体が邪魔になっているのか、二人は落とし穴に宙づりになった私を何もできずに見下ろすばかりだ。腹這いになって身を乗り出したピーターの顔面が紅潮し、首の血管が膨れ上がるのがはっきりと見える。私の肩の関節は、いまにもはずれそうだ。

足掛かりはないかと下を覗き込んだ私は、すぐさま顔をもどして情けない悲鳴をあげた。真下には、自分の硬直した下半身と、縹渺たる暗黒の空間しか見えなかったのである。実際には底は浅いのかもしれないが、デニスを屠ったあの罠の残虐性からして、暗闇の底にとがった杭や青銅の穂先が林立していても何ら不思議ではない。

「くそっ、重すぎる！」じりじりと手が滑っていくなかで、ピーターがうめいた。「もう駄目だ！　いいか、ゆっくり指を伸ばすぞ、ドノヴァン」

「ああ！」あはは、ピーターの奴、まったく冗談好きな男だ。「いや、待った！　放すな、絶対に！　助けてくれ！」

「了解」

ピーターは顔をゆがめながらも微笑んだ。その笑みを見た瞬間、私は不思議なことに自分が助かることを確信した。ピーターはぬかるみにはまったトラックのごとくうなりながら、じわじわと膝を立て、腰を伸ばし、ついに立ち上がった。いったん動きが止まってひやりとしたが、その直後、地鳴りのような雄叫びとともに私はふわりと浮き、幾分か飛び上がるほどの勢いで無事通路に帰還した。

「ああっ、腰が！　特別手当てをもらえば治るかも！」

勝利に騒ぐピーターの笑顔が、私の胸にジェニーの笑顔を思い出させた。それは一瞬のことであったが、私が味わったばかりの恐怖をきれいに流し去ってくれた。

「ああ、ああ！　たっぷりはずむとも！」強靭な肉体とあきらめることを知らない根性に深い敬意を覚えながら、私はピーターの肩を何度も叩いた。「君は命の恩人だ」

「何てことはねえさ。あのピーチクも助けられりゃよかったが」

ピーターの悔しげな言葉に、私は自分が預かっていた小さな命の不運を知った。あわてて落とし穴を覗き込むが、光は底までとどかず、前方後方の通路と同じくどんよりと濁った闇が見えるだけだった。

「なんてことだ。ザイルを垂らしてくれ。責任もって、自分で行くから……」

しかし、フレッドが無表情に首を振った。ヘンリーも石像のように黙っている。

「大丈夫。疲れてはいないし、懸垂下降なら何度かやったことがあるんだ。ジェニーに教わったんだよ。ピーターにちょっと教えなおしてもらえば――」私はそこで、登山用具が人夫に持ち去られてしまったことを思い出した。「ああ、ちくしょう。じゃあ、皆のベルトをつないで――」

「音がしなかった」なおも首を振りながら、フレッドがぼそりとつぶやいた。

「え？」

「ランス、君が落ちたときのために、私は深さを測ろうと努力した。数を数えながら鳥籠が落ちていくのを見守って、見えなくなったら音を聞くために耳をそばだてた」フレッドの声が小刻みに震えはじめた。彼を彼らしくしていた冷静沈着な態度が、みるみるうちに崩れ去っていく。

「だが、いつまでたっても籠が穴底にぶつかる音がしないんだ。いや、君とピーターの声はちゃんと聞き分けたとも。それは間違いない。だけど、鳥籠の潰れる音がしないんだ。もう二分はたってるのに、音がしないんだ！　ほら、こんなに静かなのに、まだ――」

ピーターが進み出て、わめきはじめたフレッドの頬に平手を放った。フレッドは呆然と彼を見上げたが、口をつぐんだところを見ると、理性は戻ったようだった。

「聞き逃しただけだ」ピーターがきっぱりと断言した。「ほれ、俺の声はでかい。それに、ドノヴァンの女みてえな悲鳴も凄かったじゃねえか」

ピーターが裏声で私の真似をすると、ヘンリーがくつくつと笑いだした。それは単にショックの後の発作だったが、私も彼に合わせて無理に笑った。ピーターも笑いに加わるころには、フレッドもなんとか落ち着きを取り戻し、苦笑を浮かべるほどまでに立ち直った。

「そうだな。私がどうかしていた。底無しなんてことはありえないものな」フレッドは痛そうに髭面をこすりながら、何度もうなずいた。「かなり深いにしても、鳥籠がまだ落ちつづけているなんてことは絶対にない」

「底が泥かなにかで柔らかかったのかもしれませんよ。衝撃と音を吸収したんでしょう」ヘンリーがもっともな説を立てた。

「それはあり得るな。そう、近くに水脈があれば、泥ということも考えられる。もしかしたら、風穴なのかもしれない。きっとそこから風が吹き上がって、通路内の空気が循環しているんだ。そうか、これで新鮮な空気の謎が解けたぞ！　ここまで深入りしたのに、どうしてこんなに空気が澄んでいるのか、ずっと気になっていたんだ！」

親友に力強さが戻ってくるのを見た私は、蠟燭で気流がないのを確かめたことを、あえて彼に思い出させたりはしなかった。もはや呼吸が必要ないことを教えたりもしなかった。またヘンリーに、底が泥だとしても鈍い水飛沫の音がするはずだとも指摘しなかった。

通路の中央にぽっかりと開いた悪辣な落とし穴は、各辺が私の身長ほどの小さなものだった。ピーターは手本を示すように、そして一行の気勢を高揚させるためか、助走もつけずに楽々と穴を跳びこえた。手ぶらのフレッドと荷物を置いたヘンリーもまた、壁沿いに伝ったものの苦労なく向う側へ到着した。私は手をのばしてくるピーターに自分とヘンリーのザックをひとつひとつ投げわたすと、仲間たちがやめておけと笑うのを尻目に、ピーターの真似をしてみせた。その跳躍は舞い上がることのできない鶏のように無様だったが、振り回す両腕の勢いにまかせてどうにか無事な着地をはたした。

「互角だな。なかなかやるもんだ」

冒険家が、私の背中を勢いよく叩いた。しかし、私は知っていた。笑顔をたやさぬ彼もまた、籠の落ちる音を聞かなかったのだと。そして、フレッドとヘンリーは気が回らなかったらしい床石のことまで気づいていると。

床石は、仕掛けがあったわけでも、抜け落ちたわけでもない。

私の足の下で消えたのだ。煙のように。

だが、ピーターは疲れたようなウィンクを私に投げただけで、それ以後、落とし穴について一言も口にしなかった。

だから、私も黙っていた。

跳び越えた瞬間——遥か下方の暗黒、遼遠たる深淵の奥から、ほんの微かにだが、チチッと小鳥の声が聞こえたことを。

底は見えない。光が届かないほどの深さに底があるのなら、落下の衝撃を受けて生きていられるはずはない。なのに、まだあの小鳥は生きている。

フレッドは底無しのはずはないと言ったが、ここでは常識は通用しないのだ。


通路がいささか暖かくなってきていることに、私たちは歩きながら気づいていた。今までの無味乾燥した空気に、かすかではあるが馥郁たる香りが混じりはじめている。種まきを前にした畑の、深く耕された土の匂い。私の故郷の町に満ちあふれていた、優しい大地の豊潤な匂いだ。これは良い兆候なのか、それとも不吉な影なのか——。

ヘンリーが一度だけ、音楽が聴きたいなと独りごち、しばらく途絶えていた会話がぽつぽつと再開された。

「激しいのがいいな、何か元気が出るような」彼は狂ったように長髪を振り乱した。

「君は恋人を口説くときにもロックをかけるんだろうな」フレッドが呆れたように笑う。「私はハンマー・ダルシマーの音色が聴きたい」

「何だいそりゃあ」

ピーターが茶化したが、フレッドの多趣味を知っていた私は驚きもしなかった。音楽鑑賞、映画観賞、小説をはじめとする幅広い読書、絵画観賞、演劇観賞、写真撮影、園芸、熱帯魚飼育、古美術品蒐集、陶芸、執筆、ダンス、料理……ケラーマン家の人々は、単なる家族《ファミリー》というより、趣味と娯楽に熱中する人間の集まり《コミューン》なのだ。思い出深いマコンデ族からの贈り物の大半を自宅へ引き取ったのも、数々の旅行でもっとも多く土産物を買い込んでいたのも、この愛すべき老人だった。

「ボードに弦を張った楽器さ。小さなハンマーでそれを叩く。実に古風な音色でね、民俗音楽を奏でるには最高の品だと思うよ」

「学者ってのは、クラシックやシャンソンばっかり聴いてるのかと思ってたぜ」

「そんなことはないさ。下の娘がまた音楽好きでね。いろいろ買ってくるが、あの子はロックが神の啓示だと信じているらしい。部屋中に男だか女だかわからない奴のポスターが張ってあるよ。いずれは、紫の髪を背中まで垂らした痩せっぽちと結婚するんだろう。どうかそいつが、エレキ・ギターを担いでいないことを祈るね」フレッドは微笑んだ。「うん。ここはまさしく、アイルランド民謡やスコットランド民謡の神聖な響きが似合う場所だ。フィドルやバグパイプの幻想的な音色――もちろん、本物の楽器の生演奏だよ。シンセサイザーはいかん。妖精たちもこの私も、機械は大嫌いだからな。」

「いや、綺麗すぎる。それに、眠くなる」夢中になって喋りまくるフレッドを、ピーターが鼻を鳴らしてさえぎった。「クイーンがいい。『フー・ウォンツ・トゥ・リヴ・フォーエヴァー』がぴったりだ」

「いいですね」と、ヘンリー。

「うむ。あの曲はいい」フレッドもうなずく。

私にはまるでついていけない話題だったし、クイーンとやらを聴いたこともなかった。しかし、ピーターが低い声で口ずさむその歌詞には胸を打たれた。

誰が永遠に生きたいと望もうか……。

眠くはなかったが、私たちはここで睡眠を取ることにした。相変わらず肉体の疲労はなかったが、精神はまいっていたからだ。脳はシナプスに電気信号を伝えることで感情の働きをつかさどるというから、電池の消耗と考え合わせてみると、もしかしたら、電子の働きに関してはこの遺跡の魔力は通じないのかもしれない。この場を支配する女神たちが、雷電をあやつる至高神ゼウスに敬意を払ったがゆえかもしれない。……しかしまあ、どうでもいいことだ。私にはよくわからない分野のことだし、理解できたところでどうなるわけでもない。どうせ私は生身の人間であり、C―3POではないのだから。

付近に枝道はなく、壁面や床にこれといった異常も見当たらないので、とりあえずは安全だと思える。交替で見張りを立てようという案がヘンリーから出されたが、よくよく考えてみれば、襲ってくるような生き物は何ひとついないはずだった。その臆病な提案は却下された。

まさか夜明かしする羽目になるとは予想もしなかったので、寝袋は持ってきていなかった。ピーターが六時間後に腕時計のアラームを合わせると、私たちはそそくさと通路にじかに横たわった。当然、電池節約のためにライトは消すことになる。私たちは一瞬にして完全な闇の腕に抱かれた。

厳かなまでの静寂。こんな状態は過去に探検した鍾乳洞ですでに経験ずみだというのに、私は安息を与えてくれるはずの暗黒を信用することができなかった。寝返りをうっただけで、またも罠を作動させてしまうかもしれない。床が消えたり、天井から大岩が落ちてきたりするかもしれない――私は何度も眼を開けて、墨のような闇を見透かそうと無駄にあがいた。死は怖くはない。だが、六時間後にアラームが鳴り、欠伸をしながらライトを点けて周囲を見回したとき、誰もいなくなっていたら？　独りぼっちでこの迷宮に取り残されていたとしたら？

私には自殺する度胸はない。どちらにせよ、ここでは死ぬことは許されていない。となれば、この場の魔力に守られながら、年老いることもなく永遠に生き続けなければならない。

「フレッド……」私はそっと呼んだ。「なあ、フレッド」

返事はない。

天井裏を駆け回る鼠の足音に怯えていた、子供のころの記憶がよみがえった。クローゼットの扉が、ほんの少しだけ開いている。コートやジャケットの奥に、こちらを見つめる血走った眼があったら？　ギシッ。風もないのに窓枠がきしむ。月光でおぼろに透き通るカーテン。部屋は二階だが、夜中にふと目覚めて、そのカーテンごしに黒い人影がじっと立っているのを見てしまったら？　あれ、デスクの上の人形はこちらを向いていただろうか？　あんな笑い方をしていただろうか？　夜は不思議な時間。天井に無数の指が浮きだし、ぞわぞわと蠢《うごめ》いているかもしれない。枕元に年老いた白猫が座っているかもしれない。身体中に黄色い卵がぶつぶつと産みつけられているかもしれない。もし、泣き叫んでも、すっかり寝ついている両親は来てくれなくて、もしかしたら二人とも死んで腐っていて、実はもうそのドアのすぐ外に立っていて声のかぎりに叫んでも叫んでも——

ずっと独りぼっちだったら？

「フレッド！」もはや囁きとは言えない声で呼んだとき、旧友のうんざりしたようなうめき声がすぐ側でした。

「さっさと寝ろよ、ランス。私は老人なんだぞ……」

「すまない」

私は安堵の波に飲まれながら謝った。頼れる恩師がそばにいるとわかったおかげで、恐怖は鳴りを潜めた。

それからどのくらいだろう——眠りに落ちるまでずっと私の心を締めつけたのは、ジェニーと過ごした、あの幸せな日々の思い出だった。


ピーッ、ピーッ、ピーッ、ピーッ——

小さな音だったにもかかわらず、私はギョッと飛び起きた。完全な沈黙と静寂に耳が慣れていたせいだろうか。ニューヨークの朝ではあり得ないことだ。

アラーム音で即座に目覚めたのは私だけではなかった。すぐにピーターが「いい天気だぞ」と眠そうな声で言い、二つの笑い声があがった。私も笑いながら、「おはよう」と言い返した。心労が取れて、非常に爽やかな気分だった。夢も見なかった。熟睡できたのは、本当に久しぶりだ。

「さて」ピーターがわずかに緊張した声で尋ねる。「みんないるか？」

「フレッド・ケラーマンはここであります、サー」軍隊経験のあるフレッドが、慣れた口調でさらに皆を笑わせた。

「はぁい、僕ヘンリー。よろしくね」ヘンリーも負けてはいない。私が幼いころ好きだったドナルド・ダックの声だ。

私も何か面白いことを言おうとしたが、咄嗟には思いつかなかった。その気まずい沈黙が、皆を爆笑させた。

「ひとつだけ、この迷宮のいいところが見つかったぜ。驚くなかれ、髭がのびてない」ピーターの声は明るかった。どんな試練や困難や苦境も、視点を変えれば良い部分があり、彼はそれを発見できる天賦の才能を持っているようだ。もっとも、そうでなければ、誰が好きこのんで決死の冒険などしたがるだろう。「ようし、明かりを点けるぞ。眼が痛むから気をつけろ」

カシャ、ジジッと音がして、瞼の向こうがほんのりと明るくなった。ピーターが気をきかせて、まぶしい電灯ではなくジッポライターを灯したのだ。

数秒して、私は眼を開けた。

真っ先に仲間たちの無事を確認し、続いて通路を見た。

何もいない。

そもそも、何かいると思うこと自体、馬鹿げているではないか。

「やれやれだ」子供返りを起こしたことを自嘲した直後、私はすぐ隣で、無言で壁にもたれている人物に気づいた。

それは、どこかで——あれだけ歩いたのだ、少なくとも、ここより遥か遠くで——さまよっているはずのカメラマン、エディ・カトラーだった。ヘルメットなどの装備を含めて一糸もまとわず、肉体そのものはミイラのように干からびている。無残にめくれあがった唇はニタニタと笑ったまま硬直し、髪は抜けてあちこち禿げている。死んでも離さないと誓っていたヴィデオカメラも失われている。縮み上がった男性器……それは、日向に放置された芋虫のように見える。

私たちは絶叫した。

その絶叫は、エディの口からぐえっ、と声が洩れると同時に、ますます大きくなった。


「引き返そう！　もう駄目だ！」

錯乱して泣き叫ぶヘンリーを、ピーターと私は力ずくで押さえつけなければならなかった。だが、私はもちろん、剛健な冒険家の手もまた小刻みに震えている。

「モートンはどうしたと思う？」私は誰にともなく尋ねた。「無事だろうか」

「知るか、くそっ！　どうせどっかでくたばって——」ピーターは口をつぐんだ。「待てよ？あいつがやったんだとしたら？　医者だし、ミイラの作り方くらい知ってるかも——」

「ばかな！　彼がこんな」私はきっぱりと否定した。そう親しいわけではなかったが、何度もひとつのテントで眠り、ともに辺境を旅した仲間だった。カドケウスの杖を担う医師としての誇りは一級だったし、命の尊さをしっかりと認識している男だった。彼には殺人を犯すような動機はないし、だいいちあの臆病者が、こんなオカルトじみた手段を選ぶはずはなかった。「それに、こんな短時間で人間が干からびるはずが――」

「いいや、奴だ！　あいつがやったんだ！　もう何も言うな！　俺はそう決めたぞ！」ピーターはヘンリーの胸ぐらをぐいとつかんで引き寄せた。「いいか、犯人はあいつだ。だから怖がるのはやめろ。俺たちは四人。拳銃もあるんだ」

その有無を言わさぬ迫力に、ヘンリーはぴたりと泣き止んだ。だが、それが納得したからではなく、黙らなければこの強靱な五指に絞め殺されると悟ったからであるのは間違いなかった。

「どうだ、爺さん」

ピーターが荒い呼吸のなかで問うと、ライトを点けてエディの身体を調べていたフレッドは疲れはてたようにため息をついた。動転してはいなかったが、それはより深い衝撃によって茫然自失しているからにすぎない。どうやら彼の理性の壁は、このような常識はずれな事柄には、まるで抵抗できないらしかった。そういえばあの落とし穴の一件以来、彼の感情はどこか箍《たが》がはずれてしまっているようだった。一方、私と言えば、諦観もままならぬほどに脅えきり、ミイラの検視という苦行を親友にまかせるほかなかった。

「どうもこうもない。見たとおり干からびてる。吸血鬼《ヴァンパイア》に血を吸われたわけでもない。燻製にされたわけでもない。……非常に良い環境で作られたミイラと言えるだろう」事実をたんたんと述べるフレッドの声はしかし、生物学者ゆえの恐懼によってわずかに震えている。「ただ、この若者はまだ生きている。鼓動は止まっていない。瞳孔も光に反応する」

「助けることは？」私は希望の残滓を集めようと尋ねたが、フレッドは苦悩の鬱積した面持ちでかぶりを振った。

「無理だ。生きているというだけで、どうにもならんよ。それよりも、どうしてこうなったかを考えるべきだ。何かに襲われたなら、我々にも危険が及ぶということだからな」フレッドは指先でエディの浮きだした肋骨の下を探ったが、使われた指が一本だけであることに、生理的嫌悪感が滲出していた。「内臓はちゃんと残っているようだ。エジプト人は、心臓だけを残して腐りやすい臓腑を摘出したというが……エジプト考古学はヘンリーの得意分野だ。彼に聞いてくれ」

「見たくもねえとよ」ふたたび泣きじゃくりはじめたヘンリーの髪をくしゃくしゃとかき混ぜながら、ピーターが低くうめいた。「さすがに俺もちょっとびびってる。今さら助けられねえんだから、さっさと出発しようぜ」

冷酷なほどの口ぶりだった。海も砂漠も雪山も絶壁も、この迷宮の邪悪な魔力や罠さえ恐れぬ、この豪胆で野蛮な冒険家は、この恐怖映画めいた状況にもけっして怯えてはいないのだ。羨望とともに不意に怒りがこみあげ、たとえ逆に鼻をへし折られようともピーターの顔を一発殴り飛ばしてやろうと踏み出した私は、しかし、涙ぐんでいる彼の眼を見ることになった。

私は悟った。彼は確かに怯えてはいない。

ただ、軽口を叩き合った若者の不幸を悲しんでいるのだ。

私は、デニスともエディとも、仲間と呼べるほどに親しかった。

しかし、泣けなかった。

「外傷は?」私はフレッドに尋ねた。

「ない。……それが恐ろしい」

私たちは互いに顔を見合せ、今更のように、四人しか残っていないことを痛いほどに思い知った。せめて、もう一人いてくれたら——あの意気地なしの人夫たちでもいいから。

「歩こう。ここにはいたくないし、動かなくちゃしょうがない」フレッドが言って、立ち上がった。「さあ、芝居を最後までやってしまおう」

「彼はどうする?」私は答えを知りつつも、つぶやいた。

ピーターがおもむろに拳銃を抜き、小声で詫びを告げた後、エディの眉間を撃ち抜いた。すでに脱け殻同然であったエディの頭部からは血は流れず、乾ききった脳と頭蓋の破片が後頭部からパッと散っただけだった。

こうして脳が壊れてさえいれば、私たちが立ち去ったあと、たとえ悪鬼が押し寄せてきて全身を貪ろうとも、エディが苦痛や恐怖を感じることはあるまい。たとえこの暗闇で未来永劫生き続けなければならぬとしても、意識が戻ることはあるまい。人の魂は心臓にではなく、心をつくり出す脳に宿るものだ。私は自分にそう言い聞かせ、哀れな若者のむくろを残して仲間たちの後につづき、ふたたび闇の世界をさまよいはじめた。

私たちは警戒を強めるために、不承不承ながら全員の照明を点けた。エディを襲った恐怖の正体は、犠牲者の状態があまりに異様なため見当もつかなかったが、敵がウィルスなどではなく実体を備えていることは十分にあり得たからである。しかしながら、ミイラになるか電池を弱らせるか——この二者択一の選択は、これまでもっとも酷なものだったと言えよう。私たちにとって、照明は戦場での弾薬に匹敵するものであり、それを浪費するくらいなら動かずに身を潜めている方がましと言えた。使い果たしたが最後、私たちは悪意ある暗黒にまったく抵抗できなくなるのだ。

けれど、さらなる進行を決断したフレッドは正しかった。

それから数分もしないうちに、通路はこれまでにない変化を見せたのである。

「何だここは?」ピーターはその円い空間の中央に立ち、今までの三倍はある高い天井を見上げた。「見ろよ、天井を突き破ってこんなに木の根が垂れ下がってる」

その半球形の部屋は、直径四十ヤードもの広さを持っており、まるで異国の聖堂のような雰囲気をたたえていた。なるほど、ピーターの言うように、頭のすぐ上には不気味な影を作る無数の木の根が、私たちを捕らえようとする魔物の足のごとく細い触手を垂らしていて、天井を隙間なく隠している。それは壁にもへばりつき、あたかもこの迷宮の内臓に浮きでた血管のようだ。向かいの壁には、南米の伝説にある大蛇の口を思わすおぞましさで、これまで歩いてきたような細い通路への入り口がぽっかりとあぎとを開いている。

しばらく前から感じていた土の匂いと熱気は、この場所から流れてきたものに違いない。この広間はじつに暖かく、おそらくは外気のぬくもりが植物を通して伝わってきているのだろう。フィールドワークで経験ずみの、地中特有のじっとりとした湿気と息苦しさも感じられるが、幸いなことに毒ガスらしい匂いはしない。

私はずっと気になっていた空気の変化の謎が解明されたことにうなずきながらも、なぜこの場所だけが自然の猛威に屈したのだろうかという新たな疑問に苛まれていた。柱のない特殊な建築であるがゆえ、ダイダロスと言えども強度が劣るのは避けられなかったのか。それとも何か意図があってのことなのか。

ともかく、どんなに薄気味悪い光景であろうと、私は現実世界の一員に出会えたことが嬉しかった。この根は生きている！

自然界の産物と接してきたために、この場所の魔力はかなり薄らいでいるようだった。それは、私たちがその部屋に踏み込んだとたんに、身体がどっと重くなり、年齢相応のけだるさに襲われたことで知ることができた。あまりにも完璧な体調にひたっていたせいか、本来あるべきその疲弊感が、私たちには耐え切れなかった。ああ、人間の身体というものは、毎日このような負荷を背負っているのだ！

しかし、次々とへたりこんだ私たち学者陣を尻目に、相変わらず屈強なピーターだけはうろつき回って周囲を調査している。幾分か猫背に大股で歩く彼の姿には秘められた野性の力が感じられ、私の称賛の眼を釘付けにした。きっと彼は、十代の若者の精力を未だに維持しているに違いない。スポーツマンは愚か者という私の人生哲学は、この時にとうとう瓦礫となって崩れ落ちた。

やがて、ピーターが呼んだ。私たちは体に鞭打って立ち上がり、どうにかこうにか彼の側へと歩み寄った。

「どうしたんだい？」

「おかしいと思わねえか？　この部屋は根っこに覆い尽くされて、虫だらけになってるべきなのに」ピーターは親指ほどの太さの根を一本つまんで、ライトを当てた。「それに見ろよ、ここを」

顔を寄せた私は、その根の引きちぎられたような白い断面をまじまじと見つめた。場違いにも私の脳裏に蘇ったのは、ジェニーのセーターの脇腹を突き破っていた折れた肋骨だったが、ピーターは別の見解を持っているようだった。

「自然にこうはならねえ。こいつは人為的なものだ」ピーターが周囲を示した。「どの根っこもこうなってる。おまけに、引きちぎられたはずの切れ端が落ちてない。誰かが持ち去ったのか……食ったのか」

「誰が……？」

フレッドがつぶやき、私たちはぞっとして顔を見合わせた。と、ヘンリー——若さゆえか、私やフレッドよりも多少の元気はある——の切迫した声が部屋の隅から響き、私たちの想像力が作りはじめたおぞましい映像を霧散させた。

「誰か来てください！　ちくしょう、早く！」

さらなる不気味な光景——木の根に紛れていた触手の群れにヘンリーが食われている——を覚悟してそちらへ歩を進めたが、私たちが目にしたものは、一枚だけ不自然に浮き上がった床石と、隙間に指をこじ入れてそれを引き剝がそうとしているヘンリーのうずくまった姿だった。少し持ち上げたは良いものの、力が尽きて動けなくなってしまったらしい。

ピーターが彼の隣にしゃがみ込み、ふんと気合いの声を放つ。事務机ほどの床石が軽々と引っ繰り返る。ライトが照らしだしたものを見て、私たち一同はおおっ、と感嘆の声をあげることになった。二度にわたる仲間の死を経験していなかったら、私は今こそ、学者としての誇りに満身を浸していたことだろう。

ヘンリーが見つけたのは、紛うことなき古代遺物——革で裏張りされた青銅の兜と、柄頭に宝石を散りばめた壮麗優美な一振りの直剣《パスガノン》だった。兜の皮革はボロボロに腐食され、頑強な金属部も分厚く緑錆をふいて、もはや装飾の鱗片もとどめられていない。しかも、重たい石に挟まれたため無様に潰れている。しかし、剣のほうは違った。びっしりと彫刻細工のほどこされた黄金製の柄巻き《コーペー》が錆びないのはともかくとして、どんな金属を鍛えたものなのだろう、かすかに紫色をおびた白銀の刃はライトの鋭い光をうけてまばゆく輝き、ピーターの常備する無骨なナイフを子供の玩具に見せるほどに荘厳な光を放っている。見目の良さは最高級で、装飾と実用性を見事に兼ね備えた絶品であることは、古美術に素人の私にも断言できた。しかも、金属といえば青銅が主で、鉄がまだ希少だった時代の代物なのであるから、その考古学的価値は途方もない。

当然、冒険家は魅せられたように手を伸ばしたが、触れる寸前になって躊躇した。彼は振り返って肩をすくめると、苦々しく唇を歪めた。

「これも罠かな?」

私はそうだと思った。フレッドとヘンリーも同じだったろう。しかし私たちに何かを言う暇も与えず、ピーターは思い切ってその剣の柄をぐっとつかんだ。本人だけでなく、皆が反射的に首をすくめる。なりゆきを見守ってしばし動きを止めたピーターだったが、やがてニヤリと笑った。彼が無事に立ち上がって、勝ち誇ったように剣を掲げたとき、私はその勇姿に古代の英雄の面影を重ねずにはいられなかった。

「テセウス……?」同じことを考えたのだろうか、フレッドが畏怖におののく声でつぶやく。

「これはテセウスの剣なのか?」

「あり得ることだ」私の全身に鳥肌が立った。「見ろ、その兜には鼻当てがなく、頬当も蝶番式だ。これは古代のアッティカで作られたもので、テセウスはアテナイの王子だった。この剣にしても、クレタやミュケナイで普及していた木葉型短剣《サイポス》じゃない。刃幅が柄元で広がるこの形式は、紀元前十世紀頃に東方からギリシアに伝わった直身短剣《アケナケス》の部類に属する。テセウスのものだよ。間違いない」

「それは発想の飛躍というものでしょう。彼はあくまで、神話中の人物です」ヘンリーが、自慢の犀利な口をはさんだ。「それに、紀元前十世紀ですって?　クノッソスが破壊されてから四百年近くたってるじゃないですか。ここにアッティカ風の品があるのは確かに奇妙ですが、単に似ているだけですよ。テセウスだなんて……」

「別に奇妙じゃないさ。誰かが、我々が知っているよりもずっと早い時代にこの形を考案していたのかもしれない。当時としては珍しいデザインだったために、王族に相応しい宝剣として扱われたのかも」

剣だけではない。アッティカ式の兜は紀元前五世紀頃に開発されたものであり、ミノア文明とはあまりにも時代がかけ離れている。常識から言って、ヘンリーの指摘は見事に的を突いていたが、私はかまわなかった。三次元的画法の壁画のこともある。どうせこの遺跡の発見によって、既成の古代史は引っ繰り返るのだ。私は神話に固執したかった。どうしても。

照明がもっと強かったなら、仲間たちは私の形相にぞっとしていたことだろう。

サンタクロースはいるんだとわめき散らす、子供の泣き顔に。

「今までの史実は誤りだった、ミノア文明とギリシア文明は時代的に重なっていたと考えれば、ちゃんと辻褄は合うじゃないか。いったい何がおかしいって言うんだ。新しい国の王子が、滅びかけの国にとどめを刺しに訪れた。理論的にも間違ってはいない――」

「目茶苦茶だ。ストレスが原因の妄想にしか過ぎませんよ。歴史が正しいことは科学的に証明されています。僕たちが現実の世界にいることを忘れないようにしましょう」

「エディの奴を見たときも、おまえはそう言えたか?」ピーターが剣を鋭く一閃させた。「神話だろうが伝説だろうがかまわねえさ。この剣はとにかく現実のものだし、英雄が持ってたとしてもおかしくない品だ。俺は信じるぜ。うあちっ！　見ろ、触っただけで指が切れちまった。それより、何でこんな凄い武器を捨てていったのかがわからねえ」

「神話には、テセウスは拳で魔獣を倒したと記されてる。しかし、彫刻によってはテセウスが剣を手にしていることもある」私は嬉しくなって説明した。「この剣はおそらく、テセウスの伝説の冒頭に語られている品だろう。そう考えれば、これが粗雑に放棄されたのも不自然ではない」

「どんな話だったかな？」フレッドが優しく尋ねた。

「テセウスの出生にまつわる物語だ。子宝に恵まれなかったアテナイの王アイゲウスは、神託に従ってトロイゼンへとおもむき、その地の王女アイトラと愛を交わした。アイゲウスは立ち去り際、王家の宝剣とサンダルを大岩の下に隠し、息子が誕生したら事情を話すようにとアイトラに言い残した。十数年後、強靭な青年に成長したテセウスは、ついに岩を持ち上げて品々を取り出し、それを実子の証拠としてアイゲウスに示すためにアテナイへ向かうことになる」私は興奮にまかせて手早く語った。「けれどテセウスは旅の途中、生涯にわたって愛用する武器を手に入れた。エピダウロス街道の盗賊ペリペテス――通称〈棒男《コリュネテス》〉を倒して奪った、真鍮の棍棒を。つまり、父から授かった剣は、その後の彼にとっては予備の武器にしか過ぎなかったわけだ」

「くだらない」テセウス説に乗らないで孤立したヘンリーは、剣をベルトに差したピーターを睨みつけながら、忿懣やるかたない様子で鼻を鳴らした。「棍棒の方が気に入るとは、ギリシアの英雄は原始人さながらだったんですね」

しかし、その侮蔑の語尾はほとんど聞き取れなかった。ヘンリーもまた、くり返そうとはしなかった。なぜなら、前方の暗い通路――私たちがこれから進むはずだった黒々とした隧道《すいどう》の奥から、泣き精霊《バンシー》を思わせる女のうめき声が朗々と響きわたり、そのあまりの悲哀への耽溺ぶりが常軌を逸していたため、すべての物音を瞬時に打ち消してしまったからである。

それは――私たち自身が信じられないことに――ひどく煽情的に感じられた。

古代の宝剣を手にして勇気が満ちあふれたのか、ピーターが真っ先に足を進めてその通路に入っていった。私たちは彼の身を按じたからではなく、彼とはぐれるのが心細くて、重い足で一目散にあとを追った。ピーターの脚力はそれは素晴らしいものであったが、円形の広間から出るやいなや、例の魔力がたちまち私たちの体力を若い時分のそれへと回復させ、もつれる足取りも羽根のように軽くなった。

私はもはや、唐辛子をかじったあとに胡椒を舐めるのと同じく、自分の心がどんな体験にも刺激を受けないほど麻痺しているものと確信していた。すでに、現実と空想との隔壁も破れていた。私が目の当たりにしてきた惨劇は、異常どころか異質とさえ言えるものばかりだった。頭を潰されて踊るように痙攣する陽気な男……悪夢に満ちた暗渠から、地上へと無事に逃げ帰ったはずの若者のミイラ……無表情なまま、さも当然であるかのごとく道を組み換える石の通路……底のない縦穴に落ちていく哀れなカナリア……私が見てきたものは、ここが異世界であることの最たる証拠に違いなかった。

しかし、私の認識は甘かった。「異質」という言葉の深さを、私は軽視していたのだ。

探すまでもなく、声の主は広間からほんのすぐ近くの通路で発見された。何やら立ちすくむピーターの後ろ姿に駆け寄り、たくましい肩ごしに彼が眼にしていたものを見た私は、今度こそ絶後の驚愕に打ちのめされた。そして、あの燦爛たる剣がテセウスの遺品に間違いないことを、神話が神話でなく、歴史書に綴られるべき真実であることを知るに至った。

それは奇怪な光景であった。暗闇に閉ざされた通路のなか、私たちの向ける照明が浮かび上がらせたのは、場違いにも石畳に横たわって熱烈な合歓にふけっている一組の男女の姿だったのだ。凝視せずとも、その男性が、遥か後方で逃げ出したはずの若い人夫であることはわかった。しかし、その悦びの行為に相反して、彼のコーヒー色の顔面は死体を連想させるほどに不気味な土色に染まり、飛び出した眼球の両隅からは涙が、顎がはずれたように大きく開いた口からはふくれあがった舌が、唾液の糸とともにだらりと垂れて震えている。

そして、馬乗りになった女性は……

ああ、何ということか。この白髪を振り乱す醜悪きわまりない全裸の老婆は、神に呪われた瞳を持っていた。デニスを屠ったあの壁画に描かれた女と、まったく同じ瞳を！

王妃パシパエ。

彼女は人夫の腰にまたがり、みずから腰をくねらせながら愉悦の喘ぎ声を発していた。ポセイドンの——アプロディテの？——呪いによって助長された性欲は、彼女をこの閉鎖された環境のなかでいっそう深みへと墜ちゆかせ、ついに欲望の核へと至らしめるにおよんで、彼女自身をトランシルヴァニアの伝説にある吸血鬼か、ギリシアの夜伽話にあるラミアにも似た怪物へと変貌させてしまったらしい。数千年の歳月に鬱積した欲望と飢餓を満たさんがために、パシパエは人夫の生身から生命の霊液《イコル》を吸い取っているのだ。

人夫は苦痛に震えているのではなかった。肉体の耐えうる極限をこえた途方もない悦楽に、なすすべもなく悶えていたのだ。私がそう悟るうちにも、肉体労働を積み重ねてきた彼のたくましい肉体はみるみる萎び始めた。顔面は乾燥した大地のごときひび割れに覆われ、四肢は干からびて骨が浮きだし、やがて断末魔と絶頂を同時に迎えるころには、エディとほとんど見分けのつかないミイラと化した。すべてを吸い取った老婆もまた、法悦を味わったらしく、弓なりにのけぞり……

「ゲアアアアアアア———」

パシパエが発したおぞましい声に、私の心臓は一瞬、完全に止まった。それは恐怖に殴打されたからではなく、自分がこの醜悪な老婆に欲情していると悟ったからであった。

太陽神《ヘリオス》の娘であり、魔女キルケの姉妹でもあるパシパエの美しい容姿は、もはや見るかげもなく、デニスを破滅へと導いたあの妖艶さの名残さえも維持していない。白魚の肌は枯死した薔薇のごとく茶色く萎び、波打っていた豊かな黒髪は、今では腐った棕櫚の毛のようだ。歯のほとんどが腐り落ち、爪は黒く分厚く、骨や関節の浮きだした四肢は節榑《ふしくれ》立った枯れ枝にしか見えない。空気の抜けた風船のようにしぼんだ皺だらけの乳房は、見る者に吐き気しか感じさせない。なのに、フレッドとヘンリーはすでに魅了し尽くされてふらふらと歩み寄り、強靱な自制心で誘惑を振り払ったピーターに押さえつけられている。

「ドノヴァン、駄目だ!」

ピーターが必死に叫んだときになって、私は自分が十歩ほども前へ進み、手首を骸骨じみた指につかまれていることにぼんやりと気づいた。しかし、それでも私はかまわなかった。もはやジェニーの甘い記憶さえもどこかに追いやられ、本能はこの女に抱かれたい、すべてを捧げたいという狂気の妄想に侵されていた。

いや、もしかしたらそれは、私自身が冷静に求めたものだったのかもしれない。私は人生の苦悩を忘れさせてくれる終止符《ピリオド》を切望してこの迷宮に踏み入り、この呪われた女の内にそれを見つけたのかもしれない。

たぶん、それが真実だろう。

私は答えを捜していたのではなかった。ジェニーとの別れ以後、すべてを失う方法を捜していたのだ。

不死の王妃《クイーン》の前に膝をつき、私はただひたすらに口づけを待った。

だが、望みが果たされることはなかった。通路の奥の、闇の奥――大河ステュクスを越え、巨神《ティタン》たちの幽閉される冥府《エレボス》の牢獄タルタロスへと通ずるかと思われるその暗黒の穴蔵から、これまでに地上に生存したどんな猛獣にも似つかわしくない、死者の苦鳴もかくやという咆哮が轟々と響いてきたのである。デニスの惨たらしい身体を見下ろしたときよりも、無残に干からびたエディに微笑みかけられたときよりも、この瞬間、私は恐怖というものの真髄を体験した。脳は瞬時に凍結し、四肢は沸騰した釜の中に浸けられたよう。感じるのはただ、絞首台に吊るされた者が味わう、己の頸骨が砕ける衝撃。断頭台に首を乗せた者がぞっと震える、うなじから喉元までを走り抜ける冷たい刃の摩擦。

私は呪縛から解けて、両手で耳を覆った。

ところが、その不気味な吠え声に誰よりも敏感に反応したのは、意外な人物だった。パシパエはそれを聞くなり狂乱に満ちた悲鳴をあげ、私の生命と正気を貪ることをも忘れて、老いた足でよろよろと逃げ出したのである。

凄まじい形相の老婆に迫られて、私たちは本能的に身をかわしたが、ピーターがその逃亡を許すはずもなかった。おぞましい情交の光景になかば放心していた冒険家だったが、今の恐るべき咆哮によって逆に我に返ったらしい。彼は憎悪に顔を歪めて大口径の拳銃を抜き、睨《ね》めつけるようにゆっくりと照準を合わせると、友人になりかけていたエディの仇討ちとばかりに、走り去るパシパエの背中に凶暴な弾丸を打ち込んだのだ。

背骨が破裂したように見えた。老婆の痩躯は鉛玉に体内を食い破られるいきおいで前方へ吹き飛び、テセウスの遺品が残されていた広間へどっと転がり込んだ。どす黒い血が、横たわった身体から床一面に広がっていく。

しかし、私がすぐさま予想したとおり、迷宮の魔力は彼女の死をやすやすと見逃しはしなかった。通路の闇が凝縮していくような奇怪な錯覚とともに、手で触れられるほどの魔力が黒い霧となって広間へ漂い出し、ピクピクと引きつるパシパエを包み込むのがはっきりと見えた。

しかしながら、ピーターの腕前は抜群だった。弾丸は、老婆の浮き上がった肩甲骨の中間――心臓に命中して彼女を即死させていた。そして闇の純成分は、広間のなかでは長く形を留めることができないようだった。やがて、魔力は自然の摂理に屈した。炎に集まる蛾のように群れていた黒色の霧は、パシパエの命の灯火が消えるとともに行き場を失い、しばらく戸惑うように停滞した後、あえなく拡散して暗闇に消えた。

王妃パシパエの、数千年にわたる生涯の最期だった。

ツンと鼻を刺す硝煙の刺激臭によって、私は雷に打たれたように我を取り戻した。ジェニーの生命とともに生きる希望までも失った私だったが、不思議なもので、動物としての生存本能は空っぽの胸のどこかに否応なく染みついていたらしい。通路の先からカツカツと蹄の足音が聞こえ、生暖かい風とともに麝香《じゃこう》のような獣の体臭が吹き込んでくるのを嗅いだとき、死を求める気持ちは消散した。私は追い詰められた齧歯類のごとく全身を硬直させ、喉が張り裂けんばかりに甲高く絶叫した。

「走れ！　逃げるんだ！」

どうあがいてもかなわない戦いからは、プライドを捨てて離脱する――野性の勘に従って人生の危難をくぐり抜けてきたのだろう、私の言葉にピーターが真っ先に反応した。彼は主戦力とも言うべき拳銃こそ取り落としたものの、腰に帯びた宝剣の柄をしっかりと握りしめ、パシパエが逃走しようとした方向へ駆けだした。

「フレッド！　ヘンリー！　走れ！　走るんだ！」

私は痛切に呼びかけながら、ピーターの後に続いた。思えば、私が長年にわたり苦難と栄光をともにしてきた友人たちのためにしてやったことは、たったそれだけだった。

円形の広間で襲いくる自然の憔悴感も、このときばかりは私の逃走速度を鈍らせはしなかった。私はパシパエの骸《むくろ》を跳びこえ、テリアに追われて巣穴へ逃げ込む兎のように一目散に通路へ駆け入った。

しかしその時、背後についてくる足音がひとつだけだということに、私は気づいた。

立ち止まったのは、調査隊隊長として部下の安否を気づかう義務を思い出したからではない。それは、この偏屈者の私が得られるとは誰一人信じなかったもの――友情と名づけられた奇妙な感情のためだった。

振り返った私のライトが照らし出したのは、私を押し退けて遮二無二逃げていくヘンリーの狂乱した形相と、広間に横たわる干物めいた王妃の死体、そして、拾いあげた拳銃の銃口を魔物の迫ってくる暗闇に向けて石像のように立つ、古生学者フレッド・ケラーマンの確固たる後ろ姿であった。

広間に満ちた現実世界の重苦しい空気が、彼を彼らしい姿へと回帰させたらしい。闇に取り巻かれるおぼろげな肩の輪郭には、私たち夫婦をいつも見守ってくれた、父親のようなあの物静かな威厳がふたたび漂っていた。私の才能に期待し、教師としての職へと導いてくれた彼。言葉巧みに、私とジェニーの運命の糸を絡ませた彼。ジェニーの死後、失意に狂った私を根気よく介抱してくれた彼。自分の利にならぬ優しさを惜しまなかった彼。いつもそうだった。そして今このときも、フレッドは私たちを一時でも救わんがために、己の命を犠牲にしようとしていた。

彼の言葉が蘇る。私は自分を実験動物として、人間の本質を定義したい。

フレッドは今、ひとつの解答を私に示してくれていた。

「行くんだ、ランス」彼が言った。「もう余興は終わった……」

私が——そして、同じように引き返してきていたピーターが——背を向けて走り出すと同時に、フレッドの手のなかで拳銃が火を吹き、通路の常闇を震撼させた。その轟音は果てしない迷妄の世界に木霊して、古代の生け贄たちの断末魔の悲鳴を再現した。

九

私たちは走り続けた。何十マイル、いや、何百マイル？

その間、呪いにも似た魔力によって庇護された肉体の疲労はもちろん、私の理性はまったく失われていた。私は二十三年前の過去――この遺跡のなかで、それっぽっちの時間は過去と呼ぶにはふさわしくないのだろうが――に立ち戻り、あの美しくも罪深き月光のもとで暗い夜道を走っていたのだ。

私はいままで、体力のなかった自分があの四マイルもの道のりを走り通せた理由が、偉大なる発見ゆえの歓喜と興奮にあると思っていた。しかしこのとき、私は真の理由を悟った。私は恐れていたのだ。この永遠に閉ざされるべき呪われた迷宮の扉の鍵をよみがえらせてしまったことへの恐怖に追い立てられていたのだ。

誰にでも平等に与えられる、人生において何よりも素晴らしい青春時代を捧げたというのに、結局のところ、私はこの遺跡を愛してはいなかった。愛していたならば、いったい何を恐れることがあろうか？　デニスの脳を叩き潰した、男性心理を突くあの精巧な罠に深く感嘆し、わずかな時間で完全なミイラへと変わり果てたエディの肉体に研究心をかき立てられ、落とし穴の深さを探ろうとみずから飛び込み、闇の中から迫ってくるあの怪物に笑顔で歩み寄っていったはずだ。憧れ続けた英雄たちのごとく、この迷宮に渦巻く古の呪いに敢然と立ち向かったはずなのだ。

だが、私は怯えた。

そして、近代文明の只中へ帰りたいと願った。

私たちの遁走を、闇の主はあざ笑っているようだった。往路ではあれほど単調だった通路が、いまや信じられぬほど複雑な迷宮と化していた。新たに構成されていく数えきれぬほどの分岐路を、安全の確認もせずに駆け抜け、方向はもはやまったくわからなくなった。変形の過程は私たちの眼には見えなかったが、前方や背後の暗闇で行われているそれは、幾何学の常識を無視していながらも、明らかに計画的で悪意に満ち、私たちを記憶実験用の迷路のなかで闇雲に走り回る二十日鼠へとおとしめた。

やがて、ようやく立ち止まったピーターがすすり泣きながら壁にすがりつくまで、私は彼のすぐ後ろを走り通した。いつのまにか追い越していたらしく、その後から、ほとんど放心しきったヘンリーも到着した。目と鼻の先でまったく違った形に変じていく通路の、その素早い岩の組み換えぶりを思えば、この逃亡劇で私たち三人がはぐれなかったのは奇跡としか言いようがなかった。

「もういい。もう、どうでもいい。俺はもう走れない。もう嫌だ!」

冒険家はわめくなり、ずるずると壁際にへたり込んだ。両手で耳を覆っている。彼の姿からはすでに勇者の面影は消失していた。テセウスが、敗走しながら泣きべそをかくだろうか？

しかし、彼の醜態も無理はない。どんなに気丈な人間であろうとも、とどめの一撃とも言えるこの地獄めいた光景、そして周囲に反響する異様な音には、生存への意欲を殺がれることだろう。

通路は小部屋で行き止まりになっており、前進することはできない。しかし、そのことがこの屈強な大男を打ちのめしたわけではない。原因は、小部屋のなかにあった。不気味な音の出所も。

「何なんだ、これは……」覗き込んだヘンリーが言って、とたんに反吐をまき散らした。

クレタの王ミノスが征服地アテナイから毎年徴収し、この地下迷宮へ生け贄として放り込んだ若い男女たち――名も知れぬ人々のその姿が、ここにあった。一度に十四人の犠牲者。やがて勇者テセウスがこの迷宮に乗り込み最後通牒を突きつけるまで、三度にわたってその人身御供がくり返されたとアポロドロスは記している。けれど神話はごく簡単にしかその点に触れていないし、テセウスが、一緒にこの場へ幽閉された十三人のうち何人を助けることができたのかも述べられていない。結局、どれだけの数の若者が犠牲になったのかという懸念すべき事柄の記録は、時の沼地へと沈んでしまった。

しかし、神話の脇役でしかない彼らは、この場所でなおも生き続けていたのだ。

小部屋のなかを見つめたまま慄然として立ちすくんでいる私にも、その人数は正確にはわからない。私の眼に入ってくるのは、床一面に敷きつめられた、いろいろな長さに引きちぎられた数十本の四肢と、壁に沿ってびっしりと並べられている、無残にも胴と頭だけになった人間たちの身体だった。キトンと呼ばれるゆったりした着物は男女ともに引き裂かれ、贅肉のない引きしまった腹部や小振りな愛らしい乳房が剝き出しになっている。頭部を潰されている者は幸いだ。壊れた彫像のような彼らのほとんどは、いまだなお、咽び泣きや苦悶の声をあげている。とうに発狂しているのだろうが、言葉にならない無数の慟哭は重苦しい合唱となって響き、このような延々たる苦痛と恐怖を与えた神々への呪詛が、その暗い歌をさらに鮮血色に染めていた。

そんな生きた剝製の輪の中央、手足の絨毯のうえに、四肢をちゃんと備えたひとつの人影が座り込んでいた。見覚えのある背格好だと思い光線をじかに向けてみると、やはりそれは、最初に行方不明になった年老いた人夫だった。生きてはいるものの自失しているのは明らかで、彼は山刀で開いたらしい腹部の裂傷から内臓を引きずり出し、両手で握りしめてはその激痛に笑っている。この地獄にこそ相応しい部屋に迷い込んで、彼もまた、生きることの恐ろしさから逃れようとしたのだろう。永遠には生きたくなかったのだろう。

突然、ヘンリーが山刀を抜きはなって部屋に駆け込み、人夫の頭を叩き割った。老人が倒れても、頭部が原型をとどめなくなるまで斬りつづけたことからして、彼が哀れみを覚えたのではなく、嫌悪感の暴発によって始末したことがわかる。しかしそんなヘンリーも、人夫の身体がいつまでも悶えつづけることに新たな恐怖を覚え、山刀を取り落としてよろよろと私たちの側へと戻ってきた。

顔を背けようとした最後の瞬間、切断された四肢にまじって、何やらねじくれた棒のようなものが散らばっているのが私の眼を引いた。これ以上近づきたくはなかったのだが、病的な好奇心に動かされた。足を踏み入れぬよう、入り口近くに落ちていたそれを拾ってみると、この場には似つかわしくない、樹木の根の切れ端だった。齧った跡がある。しばし考え込んだすえに、私はそれが、あの円形の広間の天井を埋めつくしていたものであると気づき、すぐさま恐るべき結論に達した。

ここは魔物のねぐらなのだ。奴はこの人間たちを飼っているのだ。

動こうとする気力は残されていなかったが、この場所で悠長に休むわけにはいかなかった。私たちは、互いにすがり合うようにして道を引き返しはじめた。先ほど通ってきた道には新たな分岐点が早くも形成されており、私たちはただ生け贄たちの怨念のうめきから遠ざかるために、手当たり次第に角を曲がった。

けれど、歩くという行為に備わるひたむきな希望はもはや失われていた。通路が変形し、苦鳴が壁にさえぎられて聞こえなくなったと気づくやいなや、ピーターと私は壁にもたれてどっと座り込んだ。正面に、ヘンリーがぐったりと腰を下ろした。

私は背負っていたザックを振り捨ててしまっていたし、見たかぎり、ヘンリーも同様だった。気慰めでしかなかった食料はすべて失われた。予備の電池はとっくにセットされてしまっている。電灯はやがて消え、交換する動力源がない以上、二度とこの通路内に光が灯ることはない。理性的に考えれば照明を一基にしぼるべきなのであろうが、闇がさらに幅をきかせて、先史の巨獣めいた吠え声をあげるあの未知の怪物の接近を許すかもしれないため、そんな常識的かつ無謀な行為が必要であると唱える者はいなかった。どのみち、一基ずつ交替で灯していた折にもっとも多く使用されたピーターの照明は、今では数インチ先を照らすことも困難なほど弱っていて、さほど遠くないうちに消滅することが確定している。

無我夢中で走っていた途中で転んだかぶつけたか、頑強さを売りとする私の時計のガラスは敢えなく割れてしまっている。力強く発光するはずの文字盤も機能しない。現在時刻を尋ねると、ヘンリーがオメガを掲げて四時過ぎだと答えたが、午前なのか午後なのか、今日が何日であるのかまでは教えてくれなかった。私もさらに尋ねたりはしなかった。

水は、私がベルトに結びつけていた水筒の三分の一ほどしか残されていない。食料は一口分もない。時の流れを知るすべもない。必然《テミス》の女神の魔力に包まれたこの迷宮内では、それらのものが必要ないのはとうにわかっていたが、生物としての習性を残した私の心は、その事実にひどい衝撃と絶望を覚えた。

「ここで死ぬのか？　永遠に生きるのか？」

誰にともなく嘆いてみて、私はすぐに自嘲した。このような偉大な遺跡で、神々に見守られながら果てしない生涯を過ごせるなんて、考古学者ならば理想とされる最期であろうはずなのに。

私は太陽が恋しかった。大空が、風が、月が、雨が、恋しくてたまらなかった。ここで朽ちた者の魂は天へ昇ることはない。ハデスとペルセポネが支配し、ハルピュイアが飛び回る黄泉の世界へと引きずり込まれるのだ。もう、ジェニーには会えないだろう。この迷宮の神秘を語ってやることも、神が存在することも語ってやれない。――いや、神の存在については、彼女はもう知っているだろうが。

たとえ彼女に会えたとしても、胸を張って何が語れるというのか。私は古代クレタの超自然を理解したわけではなく、単にこの迷宮に入り込み、怯えて逃げ回っているだけに過ぎないのだから。

（あんなことをする奴には、この遺跡の本当の価値なんて分かりっこありませんや）

そもそも、古代遺跡の謎とは何なのだ？　人々がこぞって遺跡を観光するのは何故だ？　考古学を学ぶ意味とは？

（あの子には、何かが足りないんだよ）

私が捜し求めてきたものとは？

ああ、私は何と愚かなのだろう！　こんなときになって気づこうとは——。私はジェニーを愛していたが、それだけではなかった。私は彼女が羨ましかった。彼女の奔放な生き方に憧れると同時に、胸の奥底の暗がりにどす黒い嫉妬を抱えてもいたのだ。

なぜなら、彼女がいつも楽しそうだったから。

彼女が、答えを見つけていたから。

しかし——

（すべては塵に帰る。永遠の人生なんかに憧れては駄目。人生が永遠だったら、人生は人生じゃなくなる）

彼女は誰よりも私を理解していた。そして最後の夢の言葉に、私が知らず知らずのうちにずっと捜し求めていた答えを残してくれていたのだ！

そう、人は永遠の存在に憧れずにはいられない。途絶えることのない歓喜。消え去ることのない至福。失われることのない愛。死を恐れない人生……しかしどのように足掻こうとも、万物は塵に帰るという宿命のうちにある。決して手に入らない幻想に憧れれば、人生は究極の拷問へと変貌してしまう。

神や悪魔に懇願すれば、そろそろ世紀末を迎えて新計画を構想中の彼らのことだ、もしかしたら次の千年期には、人類に不滅の魔法をかけてくれることがあるやもしれない。けれど、永続する幸福の時のどこかで、我々がその意味を忘れてしまうのは明らかだ。私たちは、自分の手の中に持っているものには、あまりその価値を重んじない。そして、好くものがあると、そればかりを徹底的に使ってつまらぬものにしてしまう。たゆまぬ心臓の鼓動のごとく、不滅の生命を当然のものとして軽視し、世界がもたらす刺激とチャンス、秘められた奇跡をことごとく忘却の淵に失ってしまうだろう。たどり着くのは、狂気。神はおのれの大失敗に眼を覆い、悪魔はおのれの時代の到来を知って高らかに哄笑するだろう。

そうではない。永遠を得ようとはせず、ただその存在を知るのだ。必滅の運命を受け入れ、永遠でない我が身の価値を知るのだ。そうすれば、短き生命に意義を見いだすことができるはず。常に変化していくことの素晴らしさが理解できるはず。そして、消えゆく自分自身を愛することができるはず。人が数十年しか生きられぬことこそ、誰かが与えてくれた最大の祝福であり、時間が限られているからこそ、人生は一瞬一瞬が奇跡の時となる。その挑戦の場において懸命に生きることが、生命の本質なのだ。

この世に生を受けた者たちは皆、そのように生きてきた。それに気づいて初めて、歴史を学び、同じように永遠でなかった者たちの、絶望のさだめのなかに幸福を捜し求めた者たちの運命に涙することができる。それこそが考古学。時の流れに沈んでいった、うたかたの人々へ捧げる鎮魂歌《レクイエム》なのだ。

（あたし、幸せだった。この時代を生きられたから）

おお、ジェニー。今ならば私も理解できる。どんなちっぽけな花も、奇怪な外見の虫も、命がかりそめのものであると知りつつ、希望を持って生きている我々の同胞なのだと。悠久の時の流れのなかでめぐり会った、旅の仲間なのだと。

おお、ジェニー。君は短い命を短いからこそ楽しみ、大自然の摂理のなかで生きることの喜びをメロディにした。己自身の存在意義を、勇気を持って探索した。そして、精霊のような白雪に看取られて人生をまっとうした。誰一人として戻ったためしのない未知の国へ微笑みながら旅立った。時の抱擁に身を委ねた君は、大地になり、風になり、星になった。

だが、ジェニー。私は違うのだ。私は愚か者だ。臆病者だ。若き日、きっと得られたであろう友人たちのなかへ、めくるめく社会のなかへ、常に変容する世界のなかへ飛び込む勇気のなかった私は、この迷宮へと、永遠に変化することのない神話の世界へと逃げ込んだ。出ておいでよ、と君が扉を叩いてくれたのに、私は金庫の扉を閉めたまま頑にうずくまっていた。

あたしにはあなたが必要なの――君はいつか言ってくれた。しかし、私の何を必要としていたというのだ？　君は優しい嘘つきだ。君は私が敗残者であることを知っていたはずだ。永遠が永遠であり、時が時であることの意味を知らぬ考古学者——そんなものは、黄金の価値を知らぬ商人と同じだ。盲目の私は、短い命を空費してしまった。それなのに君はいつまでも、こんな男を愛してくれた。自分を探すために旅立つ勇気が私にあると信じつつ、優しく見守っていてくれた。私が真の冒険者オデュッセウスとなることを待っていてくれた。

ようやく今、君のおかげで、私は大切な答えを得ることができた。

けれど、残念だ。これは私の捜していたものの一部でしかない。私はまだ、その解答をおさめる器を見つけ出せていない。

私は自分自身の姿を知らないのだ。

「おお、ジェニー」

私はぎゅっと眼を閉じて、彼女の名をつぶやいた。

ひどく遠い感じがした。

突然、ヘンリーが滑稽でたまらないというようにゲラゲラと笑いだした。私とピーターがギョッと顔をあげてもその嗤笑《ししょう》が止むことはなく、とうとう発狂したのかとも思えたが、その笑い声の奥底には、確たる理性によって裏打ちされた歪んだ悪意が潜んでいた。

「ああ、まだわからないのか、あんたは。哀れなものだな」ヘンリーは、前に一度だけ見せたあの冷酷な瞳で私に笑いかけた。「考古学者たる者、心理学にはさっぱり無知ってわけだ」

「何のことだ?」普段の繊細さと、相手への敬意——彼は子供にさえ丁寧に話しかける男だった——をすっかり欠いた粗暴な口調に、私は不吉な予感を覚えた。

「何のことだ、だって? おいおい、もう気づいてもいい頃だろう。考古学者ならば、心理は駄目でも歴史には詳しいはずだ。さあ、過去を振り返ってみろ。遥かなる古代から、権力を得た者は、必ずこの世界を支配しようとしてきただろう? そう、力を得た者は皆、唯一でありすべてであるもの——世界ってやつを自分の手中につかもうとしてきた。そう、自分だけの手に!」

わけのわからない饒舌は奔流のようにあふれつづけ、一音節ごとに邪悪さを増していく。

「ところが、俺たち考古学者はとんだ変わり者で、そんなものは欲しがらない。我々の欲望を満たしてくれるのは、すでに滅んだ世界とその遺産だけだ。俺たちは、自力では何ひとつ生産しない。先祖の生きざまから益を得ようとする寄生虫さ。しかし、こんな楽な方法がほかにあるか? なにせ、それらは名声を生み、その発見者の名は永久不滅のものとなるんだからな。そう、歴史そのものになるんだよ。それが俺たちの本当の望みさ」

「そうだな」私はうなずきつつも、いまだに彼の言いたいことが理解できなかった。「覚えているよ。昔、こんなような話をみんなで交わしたっけな。我々は知識と真実を求めると豪語しているが、同時に、心のどこかでそういった願望も持っていると。もしかしたら、有名になりたい、歴史に名を刻まれたいというそんな下劣な欲望こそが、学者の原動力なのかもしれない。だが、それが――」

「人は弱い。湧き出す欲望と嫉妬にたやすく身を任せる。欲しいものがあれば、それを独占したくなるのが人間の本性なのさ。ランス・ドノヴァン、その意味であんたは、この種族の性質に忠実だった」

「そういうことか」私は陰鬱に納得した。「やはり責めるのか……壊した石板のことを。責められて当然だものな。確かに、私は名声が欲しかった。こんな事態に陥ったのも、もとはと言えば――」

「いいや、最後まで聞けよ」ヘンリーがくつくつと笑う。「俺は責めてやしないさ。むしろ、敬意を払おう。世の中の仕組みなんかとんと理解できない若さだったにもかかわらず、あんたは見事な策略でこの遺跡を自分のものにすることに成功した。理性を欲望の炎に喰い尽くされていたというのに、素晴らしい発想と決断力だよ。同じ立場に置かれたら、この俺にも真似できないだろう。――だが、良かったのはそこまでさ。あんたは初歩的なミスを犯した。歴史が語る人間の摂理を忘れていたんだ」

「摂理?」

「シーザーとブルートゥスを考えてみろ。あんたの好きなギリシア神話にも、そんな教訓めいた話が山ほどあるだろう。人類の歴史のなかで、いったいどれだけの英雄たちが、右腕と呼べるほどに信頼していた配下の者、心から愛していた妻や子に毒の短剣を突きたてられた？　そして、その地位や財産を奪われた？」

「それこそ無数に」私は答えた。「悲しいことだが」

「違う！　それは悲劇ではないんだ。至極当然のことなのさ！　なぜなら、彼らもまた人間だったからだ。人間というのは、友情よりも、愛よりも、何よりも先に欲望に操られる冷酷な動物なんだよ。わかるか？」

「ちょっと待て。つまり……」ピーターが口をはさんだ。「ああ、くそ。俺は詳しい事情はさっぱり知らないが、今の話をまとめるとこうだ。つまり、ドノヴァンは何か悪い方法でこの迷宮の存在を知った。でも、それは人間の本性に従ったまでで、罪ではない、と」

「その通りだ、ピーター・デニングス。そして、俺もまた本性に従って、目の前に転がっている考古学者の宝物を手に入れたくなったというわけさ。俺はブルートゥスだ！」

「なるほどな。私は、君に暗殺されるべき帝王か」私は深いため息をついた。もはや、ヘンリーの圧倒的な悪意に抵抗する余力は残されていなかった。「確かに、デニスもフレッドもいなくなった今、私が死んで君ひとりが生き残れば、名声は独り占めだ。しかし、滑稽だな。いまさらそんなことを思いつくとは、君も随分と悠長な――」

言った途端、全身が粉々になるような衝撃とともに、私は悟った。

運命の糸を切ったのが誰なのかを。

ジェニーの悲しき死の理由を。

タイヤがスリップする、悲鳴に似た音がよみがえった。

「おまえが……あれは、おまえが……」

「ほんの五百ドル。ヴァンは盗品で、運転手はその方面のプロさ」

「おまえが……」

このとき、私の視界をどっと埋めつくしたのは、ヘンリーの薄い唇に浮かんだ嘲るような冷笑ではなかった。

それは、幾千万もの豆電球の仄かな明かり。

暗い空から舞い落ちてくる、あの美しい粉雪の群れ。

ヴァンのタイヤに踏みにじられた、いくつもの買い物袋。

濡れた歩道に広がっていく血。

そして、最期まで幸せそうにはしゃいでいたジェニーの、青い青い瞳。

銀のリボンに綴じられた箱は潰れ、彼女がくれるはずだった水晶の写真立ては砕けてしまっていた。私が壊したあの石板のかけらのようにキラキラと輝く細かな破片のなかで、日に焼けて真っ黒になった私とジェニーが、肩を組んで楽しそうに笑いかけていた。――あれは、ナイルのほとりであったか。

翌日私は、彼女に笑顔を浮かばせるはずだった小さなダイヤモンドのネックレスを、柩に横たわる彼女の首にかけてやった。綿が詰め込まれたジェニーの口は、永遠の微笑みを浮かべていた。

だがそれは、私が愛した微笑みではなかった。

クリスマス・キャロルが、彼女のギターの旋律が、遠くから聞こえた。

(また、会おうね)

「事実であり、残念です。残念ながら、事実なのです」ヘンリーは嘲笑した。「まさかジェニーが、捨て身であんたを助けるとは思わなかった。まったく惜しいことをしたよ。彼女が転任してきた日から、ずっと狙ってたんだ。俺のほうが先だったんだ、このくそったれ! 発掘前、この俺がなんで、あんたらの薄汚いアパートに泊り込んでいたと思うんだ? そう、機会がありゃ誑し込んで犯《や》ってやるつもりだったのさ。軽はずみにあんたと結婚した、あの売女をな!」

彼がジェニーのことをクレオパトラやヘレネ――男たちの欲望の犠牲となった美女たち――に例えたときに、気づくべきだったのかもしれない。もしくはずっと以前に、自分は貪欲な人間だと告白した彼を警戒しておくべきだったのかもしれない。人は微笑み、微笑み、大悪党でいられるものなのだ。ヘンリーは今や、気品ある明晰な学者の仮面を脱ぎ捨て、醜悪な素顔を剝き出しにしていた。彼の言うとおり、これが——こんな醜いものが——人間の本性なのだろうか？

「計画は変更になった。この遺跡のなかでフレッドとデニスとあんたをうまく始末するつもりだった。事故に見せかけてな。モートンとエディは、誰がこの遺跡を発見したのか知らない。この大男が加わったのは予定外だったが、はした金を握らせりゃ口をつぐむと思った。実際のところ、落とし穴にぶらさがったあんたを見てるのは楽しかったよ」

「そうすれば、自分だけの名前が歴史に残ると？」

「そうだ。俺だけが名声を手に入れ、永遠の存在になるはずだった」ヘンリーはここで、皮肉な笑い声を放った。「でも、その幻想はシャボン玉のように儚く消え去った。俺たちはここから出られない。そのうちライトが消えて、真っ暗闇のなかでパシパエのように彷徨《さまよ》うことになる。太陽を切望しながら、永遠に生き続けるのさ。——それとも、あの化け物が何とかしてけりをつけてくれるかな？　例の広間で自殺って手もあるぜ？」

「いいや。——おまえは、そのどちらでもない」

私は立ち上がり、山刀を抜いた。ピーターも同様にナイフをかまえたが、私は手を挙げてそれを押し止めた。

「やらせてくれ」

私が一歩踏み出したとき、悪鬼のごとくニタリと微笑んで、ヘンリーは顎を突き出した。

「そうはさせないよ、先輩。意気地なしのあんたに、殺しは無理だ」

唐突にヘルメットを脱いだヘンリーは、立ち上がると同時にそれを私に投げつけ、血も凍るような奇声を発して駆けだした。その姿は通路の闇の奥処へと包まれていったが、悪魔めいた笑い声はいつまでも聞こえてきた。暗闇にこそ似合う邪悪な響き。私は死ぬまで忘れられないだろうその声を遮ろうと、両耳を覆ってうずくまった。

「追う必要はない」ピーターが傍らにしゃがみこんで、囁いた。「奴は望みどおり、永遠の存在になった。ここで永遠に苦しむんだ」

ピーターは、こんなにも優しくなれるのかという眼をしながら、私を引っ張り起こした。続いてヘンリーのヘルメットを拾い上げるが、ライトが割れていることを知って無造作に投げ捨て、こんな貧弱な品が製造されていることについての悪罵を重ねる。

「とうとう二人になっちまったな。ええ?」ピーターはここで、珍しくため息をついた。「さっきの言葉は取り消しだ。俺はまだまだ生きたい。それに、ありがちな綺麗ごとを言うようだが……あんたは、奥さんの分まで生きなきゃならないと思うぜ」

剝き出された人間の闇の顔を照らして、ついに心臓発作を起こしたのか、ピーターのライトの命はこの騒動の最中に尽きていた。しかしながら、ヘンリーの壊れたヘルメットからは電池——こちらもかなり消耗していたが——を回収することができ、ピーターはそれをセットして照明を蘇生させた後、放心した私の肩を抱きかかえながら力強く歩きはじめた。闇が退き、ピーターに道を開ける。神話の英雄ではなくとも、彼は現代の勇士ではある。一家の尊厳と誇り、そして人権を維持せんがために愛国の意を唱え、罪と悲劇の荷を背負い、ヴェトナムの恐るべきジャングルと泥濘のなかを這いずり回って死んでいった、あの果敢にして純粋な戦士たちの一員なのだ。

「なあ」ピーターが、何かを思い出したように口を開いた。「爺さんが最後に何か言ってたな。聞こえたか?」

「もう余興は終わった」私は親友の言葉をくり返した。「『テンペスト』の一節だよ」

「かたっくるしいのは読んだことがねえ。どういう意味なんだ?」

「続きがある」

私は記憶をたどりながら、随分と昔に覚えた戯曲を朗読しはじめた。

もう余興は終わった。いま演じた役者たちは、
さきほども言ったように、みんな妖精であって、
大気のなかに、淡い大気のなかに、溶けていった。
だが、大地に礎をもたぬいまの幻の世界と同様に、
雲に接する摩天楼も、豪奢を誇る宮殿も、

荘厳きわまりない大寺院も、巨大な地球そのものも、そう、地上に在るいっさいのものは、結局は、溶け去って、いま消え失せた幻影と同様に、あとには一片の浮雲も残しはしない。われわれ人間は夢と同じもので織りなされている。はかない一生の仕上げをするのは眠りなのだ。

「フレッドは言っていたよ。自分自身を実験動物として、人間がどんな存在かを見極めたいと。彼は最期に、人間の素晴らしい姿を見せてくれた。彼は生物学者で、死を当然のものとして受け入れていた。そして、消えゆく運命のなかで人間が美しくなれることを、誰よりも信じていたんだ。彼があの……ヘンリーのあの顔を見ないで、本当に良かった」

私が口を閉じても、ピーターは押し黙ったまま前方だけを見据えて歩きつづけた。まったく理解できなかったのか、それとも私を何度も驚かせた柔軟な頭脳で、言葉のひとつひとつを吟味しているのか。

やがて彼は、ふんと不満げな鼻息をもらし、シェイクスピアの作品については結局何のコメントも残さず、歩調を早めた。生きる意欲が旺盛な彼には、すべてはかりそめの存在、つかの間の夢であるという悲哀に満ちた哲学は気に食わないものだったらしい。彼はさきほど自分で口にしたように、この期に及んでもまだあきらめてはいなかったのだ。

だが、私はもはや生きたくはなかった。ただひたすらに眠りたかった。

ジェニーを殺したのはヘンリーではない。

フレッドを殺したのは魔物ではない。

この私が、二人を殺したのだ。私の大切な人々が、私のような者を愛そうとしたがゆえに、私の罪の代償までも支払うことになったのだ。

闇が濃密になったような気がする。ライトが弱まっただけであろうか。


何もない単調な通路を歩きつづけて、「休憩しよう」とピーターは立ち止まった。

「座るなよ、ドノヴァン。二度と立ち上がる気がしなくなるぞ」

私はうなずいて壁に寄りかかると、腰の水筒を一気にあおった。期待していたよりも意識をはっきりさせられなかったので、私は苛立って水筒を投げ捨てた。二千年もすれば、あれも宝物となるだろう。

一分一秒でも長く保たせようというのか、ピーターはしばらく前に私のライトを消すように指示していた。彼は一滴も水を飲まず、愚痴ひとつ言わずに歩いていた。気を紛らわせるためか、私の心を少しでも高揚させようとしてくれているのか、今も彼は煙草をふかしながら、これまでに乗り越えてきた冒険の数々をひっきりなしに語ってくれている。ニコチンは吸収されず、煙はただ苦いだけのはずだ。彼は非常な努力によって、辛うじて元気なふりを装っているのだ。

おそらくは、私を挫けさせないそのためだけに。

「なあ、ピーター」アイガー北壁と呼ばれる氷の断崖で立ち往生したときの苦闘談をさえぎって、私は呼びかけた。

「どうした?」

「その……どうやったら……君みたいに強くなれる?」

「ははあ」冒険家は陰気に笑った。「俺に勇気があると思ってるんなら、そいつは間違いだぞ。誰もかれもが、どうにかこうにか生きてるんだ。俺はただ、死ぬのが怖いだけさ。——それと、欲張りなのかもしれねえな。どうせいつか死ぬんなら、たっぷり楽しんで、いろいろやってから死んでやろうと思ってね」

「それが辛くてもか?」

「何もせずにぼーっと生きて死ぬほうが、よっぽど辛いね。世界にはいっくらでも面白いものが転がってるのに、どいつもこいつも眼を向けようとさえしねえ。もったいない話だよ」ピーターは新しい煙草に火をつけた。「シェイクスピアなんざ、くそっくらえだ。俺だって、人生が夢みたいなものだってのはわかってるさ。ただ、それを口にしたらおしまいだね。どうせ消えちまうもんだから……そんなのは、疲れたときの言い訳でしかねえ。俺は、ありったけのものを手に入れて、味わい尽くしてやる。そして次の人生にも、そのまた次の人生にも持っていくんだ」

「君は素晴らしい男だ。こんなことに巻き込んで、本当にすまないと思ってる」

「よせやい」ピーターは馬鹿馬鹿しいと言うように手を振った。「俺は後悔しちゃいない。こんな冒険も恐怖も、スーツを着たお偉いさんたちには絶対に味わえないぜ。おれはこのくそったれな世界を体験できて幸せだ。この表の世界の良さがわかったからな。つまるところ、俺がこの迷路でたどりついた結論はこうだ。どんなに腐った世界であっても、生きてるかぎりは捨てたもんじゃない！」

「君はジェニーに似てるよ……」

「ちっ、潤んだ眼で見つめるんじゃねえ。俺はあんたに抱かれるつもりはねえからな」

ピーターは豪快に笑った。死人でさえ釣られて笑ってしまうような、生き生きとした笑い声。ところが急に、彼は真面目な顔で私の眼をのぞきこみ、言った。

「あんただって、今ならわかるはずだ。いいや、ずっとわかってたんだと思うぜ。あとは、ほんのちょっぴりでいい、勇気のネジを締め上げるだけだ。そうすりゃ、あんたは自分自身の姿を知ることができる。きっとだ」

私は驚いて、無言のまま彼を見つめた。

「まあ、世界一の変わり者からの助言てやつさ」ピーターは気まずそうに咳払いし、私の肩を叩いた。彼は、自分が『マクベス』の名句を引用したことに気づいていない。「そう、平凡な普通の人生ってのが、一番の不幸だと俺は思う。何の刺激も冒険もないまま、ただ年食って死ぬなんて――」

何を感じ取ったか、私とピーターは同時に通路の先を見た。

ピーターの死にかけた照明が、数ヤード先の枝道からぬっと現れた蠢く黒影を不気味に照らした。同時に、ビュウッ、風を切る重い音が走る。私が武器の柄に手をかけるよりも早く、ピーターが軍用ナイフを凄まじい勢いで投じたのだ。

血も凍るような絶叫が闇と静寂をつんざいて、鼓膜はおろか全身の張り詰めた神経をびりびりと震わせた。ナイフは相手の胸部に柄元まで深々と突き刺さり、その衝撃は身体を後方に打ち倒したほどだった。だが、その直前、ピーターの弱った照明がふたたび真っ向から敵を照らし、最初は判別できなかったその生き物の容姿を私の網膜に焼きつけた。

おぞましい残像が、青白く視界に残った。

私と違って、一瞬の光のなかに浮かび上がった姿を見損なったのか、ピーターは相手が仰向けに倒れると豪快な雄叫びを放った。勝利を確信した冒険家は、とどめを刺そうというのか、立ちすくむ私の手から山刀を取り上げて意気揚々と近づき――

手足を不格好に投げ出して倒れている、小柄な肥満体を見下ろすことになった。

「モー……トン……？」

呆然とつぶやいたピーターのライトが近距離から照らしたので、立ち尽くす私の位置からも医師の表情ははっきりと見て取れた。悲惨なことに、ラリー・モートンは仲間たちと合流できたことへの歓喜のあまり、いまだにケタケタと笑っていた。どういう理由かは不明だが、ヘルメットや装備の類はいっさい失われ、シャツも脱ぎ捨てられて上半身は裸だった。ぼさぼさに乱れたまばらな頭髪とげっそりやつれた頬が、数年にも感じられたであろう漆黒の闇のなかの放浪の凄惨さをありありと物語っている。自分の心臓を串刺しにするステンレス鋼の冷たさも、すでに忘れてしまっているようだ。

「うあ……」

ガシャリと山刀を取り落としたピーターは、狂気じみた医師の笑い声を押し止めようとするかのように、指を広げた両手を生きた死体のほうへ突き出してよろよろとあとずさった。支離滅裂なことをつぶやく彼の顎を泡だらけの唾液が伝い、飛び出しそうなほど剝きだされた両眼は、メドゥサの瞳に似たモートンのそれに呪縛されて硬直している。

孤立無援な一匹狼の冒険家の本性は、あまりにも清廉潔白な誇り高き男だった。私は胸を締めつけられた。ピーターはすでに、私などよりもずっと限界に近づいていたのだ。

「ピーター、しっかりするんだ！」

私は落とし穴の一件を鮮明に思い出しながら、現実から狂気への奈落に足を滑らせた友を助けようと駆け寄った。が、その刹那、足元に落ちている山刀がちらりと眼に入った。

そのとき、何が起きたのか。私は、ほんの一瞬、意識が朦朧とするのを感じ、気がつけば山刀を握っていた。最後の躊躇と葛藤も、生まれたばかりの友情が切り捨てた。

ピーターの喉元に、刃をピタリと当てる。冒険家はすでに正気を失い、自分が何をされているかも認識できていないようだ。いや、それとも、知っていて待っているのか？　冷たい鋼鉄が、頸椎と意識を切断してくれるのを。この地獄から解放される情けの一閃を。

「許せよ、ピーター。……きっとこの方がいいんだ」

長年の実践的な鍛練によって、コツはつかんでいる。私は自分の心に、彼の首は道をふさぐ低木の幹でしかないのだと言い聞かせながら、武器をしっかりとかまえた。

私の全身は、鳥肌を立たせることもできなかった。

戦慄が、私を石に変えてしまった。

ゴツッ、ゴツッ、ゴツッ。足音がする。

近づいてくる。

ゴツッ、ゴツッ、ゴツッ。ゴツッ、ゴツッ、ゴツッ。

ピーターのライトはいまだにモートンの哀れな姿を照らしていたが、突然、その血の広がったシャツの胸を、薄汚い剛毛に覆われた裸足がグシャリと踏み潰した。胸郭もろとも肺が破裂し、医師の笑い声は吹き上がった血塊によって途絶えた。私は、我が眼がとらえているその光景を懸命に無視しようと努めたが、人間のものに似通っていながら著しく大きさが異なり、五指がつながって硬質化したような蹄の生えるその左足の姿は、私の抵抗を粉砕して脳髄をどろどろに溶かし去った。

血の匂いに混じる獣の体臭が鼻を刺す。ミノタウロスは低く唸っており、その声の聞こえてくる辺りの暗闇を仰ぐと、炭火のようにチラチラと瞬く真紅の双眸がはっきりと見えた。その視線は数千年もの孤独ゆえの狂気に満ち、太陽のもとで生きる種族に対しての嫉妬と憎悪に燃え立っているようにも思えた。

その魔物が光を恐れるでもなく、さらに一歩踏み出したとき、逆に電球の光がその巨軀に怯えたのか、引きつるように瞬いた。信じられぬほどに巨大な生き物。人間の大人ふたりを足したほどの身の丈は神をも思わせるが、幾分か猫背に屈みながら迫りくるそのまがまがしい姿は、哀れな獲物を余裕たっぷりに追い詰めた悪魔のそれに相違なかった。

この幾度かの千年期において、文明が生まれ、文明が滅び、新たなる文明が栄え、それも衰退し、また別の文明が世界を育んだ。めくるめく物語の群れ。人間たちが生まれ、友と遊び、恋に泣き、愛に震え、子孫の幸福と繁栄を願って死んでいった。ランプは電灯に、矢は銃に、火打石はライターに、馬車は自動車に進化した。剣闘士はボクサーやレスラーとして生き残った。楽人はちっぽけな円盤《ディスク》におのれの歌声を託し、伝説は活字として売りさばかれるようになった。錬金術は知恵によって化学へ、奴隷は怒りによって人へと変わった。鷲頭馬体獣《ヒポグリフ》のように飛行機が大空を旅し、ヘパイストスの鍛冶の炎を圧倒する兵器が都市を溶かし、天高く打ち上げられた鉄の船の乗員たちは、輝くセレネが岩の塊であることを告げた。神々や怪獣は書物の中へと身を隠し、妖精や精霊は開発という名の疫病に侵されて絶滅した。森は消え、海は腐り、空は淀み、太陽は死の光で大地を照らし始めた。

だが、その長くもはかない久遠の歳月を、この獣は死ぬこともできずに暗黒の迷宮を彷徨《さまよ》いつづけてきた。風も太陽も月も雨もない静寂だけのこの永遠の世界で、ただ母パシパエを追い、工匠ダイダロスを恨み、父ミノスを呪い、無念の咆哮を上げつづけてきたのだ。

ミノス王家の第五王子アステリオス。けれど、彼をその名で呼ぶ者はいない。

ピーター・デニングスの名声は、この仕事で紹介される以前から小耳に挟んでいた。この私でさえ聞き覚えがあるというのは、よほどの名の売れようのはずだ。彼はマスコミの誇張がなくとも、子供たちを夢の世界へと舞い上がらせ、仕事や家庭に疲れ切った大人たちに賛嘆の笑みを浮かべさせる人物だった。彼は開拓者の国アメリカの申し子であり、現実に存在する数少ないヒーローの一人だった。

そんな彼が迎えた最大の試練――それは、遥か古代の勇者がやり残した任務を完遂することだった。

前任者テセウスの真鍮の棍棒が砕いたのだろうか、ミノタウロスのねじくれた鋭い角の片方は、根元から折れてなくなっている。しかしそのほかに、傷痕らしい傷痕はない。テセウスはその一撃で片がついたと確信し、昏倒しているだけの魔物を残して堂々と立ち去ったのか、それとも、勝利の証となるだろう品が手に入ったのをこれ幸いとばかりに、怒り心頭に発した魔物の前から一目散に逃げ出したのか――どんな状況だったにしろ、名だたるアテナイの王子はこの巨大な怪物を殺すには至らなかったのだ。

その任務の後継者であるピーターは、ギリシアの英雄たちと肩を並べるに相応しい強者である。獅子のごとき肉体と岩のごとき精神――彼は、英雄を英雄たらしめたそれらの条件を兼ね備えている男だ。しかし今、彼は拳銃だけでなく、退却を思いつくだけの理性までも失ってしまっている。残されているのは、狂人特有の凶暴性と、追い詰められた動物の闘争本能だけだ。

米国陸軍の厳しい訓練で鍛えられた彼の身体は、それでもなお、戦い方を覚えていたらしい。冒険家は、人間の貧弱な爪と平らな歯を使おうとはせずに、残された最後の武器、ベルトに挟んでいたテセウスの剣を抜き放った。しかし、どんなに美しかろうと、それはギリシア風の小剣。敵の腕の長さを考えても、彼は私の手にあった大振りな山刀をひったくるべきであったのに、そうはしなかった。彼が狂乱していたせいかどうかはわからない。

古代の刃がギラリと熱く光ると、闇から半身を乗り出していたミノタウロスは微かな動揺を見せた。まるで自分を蹴ったことのある相手と再会した犬のように、不意に動きを止めたのだ。

だが、それだけのことだった。

ピーターが剣を突き出したのはたったの一度きりで、それも体毛を数本散らせただけに終わった。鋭い刃の切っ先は、分厚く密生した剛毛にむなしく阻まれ、肉を貫くどころか皮膚を裂くことさえできなかった。テセウスがこの武器を放棄した理由は、そこにこそあったのである。魔物の眼が紅玉《ルビー》のように輝く。嘲笑とも、侮蔑とも、また激怒とも思える。

ミノタウロスが私の胴ほどもある腕を一振りすると、ピーターの精悍な美貌は頭部もろとも消し飛んだ。首から吹き上がった血の噴水が、私をびしょ濡れにする。私は顔を背けたが、暴虐はまだ終わらなかった。どのような悪魔がとり憑いたのか、魔物は獰猛な唸り声をあげながら死体の手足をへし折り、引き抜き、胴を踏みつぶし、原型を失うまで蹂躙しつづけたのである。ピーターは赤黒い臓腑を破れた腹からかき出され、股を裂かれ……やがては片足をつかまれて四方八方に叩きつけられた。壁にベシャリと広がって滴り落ちる肉片と鮮血は、呪いか責めか、私が昔、崩れた壁に叩きつけたワインの有様に酷似していた。

やがて現代の戦士の身体を完膚なきまでに破壊し尽くすと、ミノタウロスは役立たずの宝剣をまたいで一歩踏み出し、血糊のなかで立ちすくむ私を深紅の眼でギョロリと見下ろした。最後の仲間を失ったことを嘆く余裕もなく、私は即座に魔獣の視線にからめとられた。

私が目の当たりにしている奇怪な生き物は、誤解することなかれ、醜くも神秘的であった。その呪われた創造さえなかったなら、必ずや人類を超越していたであろう種族が、ここに確かに存在しているのだ。考古学者だけではない。学者や探検家と自称する者たちの誰もが、こんな偉大な生命との遭遇を切実に願っているに違いない。

だが皮肉にも、できそこないの考古学者である私は、この生き物に背を向けてどこか遠くへ逃げ出したかった。神話と対面するこの瞬間のために、あまりにも短い人生のすべてを捧げてきたというのに。

ミノタウロスが地鳴りのような咆哮を発し、血まみれの拳を振り上げた。

私は眼を閉じた。しっかりと。

だが、すぐにカッと開いた。

今まで、何事からも逃げてきたではないか。

(あとは、ほんのちょっぴりでいい、勇気のネジを締め上げるだけだ。そうすりゃ、あんたは自分自身の姿を知ることができる。きっとだ)

おのれの末期くらい、この眼で見るべきだろう。

眼よ、おまえが最後に見るものを見よ!

不思議と、私の心は冷静だった。いや、そう言うならば、ジェニーが死んでから初めて、私は平穏な気持ちを取り戻すことができたように思う。人はみな、死ぬときにはこうなのだろうか。それとも、すべてを投げ捨て、ただ忘却の眠りだけを望んできた私だけに言えることなのだろうか。——きっと、私だけなのだろう。だいいち、すべてを捨てて、と言うが、ジェニーを失った私にはもう捨てるものが何も残っていない。希望だけでなく、何らかの感情を持つことさえ不可能になってしまった脱け殻だ。これで、記憶に満ちた脳さえ破壊してもらえれば、すべてが終わる。人生という痙攣する熱病を癒すことができる。

私はゆっくりと顔をあげた。

見下ろす眼と見上げる眼——私たちの視線が交差し、絡まり、溶け合う。

しかしそのとき、私は想像もしなかったものを見ることとなった。ミノタウロスの眼の奥に、虐げられた生き物の煮えたぎる怒りや憎しみや飢餓が渦巻いているものと確信していたのだが、それはささいなものにしか過ぎなかった。私が眼にしたものは——

ああ、それは、永劫の孤独によって虚ろになってしまった哀れな魂だった。空っぽの水晶球。ほんのうっすらと、形さえ持たぬ煙のようなものが漂っている。悲嘆と絶望の灰色の霧がすべてを覆い、本来なら輝いていたであろう希望や愛の光は消え失せて、底の方に砂粒となって沈んでいる。

彼は、傷ついた心を持っていた。

その瞬間、私の全身を凍らせていた恐怖と嫌悪は消失し、胸を突き上げられるような悲嘆と憐憫が沸き起こった。そして、深い共感も。

若き頃の私も、また孤独だった。苦悩した年月は異なっていても、生きた世界が光と闇ほどに異なっていても、その生き物の歪んだ姿形とすさみきった瞳は、私の心の投影に違いなかった。どう生きて良いのかさえわからずに、ただ出口の見つからぬ迷宮を彷徨《さまよ》い続けてきた者……。

私はついに、捜し物を見つけたのだ。

己自身の姿を。

私は山刀を差し上げた。魔物はゆっくりと拳を下ろした。殺してやりたかった。同情と憐憫もあったが、それだけではなかった。私の内には罪悪感が沸き上がっていた。彼は生きたくとも生きられなかったが、私は生きられたのに生きようとしなかったのだから。彼が数千年も憧れつづけたものを、私は無駄に使ってしまったのだから。しかし、私には彼にそれを与えてやることはできない。だからせめて、殺してやるのだ。死ねないにしても、せめて苦しみの記憶に満ちた脳を破壊してやろう。その後、私も何とかして同じことをしよう。ともに忘却に沈むことで、孤独だけは拭いさってやろう。

魂は肉体のどこに宿るのか。肉体を放棄した精神はどこへ行くのか。死後の世界というものがあるのか。私にはわからない。だが、そこが天国だろうと地獄だろうと、黄泉の世界だろうと、違う時代のこの世界だろうと、そこまで旅をしよう。これだけ失意の鬱積した魂には、その純粋な力はないかもしれない。だが、我々がひとつになれば、きっと一人前に次の世界へたどり着けるはずだ。彼も私も、歩くことの大切さだけはここで覚えた。着いた先がもし、霊の住まう場所でなかったなら、我々が命ある者として再び産声をあげることができたのなら、私は今度こそ本当に生きてみよう。世界へ飛び込み、猫背にならず大股で歩いていこう。人を愛そう。自分を愛そう。幸せを探そう。人生の意味を探していこう。

そうすれば、どこかでまたジェニーに会えるかもしれない。

私は優しく微笑みかけ、刃を振りかぶった。

刹那——魔物がそっと鳴いた。

何を告げたかったのだろうか。それは人間の言葉ではなかったが、それゆえに、世界中のどんな言語でも決して表現できないほどに多くの感情が込められていた。憔悴と鬱勃、悲哀と安堵、愁嘆と歓喜がぎこちなく入り混じって奏でる、寂しくも透きとおった声。私はこれほどまでに美しい声を聞いたことはなく、きっと、これから先もないだろう。それは紛れもなく、神の慈愛によって魂の救済を得た、ひとりの人間の声だった。そして、これほどまでに苦しみ抜き、救済を待ち焦がれた人間がほかにいるはずもなかった。

もう一瞬だけ私を見つめた後、彼は闇の中へ消えた。私の頭蓋骨にも心臓にも、傷ひとつ与えず。ただ、未だ光線を放っているピーターの照明を不快そうに踏み砕いて。

周囲が重苦しい闇に閉ざされる直前、ミノタウロスの瞳からこぼれたものを私の眼はとらえた。

それは、一粒の水滴。

あのクリスマス・イヴの夜、ジェニーが手のひらに乗せていたような。

十

私は頓死した旅人の悲しい幽霊のように、眠るべき地も向かうべき地も見つからぬまま、真っ暗な迷宮をただあてもなく徘徊した。悄然たる精神はとうに限界を超えて、もう何も見たくない、何も知りたくないと譫言《うわごと》じみた懇願を力なく漏らしているというのに、そんな弱音に耳を貸そうともしない両足は機械のように乱れることなき一歩一歩を踏み出し、壊れかけの私をひたすらに遼遠たる闇の深奥へと導いていった。

麻薬に浸されたような酩酊自失とは裏腹に、やせ細った意識だけがひどく鮮明だった。肉体を離脱した剝き出しの心は奇妙なほど透きとおり、五感は皮膚や粘膜を介することなく、魂の最表層で活発に働いていた。

そしていつからだろう、私はそんな夢遊状態のまま壁画を眼にするようになった。ライトは消したまま、漆黒の闇に包まれているにもかかわらず。彷徨《さまよ》い、練り歩く通路の壁面はおろか、天井や床にまでも、偉大なる匠ダイダロスの業によって人類の歴史が描かれていた。フレスコ画なのか彫刻画なのかさえも知ることはできない、その人間業を超越した神々しいばかりの未知の技法たるや、あたかも催眠術にかけられたかと思うほどの臨場感に満ちており、もはや抵抗する意志さえも持てずありのままを受諾するばかりの私は、そのとき確かに、圧倒的な音や匂いや熱や光を感じながら悠久の過去へと旅立っていたのである。

　私の周囲には、夢の神々《オネイロイ》が群がっていた。


……私は鎧をまとう死体に埋めつくされた、広大な荒れ野を歩いていた。彼らはアテナイの猛勇たち。手足を失い、腸を引きずり出されながらもまだ死に切れない戦士があちらこちらで立ち上がろうともがき、家族や恋人や神々の名を呼んでいる。血と泥に沈もうとするこの時、彼らは英雄となる。薄れゆく彼らの眼には、早くも勝利の女神《ニケ》の姿が映し出されていることだろう。雪花石膏《アラバスター》のごとき白い肌と黄金の髪を輝かせ、純白の翼で死にゆく魂を柔らかく包み込む女神――。もしかしたら彼女は、万の神々のなかで最も人間を理解している、慈愛に満ちた母性的存在なのかもしれない。

　ふと見下ろせば、私もまた、梟の紋章の打たれた青銅の鎧を身につけている。梟は女神アテナの聖鳥であり、夜の真実を見通す知恵の象徴だ。右手には刃の毀れた血刀をさげ、左手にはぼろぼろに裂けた盾を握りしめている。四昼夜にも及んだ戦闘の疲労と敗北の失意とに息は荒く、残党狩りをする敵の眼から逃れようと、ただ懸命に死屍累々たる戦場を抜け出そうとしているところだ。私はまだ、ニケに出会いたくない。

力の入らぬ足首が死体に引っかかり、私はたまらずにどっと膝をついた。その直後、背後で敵兵らしき声が聞こえる。私は咄嗟に身を横たえると、死者の群れに紛れることで危険をやり過ごすことにした。勇気の最上の部分は分別にあると、どこかの詩人が言っていたものだ。腐乱しはじめた死者の内臓に顔を突っ込むことになったが、殺されることへの恐怖のほうが大きいために気にもならない。耳の大きな黒い鼠がすぐさま群がってくる。

汚れきった私は、難なく同胞の死体に紛れ込むことに成功し、敵を欺けるのはほぼ確実と思われた。けれど、近づいてくる五人の敵兵の会話が耳に入ってくるにつれ、私はやるせない怒りに身を震わせはじめた。彼らは敗北した我が軍を嘲弄しているのだ。ひ弱な娘っ子。知恵の女神などを奉じて、姑息な戦術ばかりに頼るからだ。週に百時間も鍛練を積んできた我々に勝てるはずがない。すぐに逃げ出すことばかり考える臆病者。どんなに嘲られても、扉の向こうに隠れて泣くことしかできない意気地なし……。

奔流のような燃えさかる激怒が、私の恐怖を焼き尽くした。それは、ただ敵兵への憎悪ばかりではなく、真実を突いた彼らの言葉によって生まれた、己自身への挑戦の炎だった。これまで感じたことのない、勇気の霊液が全身を駆けめぐる。

勝ち目がないことを承知していながらも、私は猛然と立ち上がった。パラス・アテナよ、私に祝福を！　神々よ、アテナイ人の本当の力を御照覧あれ！　私は剣を天にかざし、腹の底から雄叫びをあげた。

津波が岸壁に押し寄せるがごとく、敵が襲いかかってきた。激しい戦闘。砕け散るのはどちらか。激突する技と力。飛散する火花と鮮血は波飛沫、怒号と悲鳴は嵐のもたらす雷鳴の轟き。苦痛と勇気が濡れた髪に交錯する。運命の女神《モイライ》たちに委ねられた、生と死の舞踏。

最後まで立っていたのは、私だった。全身の肌が隙間なく切り裂かれ、出血は膨大だ。左腕のひじから先は盾を握ったまま足元に転がっており、剣の柄頭を叩きつけられた片目も潰れている。しかし、激痛にもかかわらず膝は断固として崩れない。侮辱に立ち向かい、己の恐怖心を克服して勝利を得た誇りが、私の胸を熱く満たしていたからだ。

私は残った眼で周囲を見回した。屍肉をむさぼる猛禽どもが精霊のごとく天を舞い、殺伐たる戦場から突き出した槍の穂先や折れた剣が、幾筋もの雲がたなびく夕焼け空の下で葬礼の炎のごとく輝いている。

そうだ、力よりも知恵を愛して何が悪い。頭脳もまた、途方もない力を秘めているのだ。ただし、逃げ隠ればかりしては負けてしまう。信じるのだ。私は決して弱くなどない。とにかく歩こう。まだ死ねない。

……煙がまだくすぶる、焼き払われた寒村に到着した。領主である私の主人はさっそく現状の調査にとりかかるように従僕たちに命じた。私は一人きりで歩き出した。いつものように、ほかの従僕たちが互いに協力して作業を進めるのを横目で見やりつつ。

私は嫌われ者だ。回転の早い頭脳だけを頼りに主人に取り入る策略家。肉体と精神の強さが最優先に評価されるスパルタの国にあって、私は背丈に足りぬ槍一本まともに扱えない。格闘の大会が催される軍神《アレス》の祭りの時期がくると、私はいつも腐った葡萄を食べまくって腹を下す。指が折れたくらいの少々の怪我では不参加は許されないが、下痢が止まらないとあっては、まさか国王や寵臣の方々、ましてや神々の御前で戦うわけにもゆくまい。

お世辞の得意な口先ひとつで領主に気に入られてから、二年と三ヵ月——そろそろ出世すべき頃合いだ。私は誰よりも早く生存者を見つけ出そうと眼を凝らした。急ぐのだ。その者を拷問してでも情報を聞き出し、各地で多大な被害をもたらしている半人半馬獣《ケンタウロス》どもの実態を報告すれば、主人は私にたっぷり褒美を与えてくださるはずだ。

他の連中を出し抜いてやる。そうとも、私は仲間などいらない……。

おや。私は視界の隅に、何やら動くものをとらえた。煤だらけになった子犬が、木炭と化した梁の下で黒焦げになっている少女を前足で小突いている。単なる飼い主というだけでなく、彼女が唯一の友達だったのだろう。

かまってはいられない。無駄な時間を費やすわけにはいかない。

しかし、私は思わず立ち止まっていた。自分でも驚いたことに、心細げにクンクン鳴いている子犬をそっと抱き上げる。そして、崩れた材木を退けて少女の遺体を取り出してやるべく、梁に手をかけ、剛勇のごとき大声を張りあげて渾身の力を込める。

奇妙な静寂に私が振り返ると、これまた驚いたことに、ほかの従僕たちが背後に集まって小さく微笑んでいる。彼らの眼の奥に、親しみ深い友情と敬意が見える。

「物事には、守るよりも破るほうが名誉なこともある」一人が言った。「命令より大切なこともな。これからは仲良くしようぜ、なあ」

私はまたしても驚きながら、力強く頷いた。こんな私でも、友を得ることができるのだ。

失われた小さな友愛に追悼の念を示す、ただそのためだけに懸命に力を込める私たちの頭上で、灰色の細い煙は突き抜けるような昼下がりの青空に立ちのぼり、爽やかな微風に溶けて散っていった。応援のつもりか、感謝の品のつもりか、無邪気な子犬がどこからか拾ってきた白い球を私の足元に転がした。

少女の遺体を丁重に葬り、そんな無駄な作業に怒り狂った主人の鞭を食らった後、私たちは陽が沈むまで小さな球を投げ合い、棒切れで打って遊んだ。

誰かに犬の飼い方を教わらなくてはな。

……物凄い衝撃とともに、敵船の横腹に突っ込んだ。真っ二つに砕けた敵船の甲板から、重い青銅の鎧を着けた兵士たちが最期の絶叫をあげて海へと落ちていく。しかし、当然こちらも無事ではなく、美しく反り返った舳先は粉々に潰れ、海の翁《ネレウス》の船首像は頭がもげて見るかげもない。そのうえ火をかけられたのだろう、帆からはもうもうと黒煙があがっている。

この船は沈む！

生きるべきか死ぬべきか、その問題を一瞬だけ考えて、私はもちろん生きる覚悟を決めた。次々と乗り込んでくる敵をなぎ払いながら、大きく傾いた甲板を船尾へ向けて駆け上がる。しかし船縁から跳躍しようとしたその時、先日捕らえたキュプロス島の捕虜たちが、身を緊縛する縄を引きちぎろうともがき、口々に泣き叫んでいるのを見てしまった。

「早く飛び込めよ！」仲間の兵士が私の背を押した。「この戦いは俺たちの負けだ！　あんな連中は放って置いてさっさと逃げよう！」

「いや待て」別の仲間が言う。「その前に、キュプロスからの略奪品をいただいていこうぜ。アプロディテの彫像に目をつけてある。ありゃあ、絶対に黄金だ。どうせ海に沈んじまうんだし、この混乱なら誰にもばれやしねえ」

なるほど、いい思いつきだ。大金を手に入れて、異国を旅するのが私の長年の夢だった。

しかし一方では、多数の罪もない捕虜たちが助けを待っている。時間はあまりに少なく、どちらかの行動しか選べない。煙は渦巻き海水は膝まで上がってきている。

即座に決心し、私は短剣を振るった。船が沈みかけていることを念頭に置きつつ、頑丈な縛めを着実に切断していく。やがて捕虜たちを残らず救出すると、私は鎧を脱ぎ捨てて手ぶらで海へ飛び込んだ。

先ほど救出した幾人かの捕虜たちが私の下手くそな泳ぎを見かねて身体を支えてくれた。私たちは板切れにつかまって沈みゆく船から必死に遠ざかった。振り返れば、拿捕された味方の船は数えるほどで、大半が撃沈されて深海へと吸い込まれている。見渡すかぎり、波また波の大海原は朱に染まっている。

しかし、すでに勝敗の色が明らかな凄まじい戦場から少し離れた海は、藻屑となって沈んでいく人々の命のことなど知らぬげに、ただ静かに青い水をたたえている。私の船は、もう跡形もない。もしも貪欲に宝をかき集めていたら、私も沈没の渦に引きずり込まれていたことだろう。波間で飛び跳ねるイルカの群れは、私の選択が正しかったことに喝采する海のニンフ《ネレイデス》だ。そして何より、自由になった捕虜たちの、真昼の太陽に輝く笑顔。

ふと、肩に手をやる。べっとり濡れて張りついていたそれを剥がしてみると、何やら偉大な人物らしい男の顔が描かれた小さな紙切れだ。私はそれを投げ捨てて、思った。

やはりいつか、旅に出よう。なに、金なんかどうにでもなるさ。

……盛大な宴に身を委ねよう。胃がはち切れるほどに食い、良識は酒と一緒に吐き捨てろ。晴れて正規兵の地位を得たからには、この先の人生は安泰だ。職権を利用して、やりたい放題できる。戦争なんてのは適当でいい。恥知らずの大騒ぎで生気を使いはたすこと、その喜びに酔い痴れろ。

私と同じく、試験とも言える競技会で素晴らしい成績をおさめた若者たちは、皆、泥酔して馬鹿みたいに浮かれている。楽隊の演奏に乗って、手を打ち、足を踏み鳴らし、女たちとともに踊っている。だから、宴会の主催者にうやうやしく紹介された老王ネストルが、仮設された壇上で私たちに祝辞を述べはじめても、耳を傾けている者などほとんどいなかった。

「若者たちよ、諸君は何のために軍に志願したのかね？　安定した収入のため？　敵国の財宝を略奪し、美しい奴隷女をはべらせて贅沢三昧をするため？　いやいや、そうじゃない。城壁の石組みとなり、剣の刃となり、弓につがえられた矢となるためだ。諸君は、我らが誇り高きピュロスの国を守るために生きていくのだ。君たちはこれから先に幾度となく、事のなりゆきを考えすぎての臆病なためらいに捕らわれるはずだ。それが人間というものだ。しかし、己の勇気と誇りが足りないと感じたその時には、愛する人々を思うがいい。諸君をここまで育てた両親と兄弟、信頼し合う友人、愛らしい恋人や妻。彼らがいたからこそ、今の諸君が存在することを思い出すがいい。これから諸君は、命を賭して彼らに尽くし、彼らの生活と生命を守るために精進するべきなのだ……」

乱痴気騒ぎの渦中で、私はひとり、壇を降りようとする長命の勇者に心を込めて敬礼した。目が覚めた思いだった。いつかそれなりの名声を得たときには、ぜひあの賢い国王に謁見を申し込もう。兵士としての立場や国に従う意義について、様々な教えを賜るのだ。

宴席を離れた私は、霧がかった冷たい外気を胸いっぱいに吸い込んだ。そして夜明け間近の薄明のなかで静かに眠る町に、誓いを込めて再び敬礼した。

だいぶ酔っぱらっている。しかし、この気持ちは本物だ。次の休暇には父と母に会いに行こう。親に対してむやみに反抗する少年期はもう過ぎた。息子の成長を、二人はきっと喜んでくれるに違いない。

けれど、今は飲もう。私自身の新しい出発を祝おう。そしてちょっとばかり勇気を出して、女の子を踊りに誘ってみようじゃないか。

……巨大な城壁に囲まれた都市イリオンは、今まさに劫火の渦に包まれていた。周囲では民衆が悲嘆の叫びをあげ、必死の面持ちで水瓶を運びながら、そこらじゅうで猛り狂う炎を消し止めようと無駄に足掻いている。泣きじゃくる子供を抱えて走っていた若い娘が、倒れてきた神殿の柱の下敷きになって灼熱の海に消える。女たちが組み伏せられ、そのすぐ横で男たちが喉を裂かれる。阿鼻叫喚のなかで数千の命を飲み込んだ炎は、きらめく満天の星空をも焦がさんばかりに燃え盛っている。つと、星のひとつが神々の涙のように流れる。

盟友のディオメデスが、勝利の杯を勧めてきた。そうとも、栄誉は我々のものだ。十年にわたる悲願は達成された。この征服地で美酒に酔いしれるのは、さぞかし素晴らしいことに違いあるまい。

しかし、杯に口をつけた瞬間——己の率いる軍勢の残虐な所業を眺める私の心のなかで、不意に何かが弾けた。

町が、文明が消えてしまう。神への奉納品を装った木馬の内部に潜むという、あまりに卑怯な計略のために。そこまでしてこの偉大なる都市を落とすことが、本当に名誉をもたらすのか？　誇り高く死んでいったアキレウスやパトロクロス、アイアス、アルゴスの幾千の戦士たちが、それを勝利と認めてくれるというのか？

おお、この罪の悪臭は天にも達しよう——。私は酒の満たされた杯を取り落とすと、声の限りに叫んだ。

「馬をくれ！　馬を！　馬の代わりに我が王国をくれてやる！」

本気にしたのか、たちまち数人の兵士が自分の戦車を停めて手綱を差し出した。私は選ぶこともせずそのうちの一台に飛び乗ると、悪夢のごとくつかみかかる猛火の指の隙間をぬって鞭を振るい続けた。逃げまどう民衆を避けつつ突っ走り、破壊するよう命じていた石碑にたどりつく。猛勇ヘクトルの死を悼むべく建てられたこの石碑を破壊することは、つまるところ、この国に積み重ねられてきたあらゆる栄光を剝奪することにほかならない。侵略にあたって、総大将アガメムノンが将軍たちに命じた重要な任務であり、それをいち早く遂行した私の業績はさらにあがり、その栄誉は終生にわたって不動のものとなるはずだ。ただし、残虐非道なる悪名とともに。

私は、声を限りに作業の中止を命じつつ、今にも石碑を壊そうとしている部下の一団のなかへ身を呈して割り込んだ。

間に合った！　砂色の石膏で造られた墓碑に被害はなく、神と見紛うほどに勇猛果敢であったヘクトルの名誉も汚されることはなかった。もしも私利私欲のためにこの石碑を破壊してしまっていたら、私はこの先、後悔と罪悪感で一生を台無しにすることになっただろう。

誰に嘲られようとも、悔いはない。堅忍不抜の知将と呼ばれる私は、少なくとも自分の成すべきことを成したのだ。

私は自分の決断に満足と誇りを覚えつつ、墓碑に埋め込まれた白い石板を汚す灰をぬぐい取り、そこに刻まれた偉大なる王国の印を、我々ヘラスの民と滅びゆくイリオンの民、双方の眼にさらした。

煙の向こうで、ディオメデスが敵の男たちを次々となぎ払っている。しかし彼の容赦ない刃は、父親らしい老人を背負った、ひときわ逞しい若者を前にして止まった。おや、あれはイリオンの老将アンキセスと、その息子アイネイアスではないか？

煙が邪魔をして、ディオメデスがその男たちをどう始末したのかは見えない。しかし、しばらくして彼は私のもとに駆けつけて戦車に飛び乗り、どこか恥ずかしげに苦笑した。

さあ、こんなところで友と微笑み合っている場合ではない。ヘレネを救出しなければ。

私は威勢の良いかけ声で、燃え上がる城に向けて馬を走らせた。

天を仰ぐと、セレネが私に微笑みかけていた。


……幻想の旅は果てしなかった。この愛すべき地球はどこにいても美しく、しかし人間のいる場所には、残酷で陰惨、愚かな光景が絶えず繰り広げられた。

さまざまに立場を変えながら古代世界を巡り歩く私は、いつからか気づき始めた。そのひとつひとつの物語が単なる人類の過去ではなく、私自身の過去の投影に違いないことを。

迷宮の深奥で見つけた、夢が織りなす優しい奇跡。誰であれ二度と戻ることのできない若き時代を、私は再訪していたのだ。

そして私は私のために、私が犯してきた愚かな過ちを正し、心を蝕んできた弱さを克服していった。魂に絡みつく錆びた鎖を振り捨て、積み重なる重い石を取り除け、閉じこめられていた純粋な資質を解放していった。一人の人間としての可能性を探求する旅、自己の修正と確立を目的とした贖罪のための巡礼、清算と浄化。

それを自覚した瞬間……

突然、古代の情景がねじくれるように歪み、濃密な白霧へと変貌して私を包み込んだ。視界はほとんど失せ、私は文字通り五里霧中を歩くことになった。どちらにも道らしい道はない。もしかしたら、すぐ足元には底無し沼や断崖絶壁が口を開けているかもしれない。

しかし、それでも歩くことはやめなかった。ただひたすらに私が探していたのは、新たな挑戦の場だった。いつまでも旅をしたかった。どんな立場でも状況でもかまわない、自分の限界を精一杯ためしてみたかった。危機や困難など恐れるものか。

私は生きたかった。人生を模索することの喜びを得たかった！

そんな痛切な思いがどんな効果をもたらしたのだろうか、突風に吹かれたかのように不意に霧が晴れた。

……たどり着いたその場所は、壁も天井も見えぬほどの渺茫たる大洞窟で、ただ虚ろな水音だけがひっそりと反響する、昏く寂しい土地だった。前方の地面はごくわずかに傾斜しているため、さわさわという水音の出所が、遠くで行く手をさえぎっている滔々たる大河であることが見てとれる。

その流れの幅だけでなく、洞窟を構成する空間と岩石の規模は途方もないもので、見渡すかぎりに峨々と林立するエッフェル塔ほどもあろう巨大な石筍と、それを鏡で反転させたように頭上の闇から垂れ下がる化け物じみた鍾乳石の威容は、凄まじくも荘厳な景観をつくり出している。所によっては両者の突兀とした頂点がつながっているものもあり、その幻怪にして面妖な石柱の姿は、まさしく時を数える砂時計そのもの——ちっぽけな私を名状し難い恐懼におちいらせるに充分だった。

この鍾乳石群の途方もない大きさからして、おそらくこの土地は、人間の知る現世とは劫初の昔に隔絶され、永劫とさして変わらぬ宇宙的水準の時間をただ黙然と積み重ねてきたのであろうと思われた。岩々が乳白色でなく、金属的な輝きを帯びた不気味な黒色であることが、異界めいた印象をいっそう色濃くしている。瘤だらけの表面を濡らす水滴もまた、インクのように黒く濁っている。

そんな鮮烈なモノトーンの幻想美に彩られた世界のなかで、私が着ているのは青銅の鎧ではなく、汚れきったサファリシャツに砂色のジーンズだった。履物はサンダルの代わりに、軍用の編み上げブーツ。腰には剣ではなく山刀を吊るしている。兜の代わりにかぶるのはライトの消されたヘルメット。手首には壊れたタイメックス、腰回りには医薬品の入ったポーチ……すべてが揃っていた。不思議なことに、私のベルトの金具や腕時計の割れたガラスは、まったく光を反射しない。私には影がなく、まるで陰影のつけ方を知らない画家の絵のなかにいるようだ。

これまでの旅とはまったく違う展開に愕然としながらも、ともかく私は、石柱群の奥に見て取れる遠方の大河へと向かうことにした。水平線を越えた対岸には何らかの光源があり、朝焼けにも似たその穏やかで暖かい光が、周囲の岩肌と細波立つ水面を輝かせている。あの河の向こうに目指すべきものがあるのだということは、理屈ではなく本能的に知ることができた。

しかし、あまりの広漠さに遠近感が狂っていたのだろう、目指す河辺はとてつもなく遠く、それを悟ったのは、足が棒になるまで延々と歩き詰め、ゆるやかな斜面から平坦な土地へとようやく降り立った後のことだった。

けれど、徒歩の旅は決して退屈なものではなかった。確かに得体の知れぬ殺伐とした土地ではあるものの、ただ不気味なだけではなく、組成分が単純なだけに、絶対的な虚無とでも言うべき透明感が存在していた。実際、私は探照灯を消したまま、遥か先のわずかな光を背景に浮かびあがる鍾乳石の黒いシルエットを愛で、その崔嵬たる輪郭が銀白色に輝いている様や信じがたい大きさに、ある種の神聖さと崇拝の念さえ感じながら、陶然と歩を進めるばかりだった。周囲には私の身の丈ほどの石筍も数多く、各所が複雑に隆起したその形態は、角度の魔法によってときおり、まだ人間を見たことのない異界の知的生物が巧みに彫りあげた人間の彫像にも見えた。

私とこの世界とは相対的な関係にあった。主観を捨てず、己の矮小さを思い知れば知るほど、広漠たる空間はより広がった。生命体という複雑な機能を持つ己を見つめれば見つめるほど、岩と空気と水だけのこの単純な世界はさらに単純さを増した。もしも客観視が得意な人間だったなら、あまりの壮大さに精神を狂わされているだろう――私はそんなことを取り留めもなく考えながら、ただひたすらに歩きつづけたのだ。

しかしながら、滑らかに濡れ光る秀麗な石柱の森からようやく一歩踏み出てみると、流れに沿う渺々たる河辺は、シュールな色調こそ変化はないものの、実に陰気で悪夢めいた場所だった。地面は冷え固まったばかりのごつごつとした黒い溶岩に覆われ、ところどころの岩盤の割れ目からは死臭のする灰色の蒸気が吹き出している。周囲を見回したところで、生き物らしき姿はおろか、例の滑稽な石筍の像さえひとつも見られない。ここにあるのは蒸気が霞敷く荒れ果てた岩の大地だけで、純粋と言うよりはむしろ滅亡の光景、しかも普通の河川敷の常識とは裏腹に、散らばる岩滓は水流へ近づくにつれて鋭角を増し、それが明確な敵意を持って、私の分厚い靴底を貫かんばかりにぶすりぶすりと突き立つのだった。

やがて、礫が絶えなく濯われる様が見えてきた。足を傷つけぬよう慎重に歩いて岸辺の縁に立った私は、深い絶望に顔をしかめた。最初の印象と違って流れはいたって穏やかなものの、河はあまりにも幅広く、渡るすべはついぞ思いつかなかったからである。

しかし、引き返すつもりだけはなかった。

とにかく渡る方法を探すために、私は上流へ向かって河端沿いに歩きはじめたが、流れに気を取られてふと油断したそのとき、河原を覆い尽くしている礫岩のとびきり鋭い角が、分厚い硬質ゴムの靴底をたやすく突き破って、私の土踏まずを一瞬にしてザックリと切り裂いた。いったん穴が開いた後は散々なもので、靴底は足が貫かれる深さを軽減する役目しか果たさなくなった。私は痛みのあまり吐き気を覚えたが、それでもなお、己に挫折を許すことはなかった。

けれど、行けども行けども川幅は狭くならず、荒寥とした景観にも変化はない。苦痛が確固たる足取りを鈍らせた。吹き出すガスは眼や鼻を鋭く刺激し、肺にわだかまって呼吸の妨げとなった。激しい咳の発作が断続的に続き、汚い痰が口を押さえた手のひらに飛び散った。

ついに喉の渇きに堪えられなくなって大河の水に手を浸してみたが、驚いたことにそれは、鍾乳石を育てた水滴と同じく漆黒に濁っており、粘液のようにどろりとした感触の流動体だった。気味悪くなってそれを振り払い、自分の決意のほどをうかがってみる。

ここを泳げるものだろうか？

「やめといたほうがいいわよ」

あまりにも突然の助言に、私はギョッと跳び上がった。よろけつつ数歩退いてから、声の主をしげしげと睨《ね》めつける。どこからやってきたのか、すぐ横に立っているのは背の高い黒髪の女性だった。

しかも、見覚えがある……。古めかしいスーツに包まれた魅力的な体つきや、表情ゆたかな美貌に、私はずいぶんと昔の記憶を懐かしく呼び覚まされた。

「これは少なくとも〈火焔の河《ヒュリプレゲトン》〉じゃないけど、冥界の大河はどれも、水泳には向かないからね。〈嘆きの河《コキュトス》〉にしたって〈忘却の河《レテ》〉にしたって、もともとは――」

「まさか……先生、どうしてここに?」

私は相手をさえぎって微笑みかけたものの、すぐに自分が高校生ではなく、白髪混じりの中年男だということを思い出した。今では私の方が年上なのだ。これが悲哀というものだろうか――言うに言われぬ酸っぱい感情がちくりと胸を刺す。しかし相手の方は、そんなことは意にも解さぬように私を無遠慮に眺め回しているだけだ。しばらくして発せられた言葉も、私の予想とはかけ離れたものだった。

「んん、あんたにはどう見えるか知らないけどね、あたしはカロン。現世と冥府との境界線である〈禁忌の河《ステュクス》〉の渡し守よ。あんたの先生なんかじゃないわ」チッチッと舌を鳴らしつつ、私の初恋の相手に瓜二つの女性は立てた指を振った。「カロンのことは、前の授業で教えてあげたでしょ？」

「あ……」何だか、かどわかされた気分だった。「でも、あなたは……」

「そうね。あたしが教えたように陰気で無口な爺さんではなくなったけど、それも分かってよ。ここんとこまったく客が来ないし、遊び相手といったら、はしゃぎすぎてうるさいケルベロスとたまに飛んでくる根暗なハルピュイアたちだけ。オリュンポスのお歴々も、誓いを破れなくなるのが嫌で、宣誓のときにこの水を飲むのはやめちゃったみたい。見た目どおりの物凄い味だから無理もないんだけど、お蔭で虹《イリス》の女神も水汲みに来なくなっちゃった。彼女ったら、すごくお喋りで面白いんだから。まあとにかく、あたしは退屈で頭がおかしくなりそうだったの。あんたが誰だか知らないけど、来てくれてとっても嬉しいわ、ドノヴァン。さ、お喋りな口を閉じて。今からあんたと特別に面接しなきゃならないの。ちょっとしたテストみたいなもんね。あたしの質問に正直に答えること。嘘や言い訳はなし。いいわね？」

私は懐かしい口調と仕種に胸がいっぱいになったが、壊れた録音機のような説明には辟易した。聞き取るのがやっとで、強制的に進められていく事態にはどのようにして対応してよいのかわからず、取り敢えず「はい」とだけ答えて待ち構えるしかなかった。

「まず、これまでの旅では何にも飲んだり食べたりしてないわね？」

「ええ」私は反射的に肯定したあと、それが間違いだと気づいて言いなおした。「いや、酒を少し飲みました。あれは、ピュロスの正規兵になった祝賀会の席で……」

私の言葉は尻すぼみになって途切れた。なんと、間違いを犯したのはたった今だ。黄泉の世界で飲食をした者は、現世へは二度と戻れない。相手の威圧的な話術にまんまと乗せられた私は、基本的な規則を失念して、馬鹿正直に致命的事実を打ち明けてしまったのだ。渡し守はしてやったりとばかりに悪辣な笑みを浮かべている。

「ならば不合格だ。そなたは永久にここから出られぬ。この地に留まり、ハデスと裁判官たちが申し渡す処罰に苦しみ続けるがよい」カロンは冷徹に宣告した。そして、私ががっくりと頭を抱えるまでさんざ待ってから、とたんに悪戯っ子のようににんまりした。「……なんて嘘。冗談よ、お馬鹿さんねえ。食った飲んだなんてどうでもいいんだけど、昔の習慣で尋ねただけよ。ペルセポネったら、自分が昔、石榴を食べちゃったことを未だに悔やんでてね。ハデスには内緒で別の命令を出したの。この無意味で陰険な規則は無視しなさいって。だからこの試験は中止。じゃあ次に、抜き打ちの持ち物検査よ。こうやってアーンしてごらんなさい。はい、アーン」

彼女はとりとめもなく喋りながら、自分の口をがばりと開けてみせた。唇はめりめりと耳まで裂け、喉の奥の粘膜や食道がすっかり剝き出しになる。よく喋るはずで、長い舌が三枚も生えていた。思い出深いキュートな顔の、あまりに醜悪な変化にぞっとした私だったが、辛うじて平静を取り留め、彼女の言わんとしていることが分かったので、口を開ける代わりに言葉で答えた。

「オボール貨は持ってない」

車のトランクの蓋のように、カロンの口がぱくんと元通りに閉じた。どうしようもない悪童を相手にする教師の表情は、私自身もよく知っている。

「持ってない！　ま、持ってるはずないわね。往復できるように二枚も入れる家族なんているはずないもんね」カロンは呆れたように肩をすくめた。「あんたみたいに、こっちから向こうへ戻ろうとする人もあんまりいないけどね。あたしがこの仕事に就いて以来、それをやってのけたのは素敵なオルペウスと、お世辞のうまいオデュッセウスと、〈忘却の椅子〉に捕まってた馬鹿テセウスを助けたヘラクレスくらいなものよ。テセウスったら、椅子から無理やりひっぺがされたもんだから、可愛いお尻が血だらけだったわ。ああ、アイネイアスもいたわね。ほら、イタリアへ逃げて、ローマをつくる子孫たちをつくったトロイアの王子よ。彼らを知ってる？　そう、知ってるわよね、授業で真っ先に教えてあげたはずだから。彼らは死の世界に出入りしても不自然じゃないくらいの英雄だった。ところがあんたは凡人みたいだし、船賃も持ってない。ハデスかペルセポネの許可が降りてないいんなら、向こうへ戻ることは絶対に許さないわよ。そもそもあんた、死んでるの？　こっち側の岸辺にいるってことは、あたしが船で運んでやったはずなんだけど、あたしはあんたを見た覚えがまったくない。それに、この〈アスポデロスの咲く野〉の住民なら記憶を失ってるはずなのに、あんたはやけにはきはきしてるじゃない。亡霊っぽくないし、何だか怪しいわね――。最後の入り口だった。アウェルヌス湖が洞窟ごと埋め立てられて以来、生きたままここへ来られる奴はいなくなったはずだけど、もしかしてあんた、まだ――」

「生きてるのか死んでるのか、自分でもわからない。ともかく、英雄ではない。それでも、向こう岸へ戻らなきゃならないんだ」私はなかば脅すように息巻いた。「知ってるだろう、先生。今ではもう、死者の舌の裏に貨幣を入れる慣習なんてなくなってしまってるんだ」

「そうは言っても、賃金を取るのはここの伝統的な規則だし、あたしもそうすべきだと思うし。あたしの知ってる劇作家は、金は借りる立場になってもいけないし、貸す立場になってもいけないと言ってるし」

「そこをなんとか……。もうひとつの伝統的な規則は廃止になったんだろう?」

「あれとこれとは別よ。まあ、方法はあるけどね。ステュクス船舶組合の規則では、往路の場合、岸辺で百年間待ってれば無料で渡してあげてもいいことになってる。あたしの一存で決めていいのかわからないけど、復路もそういうことにしましょう。それが嫌なら、もうひとつ気持ちいい方法があるわ。この岸辺にいて、喉がすっごく渇いたでしょう。ここから少し戻ったところに〈忘却の河〉があるから、ここへ渡ったばかりの普通の亡者になったつもりで、その水を飲んじゃいなさい。何もかも忘れて、立派な冥府の住人になれるから。そうすりゃ、百年なんてあっという間――」

「忘れるだって！　簡単に言うな！」疲労と足の痛みも災いしてか、冷たいあしらいに業を煮やして私は怒鳴った。「引き返す道などないんだ！　何としても渡ってみせるぞ！　必要なら力ずくでも――」

「ほう？」カロンが唇の隅を辛辣にゆがめ、狂暴な眼で睨みつける。「ほうほうほう？　あんた、もしかしてこのあたしを脅迫するつもり？　ははは、言っておくけど、それに成功したのは筋肉ダルマのくそったれヘラクレスだけよ。あのボケナスに袋叩きにされて犯されて以来、あたしは二度とただでは渡さないって決めたんだから。こんな可愛いあたしだって冥府の雇われ人、ケルベロスと同じ国境警備員だからね、そこらの黄色い声の小娘たちと一緒にすると、痛い目をみることになるよ！」

突然、カロンは言葉を切って私の襟元を鷲掴みにした。その顔は短気な怒りによって歪み崩れ、ふたたびパックリと裂けた口からは無数の細かな牙がうじゃうじゃとあふれた。血走った目玉は眼窩から半分以上も飛び出し、鼻孔からは酸のような煙がシュウシュウと立ちのぼっている。

しかし、襲われたと思って力なく抵抗する私を尻目に、彼女が引きちぎったのは私の喉元ではなく、首から下げていたジェニーのお守りだった。

「ちゃんと持ってるじゃない！　あんた、あたしをからかってるわけ？」

私は咄嗟に、恐怖も忘れてペンダントを引ったくり返した。

「これはオボールじゃない。十六世紀のイギリスの……」

「何だっていいのよ、愛しい教え子さん。あたしが死人から貨幣を徴収するのはね、がっぽり儲けて地中海のリゾートで豪遊するためでも、分譲マンションの先の見えないローンを支払うためでもないの。その人が誰かに愛されてたかどうかを知るためなの。要するに、最期の旅立ちの時にちゃんと旅費を持たせてくれる人がいたかどうかってこと。あと、ちゃんと葬送してもらえたかも重要ね。この河を渡る資格があるのは、それら二つの条件を兼ね備えた人、つまり愛を知ってる人だけ。なぜかって言うと、人は愛されてた記憶があるからこそ、それを糧に次の世界へ踏み出す勇気を持てるからなの。愛は勇気を生み、勇気によって愛は育まれる。そんな思いをしてこなかった人は、この岸辺で退屈な百年間を過ごして、是が非でも対岸へ行ってみたいと心底思えるようになるまで待たなくちゃいけないわけ。ええ、そう。愛されたなんて素敵な記憶なら、忘却の水なんかで消さなきゃいいと思うでしょ？　でも、生きてた頃のことを覚えてると、冥界には馴染めないのよ――」カロンは自分が狂ったように喋っていることにようやく気づいたのか、不意に口を閉じた。顔もすっかり元に戻る。「ともかく、これをくれれば条件はクリアよ。死んでるかどうかわからないんじゃしょうがない、葬送の有無は尋ねずにおいてあげましょう。ケルベロスは怖くないわ。オルペウスと違って連れはいないみたいだし、他に注意すべきことはなし。あとは、ハデスに許可をもらうだけね。あたしが仲介してあげる。彼の機嫌がよければ、無事に帰れるかもよ。さあ、それをちょうだい」

私はしばし悩んだすえに、そのお守りを渡すことに決めた。カロンの言葉の通り、ジェニーと交わした愛は記憶にこそ宿っているのだから。

「わかった、払おう」私はコインにキスをしてから、相手の差し出した手のひらに乗せた。そして、不意に突き上げた衝動にかられてその手を握った。ずっと胸に秘めていた思いをぶちまけたくなったのだ。「あなたは先生じゃないかもしれない。けど、どうか聞いてください。クラスのはぐれ者だったランス・ドノヴァンは、大切な人を得て、心から愛し合うことができました。独りぼっちではなくなったんです。ほら、そのコインが証拠です」

「はあ」カロンはきょとんとしている。

「俺は……あなたが教えてくれたギリシアの魅力に人生をかけました。若さゆえに大変な過ちを犯し、そのために多くのものを失いました。ほとんどすべてのものを。……でも、心配しないで。どうか幸せになってください」私の声は震えた。「そして……そして、どうか許して。あなたを救う勇気がなかったことを」

「わかったわかった」カロンは私の手を引き剝がした。「ちょっと、落ちつきな。その先生がここへ来たら、伝えといてあげる。それでいい？」

「……お願いするよ。すぐにわかると思う。名前はヘレンだ。ああ、でも、トロイアのヘレネじゃない。あなたがずっと歳をとったような外見で――」

どこからか流れてきた微かな音に、私はふと耳をそばだてた。しばらく聞いてみたが、錯覚ではない。覚えのある旋律、繊細なメロディ、深い和音。それは岩肌に反響して、せせらぎの音と絶妙なハーモニーを奏でながら、洞窟全体に春のような安らぎをもたらし始めた。

この音色。

「あれは？」

「ああ。隣の聖域から、無理やりこっちへ押し入ってきた変な女よ。神々に愛された霊が住まう〈エリュシオンの野〉を知ってる？　ウェルギリウスが詩に書いたはずだけど」

「あ、ああ。ホメロスは、それが地上にあると述べているが……」

「そんな馬鹿な。エリュシオンが地上にあったら、幽霊の存在はとっくに科学的に証明されちゃってるわよ。だいいち、想像してご覧なさいよ。筋肉むきむきで半透明のギリシア人があちこちで目撃されたら、キャスパーに憧れてる世界中の子供たちががっかりするわ。ヴェルギリウスが正しいの。ホメロスはとんでもない嘘つき――」

「聖域がどこにあったっていい」私はお喋りをさえぎった。「その女は何者だ？」

「さあ、知らない」カロンは目玉をぐりぐり回した。「でも、目的はオルペウスと同じよ。旦那がここに迷い込んじゃって、助けてあげたいんだってさ。ハデスとペルセポネから釈放の許可をもらうために、ああやって演奏してるの。あんたの件の申請は、あの女の後になりそうね」

胸がはち切れそうになり、私は熱い吐息をもらした。カロンは挙動不審の私に気づくことなく話し続ける。

「信じられる？　こっちの魔物たちが入り込まないように、エリュシオンは壁で囲まれてるんだけど、彼女ったらこっちへ通り抜けるために、その防壁をパワー・ショヴェルでぶっ壊したんだって。まったく呆れたわ。エリュシオンの住人は特別に記憶を残してもらってるけど、それだからこんな馬鹿げた事件が起きちゃうのよ。ラダマンテュスは管理不行き届きで減俸されちゃったし、壁の修繕工事に一つ目巨人《キュクロプス》たちを雇わなきゃならないし、そりゃあもう大変！」カロンはくすくす笑う。「そもそも、あんないい世界を離れてまで助けたいほど、旦那とやらは価値のある男なのかしら。あそこには美男の英雄たちがわんさと暮らしてるのにねぇ」

カロンは苦笑いを浮かべながらも、こんな騒動を起こした一途な愛にどこか憧れるような眼をして、しばしお喋りな口を噤んで音楽に聞き入った。染みわたる深い感動を表すように、髪の毛が海草のように逆立ってゆらゆらと踊っている。

「彼女、ずっと演奏し続けてるわ。ペルセポネはこういった自然の香りのする音楽が大好きだから、きっとハデスを説得して、彼女の頼みを叶えてあげるでしょうよ。ほんとにいい曲だしね。ピュティアの音楽競技会に参加したら、間違いなくアポロンの寵愛を受けられるわ。あたしには、眼が開けられないくらい眩しい太陽と、波の揺らめきが感じられる……ああ、船乗りだった頃を思い出すなあ」

「その女はどうなる？」

「さあ。旦那とやらが無事にここを出られたら、お土産もらってエリュシオンに帰るんじゃない？　もしかしたら、もっと素敵な〈至福者の島《マカロン・ネソス》〉へ移ることになるかもね。ほら、ヘシオドスやピンダロスが書いてる、西の海の果てのあそこよ。〈天国《ヘヴン》〉っていう外国の町からも招待状が届いてるってことだけど、彼女、それを断ったらしいわよ。何でも、生まれ変わってもういちど旅したいんだって。噂だけどね。しかし、ほんとに図太い神経してるわ。あたしなんか昔、ハデスの顔を見ただけで卒倒したもんよ。オルペウスに至っちゃ、おしっこ洩らしながら歌ってたんだから」

「その……会えないかな」私は尋ねずにはいられなかった。「勇敢なその女性に」

「そりゃ無理ね」カロンの答えは、やはり否だった。「演奏を中断されたペルセポネがどんなにがっかりするか。旦那のハデスは黙っちゃいないわ。邪魔者をその場で……」

どんな恐ろしい光景を想像したのか、カロンはぞくっと身をすくませた。しかし私は、どんな苦痛をも甘受するつもりでいた。思いだけはどうしても伝えたかった。私たちの別れは、あまりに短すぎた。

「ここへ音が聞こえてくるということは、こちらからの声も届くということだ」

「まあ、理屈はそうね。でも、言葉なら口にしなくても届くわよ。罪人たちの悲鳴や涙の懇願を聞くのが、ハデスの趣味だからね。まったくプライバシー侵害もいいところだわ。ここじゃ、考えただけで何もかも筒抜けなのよ」カロンは眉をひそめた。「でも、何を伝えるつもり？　謁見の順番を変えてもらおうってんなら、やめといたほうが――」

私はぐっと眼を閉じ、どうか通じてほしいと祈りながらつぶやいた。深い感謝を、そして永遠の愛の誓いを。

健やかなるときも、病めるときも、
豊かなるときも、貧しきときも、
死が二人を別とうとも……。

私の思いがちゃんと届くかどうかはわからなかった。祈りの女神《リタイ》たちが伝えてくれたところで、ゼウスがそれをかなえてくれるかどうかも定かではない。なにせここはハデスの支配地であり、彼はゼウスと同等の力を持つ兄弟なのだから。

しかし、盗み聞きを余儀なくされたカロンはばつが悪そうに顔を伏せているし、私にはギターの音色がいっそう喜びを増したように感じられた。奏でられる曲も変わり、私の大好きな声が――ああ、もう一度あの声を聞けるなんて――それに重なった。作った曲には決して歌詞をつけなかった彼女。恥ずかしいから、と苦笑していた彼女。その彼女が、今、別れゆく夫のために、初めてその美声で歌ってくれていた。

彼女らしい、甘くて愛らしい叙情詩《リリック》だった。

この世に生まれてすぐ　大空に脅えた
いつも怖がってた　世界は永遠のものばかり
風の声　虹の彩り　光のぬくもり　影の香り
星の海の瞬き　遠い宇宙の沈黙
不思議をひとつ知り　不幸をひとつ知る
だって私は　すぐに消えてしまうから

昔々へ旅に出た　命の意味を知りたくて
幾億の物語をたどった　時の伝説に導かれ
教えてくれたのは過去の幻　あの謎めいた魔法の言葉
永遠でないこと　それが幸せ
でも怖い　とても怖いの

だって私は　その言葉を聞きたくないから

怖がりなあなた　私と一緒ね
教えてくれたのはあなたの姿　あのひたむきな魔法の仕種
わからないこと　それが答え
でも怖がっていた　とても怖がっていた
だってあなたは　まだ気づきたくなかったから

でも　今ならわかるでしょう?
もう怖くない　すごく嬉しい
自分が自分であることが　あなたがあなたであることが
不思議が不思議であることが
命は消える　時は流れる
でも　今は怖くない

あなたは覚えてるかしら　私は覚えてる

あの楽しい時代　あの懐かしい日々
いつも寄り添って歩いたね
消えゆくものとわかっていても　幸せを拾って旅したころ
答えがないとわかっていても　答えを探して巡ったころ
夢だとわかっていても　真実だと信じていたころ
もう形はないけど　もう戻れないけど
でも　ほら
私たちは覚えてる　自由に微笑んだ若さを　満ち足りた安らぎを
思い出は永遠で　希望の宝石　決して消えない愛の証
きっとこれも　昔々の物語　小さな時の伝説になるでしょう
皆が忘れてしまう　でもそれでいい
私は忘れない　あなたも覚えていて
誰か怖がりな人が　きっと命の意味を探しに訪れるから

私は、童話のようなその歌詞を心の奥に深く刻みつけた。カロンは、私こそが変な女の旦那であることにやっと気づいたに違いなく、曲が終わるまでのしばしの間、口を噤んだままじっと待っていてくれた。

やがて最後の旋律が優しく消えたとき、私は約束した。

また会おう、ジェニー。どこか別の時代で。

そっと、カロンが私の肩に触れた。

眼を開けると、荒寥としていた河川敷のずっとずっと遠くまで、綿毛のような愛らしい花が一面に咲き乱れていた。アスポデロス。死者たちがそっと埋めていった記憶から咲いた、小さな思い出の花。


「ハデスの声が聞こえる。許可が下りたわ」意外にも、カロンがにっこり微笑んだ。「あなたの旅はまだ終わらない。さ、行きましょう」

「ああ」私は腫れた眼を瞬き、力強くうなずいた。「忘れ物はない」

カロンは指を唇に含み、甲高く口笛を吹いた。櫂で漕ぐ古びた艀《はしけ》に乗り込むものと思っていた私は、続く出来事にただ愕然とするしかなかった。呼び子に応えて現れたのは、南米で見た大蝙蝠を彷彿とさせる、四羽の宙を飛ぶ者たちだったのである。

「アエロ！　オキュペテ！　いつものをお願い！」カロンがそれぞれの名を呼んだ。「ケライノ！　ポダルゲ！　あんたたちは帰っていいわ！」

ハルピュイア――疾風の精。肢体は無垢な少女のようにほっそりと美しく、皺だらけの顔は醜悪なこと極まりない。皮膜の肢翼を生やしたこの痩軀の女たちは、急降下して私たち二人をがっきとつかむなり、不安定にバタバタと羽ばたきながら大河を越えはじめた。いまだ穹窿が見えぬほど洞窟は途方もなく広いのだが、いちいち鍾乳石を避けて危なっかしく上下するため、高度はさほどないにもかかわらず眼がくらむような行程だった。

じきに私は、それが客の送迎を引き受けた彼女たちの悪戯だと気づいた。一度などは憎らしくも水面すれすれにまで急降下したため、私は懸命にハルピュイアの身体にしがみつき、魔物であるとはわかっていながらもうら若い娘の柔らかさに気恥ずかしい思いをすることになった。

しかしながら、最後には宙に放り出されるのではとの懸念には及ばず、私たちは無事に対岸へとたどりついた。カロンは二度ほど旋回してから飛び去っていく悪戯好きの魔物たちに手を振ると、私に向き直って秘密めいた目配せをした。

「これは内緒にしといてね。実は先月、船が流されちゃったのよ」

私を驚かせるものは際限なかった。キャンキャンとうるさく鳴きわめくものが土手の上から一目散に駆け降りてくると、カロンの足元でじゃれつくように跳びはね始めたのだ。それはテリアほどの小さな黒犬だったが、不気味にも頭が三つあり、そのそれぞれが耳障りにわめき散らしている。尻尾は蛇で、首根っこにリボンが結んである。

「これはまさか……」私は眉根を寄せて、その奇怪な生き物を見おろした。

「そう、ケルベロス。可愛いでしょ」

カロンは恐れる風もなく子犬をひょいと抱き上げると、私の顔の前に突き出した。私がまだ生きたままの異邦人であることを悟ったのか、地獄の番犬は幼いながらに任務を果たそうと、ライターの火ほどのちっぽけな火焔を吐いて威嚇する。けれど、それを幼稚な戯れと誤解したのか、飼い主然としたカロンは手のひらで子犬の頭を引っぱたいた。

「子供のうちにちゃんと躾けておくのが、その犬のためでもあるのよ。それにしても、この子は手がかかって困るわ。前の子はとってもお利口だったのよ。象よりも大きくて、阿呆のテセウスとペイリトオスがペルセポネを誘拐しようとして降りてきた時なんか、それは獰猛に吠え立てて、竜歯人の傭兵隊が駆けつけるまで一歩も進ませなかったんだから。彼らを知ってる？撒かれた者たち《スパルトイ》と呼ばれてる、竜の牙から生まれた戦士たちよ。さて、事件が起きたのはそれからすぐ後のこと。ヘラクレスの馬鹿野郎があの子の首を紋めて連れ帰っちゃったもんだから、エレボス中が大騒ぎ。とりあえずってことで、このおちびさんを置くことになったの。前の子は、後で身代金と引き換えにヘラクレスから奪還したんだけど、すっかり臆病になっちゃってて、誰にでも尻尾を振る始末。結局ハデスは、あの子を役立たずとみなして保健所へ送っちゃったわ。みんな悲しんだけど、誰も怒り狂ったハデスには言い返せなくてね……それ以来、門番はこのおちびさんが務めてるってわけ。紹介するわ。右のおとなしい頭がヒューイ、真ん中のうるさいのがデューイ、左の甘えん坊がルーイよ」

「それはアヒルの名前だ」疲弊していたためもあろうか、無秩序な神話の世界に、私はだんだんうんざりしてきた。

「そうなの？　亡者のひとりが付けてくれた名前なんだけど。ウォルトなんとかっていう男で、絵描きだったそうよ。あら、お久しぶりねえ！」

カロンが声をかけた方を見ると、奇妙な二人連れが光の差す方向からぶらぶらとやってくるところだった。一人はごわごわした髪の女で、亡霊らしく透き通っている。もう一人は恐ろしいほどハンサムな優男で、翼の生えた兜をかぶり、小脇に杖を抱えている。私は彼の姿に見覚えがあった。

「あれはヘルメスよ」カロンが囁いた。「旅人の守り神にして、商人と盗賊の守護者。アルバイトで、死者の魂の案内人《ムシュコポムポス》もしているの。あの二匹の蛇が絡まった杖は、ケリュケイオン。ラテン語でカドケウスの杖とも呼ばれてる医学の象徴ね。彼、この数千年、可哀相にずっと裸足よ。ペルセウスに翼靴《タラリア》を貸したんだけど、あの馬鹿、紐を結ぶのを忘れて昼寝したもんだから、ふたつともどこかに飛んでいっちゃったの」

「おや、僕のサンダルたちの話かい？」やってきたヘルメスがにっこりして、カロンにキスをする。そして、私を見た。「やあ、君か。どうだい、遺跡の本当の価値がわかったかね？」

「そう思います」私も微笑んだ。

「それは良かった。ところで君、フランス人の錬金術師《アルケミスト》に知り合いはいないかい？　ノストラ……ノトスラ……ん？……そんなような名前の」

「はあ？」

「いや、エリシュオンの野にテイレシアスという予言者の友達が住んでいるんだが、いよいよボケ始めてね。その錬金術師の影響を受けて、〈恐怖の大王〉がどうとか言って脅えてるんだ。どうやらとんでもなく残忍な人物らしくて……おっと、メドゥサ。ちゃんと眼を閉じてなさい。ドノヴァンを石にしてしまうつもりかい？」

メドゥサ？　私は慌てて視線をそらした。

「あらら、また逃げ出したのね、このゴルゴンは」カロンがため息をつきながら、蛇の髪の毛をつかんで揺さぶる。「よおくお聞き。あんたはペルセウスに殺されたの。もう、亡者の一人なのよ。不死身の姉さんたちとは違うの」

「ステンノに会いたい。エウリュアレに会いたい」意外に可愛い声で、神話でも最も有名な怪物がすすり泣いた。「もう、こんなところ嫌」

「しょうがない娘だなあ。でもまあ、寂しい気持ちはわかる。駄目もとでハデスと交渉してみるよ」ヘルメスが優しくなだめた。「とにかく戻ろう。カロン、後でお茶でもしようよ。ドノヴァン、君の旅の無事を祈ってるよ。例の錬金術師に会ったら、人を怖がらせるのもほどほどにするようにと伝えてくれ」

ヘルメスは慌ただしく別れを告げると、メドゥサの手を引いて空中へ飛び上がった。あきれたことに、翼靴がなくても飛べるらしい。

河を越えて去っていく二人を見守っていると、ルーイがカロンの顔をベロベロなめ始めた。猛毒の唾液で、カロンの頬がたちまち煙をあげて焼けただれる。雫が滴った場所からは、毒草のベラドンナやトリカブトがうようよと生えてくる。カロンは顔面が溶けるのが嫌だったのか、ドナルド・ダックの甥たちの名をつけられた魔犬を投げ捨てるように降ろしてやると、ぽんと手を打ち合わせた。

「さて、今日の授業はおしまい。ほら、夜道は暗いから、ちゃんとライトを点けて」背伸びした彼女は手を伸ばして、私のヘルメットの照明を灯した。そして顔が近づいたほんの一瞬、真夏の夜のような甘い香りのする唇を、私の頬に触れさせた。「気をつけて帰るのよ。下校途中にデートするのもいいけど、宿題を忘れないこと。いいわね？」

「はい、先生」このゲームにもようやく慣れて、私は慇懃にうなずいた。「いろいろありがとう。本当に……」

「こちらこそ、素敵なラヴレターをありがとう。今でも大切に持ってるわ。ところであんた、オデュッセウスに似てるわね。顔や身体はぜんぜん似てないけど。永遠の旅人で、永遠の迷い人。いろんな不思議な異邦異国を放浪しながら、悩んで、悩んで、さらに悩んで、故郷に帰る道を探し続けて……」

「それは褒め言葉?」

「あんた次第よ。ある者は生まれつき偉大なものであり、ある者は努力により偉大なものに達する。オデュッセウスは、常に問いを発し続けた。どこまでも、どこまでも。残した功績じゃなく、そのひたむきな生き方ゆえに、彼は英雄になった。あんたもきっとなれるはずよ」

「学者の本分は探求だからね、まあ頑張るよ」

私はそっけなく受け流したが、胸のなかにあった空洞のひとつが、何か暖かいものにふわりと満たされるのを感じていた。

「ちょうどいい。最後にひとつだけ知りたいことがあるんだ。世界にはたくさんの宗教があって、それぞれに死後の見方も違っている。真実はどうなんだ? 死んだ者たちは皆、この世界へ来るのかい? さっき、〈天国〉のことを話していたが……」

「さあねえ。どこもかしこも複雑にできてるから、先生にもわからないわ」カロンは肩をすくめ、ニッと笑った。「それになんてったって、これは全部、あんたたちの脳味噌が描いた世界だからね」

……私は宙に放り出された。落ちているのか、止まっているのか、昇っているのかもわからない。私には肉体もない。

そんな私の視界いっぱいを、巨大な書棚が覆っている。驚き脅えるひまもなく、私はそこから発せられる神秘的なオーラに即座に魅了された。いつの時代のものだろう、筆舌に尽くしがたいほど美しい装丁の書籍が表紙をこちらに向けて隙間なく並んでおり、どこの言語か推測もできぬ虹色の題名は光り輝いて、純粋な生命力に鼓動している。

相手が接近してきたのか、それとも私が引き寄せられたのか、その書棚はぐんぐんと大きさを増しはじめ、本は巨大化し、表紙が爆発的な勢いで迫り……あわや激突するという寸前で停止した。

思わず背けていた視線を戻すと、書籍の扉が一斉にふわりと開く。その一冊一冊のなかに、私は人間たちの物語を見た。時代や場所の設定、登場人物の人種や年齢はさまざまだが、背景はどれも不穏な黒一色で、登場人物たちは逆に輝いている。

鬱蒼たる密林の奥、毛むくじゃらの巨大な生き物が人間の赤子を胸に抱き上げている。古びた衣装簞笥の中へ、無邪気な顔の子供たちが次々に駆け込んでいく。冬の夜、四人の姉妹が暖かな炉辺を囲んで仲良く語り合っている。互いの剣先を一点に触れ合わせ、洒落た口髭の青年たちが口々に誓いを唱える。若く貧しい恋人たちが、買ったばかりの時計の鎖と櫛を手にして笑い転げている。孤独に眠り続けた美しい姫に、傷だらけの王子がそっと口づけする。優しい顔をした髭面の男の言葉に、飢えた人々が微笑みを浮かべている。銀の燭台の灯火のもと、穏やかに死にゆく老人の手を娘と息子が握りしめる。

テーマはみな共通していた。無数の物語はみな、人生の本質を映しているのだった。人はどんな悲劇と絶望の中でも、必ず喜びを見いだすことができる。愛、友情、勇気——形のない理想を心に描くことができる。そして、その存在を信じることができる。

ヘンリーの言ったことは正しかったと思う。確かに人間というのは、暗い欲望にたやすく操られる。時の流れに怯えて多くのものをなくし、闇の中でみずから壊していく。私たちは獣の本能を捨てきれぬまま自然の超越を目指す、出来損ないの愚かな生き物なのかもしれない。

しかし、ヘンリーは間違っているとも思う。今ならば、私にもそれがわかる。人間は生み出した喜びを、言葉や文字、絵画や音楽によって、時の流れのなかで大切に守り伝えていくこともできるのだ。私たちは大自然そのままに、光と闇の宿命を背負う生き物。人生の背景は死を必然とする苦難の闇であり、そのなかにひとつひとつ希望の光を灯すことこそが、生きるということ……。

次々と浮かんでは消える物語のひとつに、私は懐かしい人影を見た。
豆電球の瞬く夜を歩いている、一組の男女を。

十一

私の身体を重力がどっと襲った。五感が突然よみがえり、漂っていた精神はもとの場所に戻った。どこまでも暗く閉塞された、ダイダロスの迷宮へと。

うめきながら身体を起こした私の鼻先すれすれのところに、書籍の群れを描いた壁があった。ヘルメットの照明が、かなり弱まっている。辛うじて立ち上がった私は、さらに顔を寄せて今一度その絵を眺めなおしたが、当然のことながら本を開くことはできず、私が眼にした心の和む光景の数々も描かれていなかった。パシパエの裸体像と同じく見事な画法ではあったが、得体の知れぬ魔法めいた効果などまったく施されていない、ただの写実的な絵にすぎない。怪訝な思いで周囲に首を巡らせた私は、もはや古代の異国の風景や、大河に二分された地底洞窟を見いだすことはなく、さらに奇妙なことに、闇のわだかまる通路さえも視界のなかに捕らえられなかった。見る方向すべてに、ただ堅牢な壁があった。

私はどこから入ってきたのだろう。

しかも、薄闇に眼を凝らしてよくよく観察してみれば、ここが無数の木の根の垂れ下がるあの円形の広間だということがわかった。壁画についての記憶はないので、似通った別の広間かとも思えたが、すぐ足元には錆びついたテセウスの兜が放置されたまま転がっている。パシパエの死体はなく、ただペンキのいっぱいに入った缶をこぼしてしまったような乾いた液体の染みが残されていた。

私の靴の爪先が、空の薬莢を蹴り飛ばした。

フレッドはどうなっただろう。

光の照射が減った分、広間の暗闇は増大し、壁のほとんどが見えなくなって以前よりも広く感じる。もういちど書籍の壁画を見ようと振り返ると、ぞっとすることに、それさえも消え失せていた。今はただ、何の飾り気もない壁石がずらりと並んでいるだけだ。

すべては幻覚だったのだろうか？　私は気が狂ってしまったのか？

しかし、不安や寂しさに駆られたときの癖で襟元に手を伸ばすと、ジェニーがくれたお守りはそこにはなかった。鎖の留め金は頑丈で、簡単に外れるほど単純ではなかったし、首を切り落とすか鎖を引きちぎるかしないかぎり、落とすはずはなかった。

古代ギリシアでの長い旅路はともかく——あれが本物の体験だったなら、私は片腕と片目を失っているはずだ——、冥府の大洞窟での体験が現実であったと知った驚きのせいか、不意に流れはじめた時間に肉体が反応し、前回も感じたような疲労が爆発的に襲ってきた。精神的衰弱のため、重力が数倍にも増したかのようにめまいがする。アドレナリンもとうとう底をついたらしく、岸辺の岩屑に切り裂かれた足裏の激痛に耐えられなくなって、私はまるで糸が切れた操り人形のようにその場にへたり込んだ。よくよく見れば出血はかなりのもので、豪雨のなかを歩いてきたように靴のなかはびしょびしょに濡れ、色あせて傷だらけだった革は、新品同様に真っ黒に染まっている。不意に襲ってきた、内臓がでんぐり返るような激しい嘔吐感に身を震わせたが、口に酸っぱい唾液があふれただけで、胃液を戻すことはできなかった。

座るなよ、ドノヴァン。二度と立ち上がる気がしなくなるぞ——ピーターが言っていたものだが、それでも良かった。狭苦しい通路よりも、ここの方がましだった。もしかしたら、テセウスの霊が悪魔の触手から守ってくれるかもしれないし。

もう、心残りはない。この迷宮のなかで、私は少年時代からずっと追い求めてきたものを手に入れた。己自身の姿を知り、生きることとの意義を理解することができた。それどころか、まるで小説のページを束でめくるような立て続けの大冒険さえも体験できたのだ。

「もう満足だ」私は声に出してつぶやいた。

けれども素直に自分を見つめてみれば、心の片隅には、風に吹かれたい、陽光を浴びたい、見知らぬ人と出会いたいという生まれたばかりの新しい感情が、アスファルトを砕いて伸びる雑草のように育ちたいと訴えていた。

充足と切望の混淆した感情に呆れて、低い笑いさえもらした。私はかぶりを振り、ヘルメットからの光線が部屋をかけめぐった。そしてそのために——広間の壁際の暗がりにうずくまる巨大な生き物の影と、その傍らで山を成す謎めいた物体に気づいた。

近寄って確かめるまでもなく、ミノタウロスは死んでいた。壁によりかかるように座り、力なく頭を垂れて。魔物の醜い手には、ピーターの死体の側で拾ったのだろう、テセウスの剣がしっかりと逆手に握られ、その鋭い刃は己の分厚い胸の中央を一突きにしていた。神の呪いを受けたその異形の姿も、今は小さく頼り無げに見え、まるで子犬の死体のようだ。最初の邂逅では判別できなかったのだが、彼は父親譲りの純白の毛並みを持っていた。しかしそれも、今では乾ききった血に汚れている。

今になって気づけば、時の流れの正常なこの場所には腐臭が満ちており、私がかなりの時間にわたって、壁画の織りなす幻の世界を彷徨していたことを示していた。おそらくは丸一日を越しているだろう。ライトが未だに点灯するのは奇跡に近いが、すべてはピーターが節約を薦めてくれたおかげだ。

死体がひとつではないことが、ピーターに向かい合った魔物の、あの侮蔑と憤怒に満ちた双眸の理由を教えてくれる。冒険家があれだけの暴行を受けたのも無理はなかった。魔物は、憎むべきパシパエをようやく捕らえたというよりは、むしろ優しく抱擁しているように見える。

憎悪に駆られて追っていたのではなかったのかもしれない。

いつでも捕らえることはできたのかもしれない。

ただ、母の温もりが欲しかっただけなのかもしれない。

通路の行き止まりにあった、あの小部屋の巣を地獄のようだと感じた私は、もしかすると洞察力が不足していたのかもしれない。彼は人間への復讐のためではなく、生け贄を苦しめようとしたのではなく、ただ自分以外の者の声を聞いていたいがために、若者たちをあのような逃げられない姿にしたのかもしれない。熱心に世話をすることで愛情を得ようと、食いちぎって運んできた木の根を若者たちの口に押し込んだのかもしれない。雛に餌を持ちかえる親鳥のように。

それは考えすぎというものだろうか?

いや、そんなことはない。なぜなら、彼の死体の横にある見上げるような物体は、山と積まれた数十体の屍なのだ。アテナイの不運な若者たちは、今はもう、うめき声をあげることなく安らかに死んでいる。さらにその中には、私が見覚えのある肉体の部品も混じっている。際立って筋骨たくましい腕、黒色の肌の手首、艶やかな白髪、干からびた足……人夫たちの浅黒い肌も見受けられる。ヘンリーの身体は底のほうに埋もれてしまっているのか、見いだすことはできないものの、それらは紛れもなく、私が率いていた調査隊員たちの遺骸だった。

仲間たちが永劫の苦悩を回避できたと知って、私は本来悼むべきその場において安堵せずにはいられなかった。カロンは今頃、ヘルメスを先頭に行列をなして河へ向かってくる魂の団体に仰天しているはずだ。冥界側から〈忘却の河〉の水を運んで、彼らに早々に飲ませなければなるまい。急がないと、ある者は腕白な魔犬と遊びはじめ、ある者は河原や土手の岩という岩を広い集めたすえに、重さで一歩も動けなくなるだろう。ある者は疲れたとぼやきつつその場に寝ころがることで列を乱し、ある者は死者たちに今の心境をインタビューして行進を妨げ、そしてカロンは現代の英雄に恋してしまうことだろう。賢哲たる老紳士の巧みな話術をもってすれば、全員の無賃通行もたやすいことだ。ある女性は、冥界の裁判官として働くミノス王に離婚届を突きつけ、ある若者は罪人たちの拷問係としてたちまち昇進していくことだろう。彼にも、きっと友達ができる。いつか仲間たちとともに〈エリュシオンの野〉に乗り込んで、テセウスと第二ラウンドを戦うだろう。そして、フレッド——我が友よ。どうか、ジェニーをよろしく。

　そう、神話の世界ではどんなことも許される。私が彼らの冥福を祈って、何を悪いことがあろう？

　私はもう一度、死んだ魔獣に眼を向けた。粗削りで半獣なりにではあったろうが、ミノタウロスが聡明で犀利な知性を持っていたことは明らかだ。彼には単純な意味での頭脳だけでなく、心と精神があった。永遠にも等しい孤独のなかを放浪した彼もまた、何かを探しつづけてきたに違いない。そしてようやく、彼は私との出会いによって——ほんの一瞬ではあったが——己を受け入れ、絶望を払拭した。殺された母の復讐をなし遂げることで、己の人生に意義を作りだした。自らが破壊した者だけでなく、母が吸いつくした者、この迷宮で傷ついた者たちの魂をすべて解放することで、己の存在を神に示した。

そして、ようやく死ぬことができたのだ。

そうでないのなら、私のすぐそばで母の遺骸を抱きしめている王子の顔は、なぜこんなにも満ち足りているように見えるのだ?

孤独な生き物の、あまりにも寂しい最期を見つめているうちに、私はいつの間にかひとつの疑問をぶつぶつと口にしていた。

なぜ?

なぜ、彼は私を始末しなかったのだろう?

私はあのとき、彼とともに忘却に沈むことを決意した。その思いも通じたはずだ。

ところが、彼は私を傷つけずに去り、自分だけ死を選んだ。

なぜ?

最後の涙は、悲しみのそれではない。怒りのそれでも、苦悩のそれでもない。あれは喜びの涙であり、だからこそ、私はあの一滴に、懐かしいクリスマス・イヴを思い出したのだ。

では、彼は何に幸せを感じたのか。

他者と心が通じ合ったこと、そして他者に理解してもらったことにだ。いささか尊大かもしれないが、私は彼の魂を救う手助けをし、彼は私に感謝の念を持ってくれたはずなのだ。

しかし、それならばなぜ、私を苦しみの闇に置き去りにしたのか。この化け物じみた迷宮の恐ろしさを、彼は誰よりも理解していたはずなのに。

なぜ？

なぜ、彼は私を始末しなかったのだろう？

どれほどの時間、その痴呆めいた堂々巡りをくり返したかわからない。時折、文節をあれこれと取り換えつつも、最終的には「なぜ？」という疑問に舞い戻ることからして、実のところ、希望が完全に消えていたわけではなかったのだろう。幼い頃から、私はいつまでも諦めの悪い人種だった。

すなわち、私が必死になって導き出そうとしていた答えはひとつ。「私は、生きるチャンスを与えられた」――。

むろん、生きると言っても、この地下迷宮においてではない。ここでの生が本当の生とは違うことを、彼はちゃんと理解していた。

つまり彼は、私が脱出できるかもしれないと考えたのだ。

それを確証できるものがあれば……

心の奥に閉じ込めていた生存への欲求が首をもたげ、私は鼓動を速くしながら周囲をゆっくりと見回した。

そういえば、二度までも私はここへやってきた。それこそ無数に無数をかけた数の通路が存在し、それら自体が意志を持って人心を惑わす技に長けているというのに、私は奇怪なこの広間へとまたしても舞い込んだ。――導かれたに違いない。ここには何か謎があり、解答がある。神々は呪われた創造物に救いをもたらした私の功績を認め、さらなる挑戦と試練を与えたもうたのだ。その試練を見事に乗り越えた報酬は、生命。古代の王子は、私がそれを獲得することを期待した。だから殺さずにいてくれたのだ。

ヘンリーが指摘していたように、この広間は魔力が弱まっており、この迷宮のなかで唯一、生命が老化し、死を迎えることができる特殊な場所だ。パシパエとその息子の死体が腐りはじめているのがその証拠である。空気は自然の匂いに染まり、肉体は正常な疲労を覚える。すなわちここは、外界に最も近接した場所であるに違いなかった。

秘密の抜け穴でもあるのだろうか。私はこれまでにない興奮にせかされ、壁を観察するために立ち上がろうとした。

そして、愕然とした。

動けない。

まさしく、ピーターの言葉どおり――彼は精神的な意味で言っていたのだが――、いちど座り込んでだらりと伸ばしていた足は、今や膝を曲げることさえできなくなっている。ズタズタに傷ついた足の裏が、この試練で私に化せられたハンデだった。

「……助かるかもしれないんだ。動け、くそっ!」

私は歯ぎしりして大腿を殴りつけたが、痛みどころか感覚がまったく失せている。改めて触れてみれば、膝下全体がはちきれんばかりに腫れ上がり、高熱を帯びているではないか。これでは山刀で斬りつけたとしても、映画の一シーンを見るように、吹き出す血潮を平然と見守ることが可能だろう。そういえば、喉や肺も痛い。どうやらステュクスの河辺のあちこちで吹き上がっていた灰色の不気味な蒸気に、何らかの毒素が含まれていたらしい。致死性のものでなければ良いが……。

吐き気をこらえて懸命に足を揉みさすりながら、私は壁の観察を続けた。ほんの僅かな隙間でもいい、精密きわまりない石組みに、微小なずれはないものだろうか。

光が暗い。電灯は今や、弱ったという言葉の範疇を過ぎ、息も絶え絶えといった体で、ランプの炎のように赤みを帯びてきている。奇跡でも起こるまいかとウェスト・ポーチを探ってみたが、もちろん出てきたのは終始役立たずのままだった医薬品ばかりで、電池はどこにも見当たらない。——だが、私のライトを消させておいてくれたピーターに、もう一度感謝すべきだろう。あのとき電池を休ませていなかったらば、今頃は打ち身と擦り傷だらけになりつつ、完全な闇のなかを手探りして回るはめに陥っていたはずだ。

どうせ行動できないのだから、せめてもの気休めにと、私は散らばった医薬品を有効に活用することにした。足は硬直していてほとんど動かせず、血に浸されたブーツと靴下を脱ぐのにとんでもなく時間がかかった。しかも足の裏の傷を見てみれば、ぞっと鳥肌が立つようなありさま。岩がよほど鋭利だったのか、縦横に走る二十本以上の裂傷はどれも剃刀で切られたかのようで、手で足指を反らすと骨までパクパクと開くのだった。もちろん絆創膏ではとても塞げない状態で、ともかくありったけの粉末消毒薬を振りかけてガーゼを押し当て、包帯をきつく巻いておくことしかできなかった。縫合の技術は知らないし、裁縫は昔から苦手だ。素人療法で針を通せば、やがてこんがらがって収拾がつかなくなるに違いない。

靴下とブーツをもとのように履き、水なしで抗生物質のカプセルを飲み下したときには、私は汗だくになって震えていた。しかし、毒素を出すにはそれで良かったのかもしれない。それから照明を消すことを思いつき、暗闇のなかで三時間、いや五時間ほどもたったと思われるころ、足が鈍くうずきはじめたのである。

腫れが退きはじめ、ほぐれた毛細血管に血が循環していくとともに、蝮の毒牙に咬まれるより激しい苦痛が全身に流れはじめ、私は甲高いうめき声をもらさずにはいられなかった。泡を吹き、身悶えしながらライトを灯してポーチをかき回したが、あろうことかどこを探しても、鎮痛剤はひとつとして収められていない。アスピリンの一錠さえも。最後にこじ開けた薄いアルミケースのなかでは、モルヒネのアンプルと注射器が魅力たっぷりに添い寝をしていたが、これだけ弱っている体にそんな強力な麻薬を投与すればたちどころに失神してしまうだろうと思い、誘惑を振り払ってそのケースを投げ捨てねばならなかった。照明も消した。

それから百時間、私は耐えた。あまりの痛みに一時は気を失いかけたが、やがて疲労とけだるさを残して、不自然な硬直と腫れは退いていった。

私は再びライトを点けた。

次はいよいよ立ち上がる番だった。なかなか決心がつかなかったが、幾度かの深呼吸の後、意を決した。まずは匍匐前進で移動し、壁に寄りかかる。両手で膝をつかんで引き寄せ、その膝頭を両手で押しながら、壁に背を預けてじりじりと腰を持ち上げていく。見事に立ち上がった私はしかし、罠に脚をとられた狐のように喉を鳴らしていた。

「いいぞ、ランス……男だろ……一生に一度くらい根性を見せてみろ……」

完全に自力で歩くことはできず、壁にすがりつきながら部屋を巡りはじめた。頬を岩壁にこすりつけて、風はこないものかと胸を高鳴らせる。ときおり内側に反った上方の壁を見上げて、抜け穴があんな高い位置にあったらどうしようと思い悩む。

「簡単さ……自慢のこの痩せっぽちな腕で、木の根を登ればいい」

嗄れた声で皮肉っぽくつぶやいたが、いざとなったらそれに挑戦するしかない。体力を蓄えておかなければ。

やがて、広間を一周した。真っ黒な失望が胸をしめつけたが、それを無視してもう一度歩きはじめる。血をいっぱいに含んだ包帯と靴下が、一歩ごとにグジュグジュと音を立てる。

壁に手を這わせながら、私は幸運についての定義を思っていた。幸運とは常に、思いもしない時や諦めた時になって、初めて訪れるものなのだ。鼓動を速くして期待しているうちは、不幸なことしかやってこない。いつもそうだ。

ほら見ろ。ライトが消えてきた。——ちくしょうめ。

どうやら傷の治療に時間をかけすぎたようだ。電池は消耗に消耗を重ね、少し休ませたことも功を奏さず、今や瀕死の状態だった。急激に光が後退し、悪意を秘めた闇がどっとのしかかってくる。不気味な景観を作りだしていた根の群れが、黒い帳に隠された。壁に動いていた私の影や、荒々しい岩肌の陰影も消えていく。体力の温存、両足の保護などと悠長なことは言っていられなくなり、私は狂ったように走り回り、木の根に蝕まれた上方の壁を見上げ、怪しいと感じたところには飛びついた。しかし垂直飛びをくり返す私のてのひらが叩くのは、何の仕掛けも施されていないじっとりと冷たい岩の拒絶だけだった。

古代ギリシアの演劇ならば、今こそ、〈機械じかけの神《ゼウス・エクス・マキナ》〉と呼ばれる花で飾られた椅子が天井からすーっと降りてきて、私を助け出してくれるべき場面だ。しかし、どんなに幻想めいていようとも、魔法のかけられた古代遺跡のなか、屍の群れに囲まれた私がぴょんぴょん跳びはねているというこの状況は紛れもない現実であって、陳腐なお芝居ではない。神は確かに存在するようだが、機械じかけどころか、より生身の人間に近く、私をあっさり救出するよりも、もう少しなぶってみるつもりでいるらしい。

やがて、何の予告もなく最後の光が消えた。覚悟していたよりもずっと早く、あれほど生き延びてきたわりには呆気なく。

唐突に立ち込めた暗闇は眼に痛いほどだった。これでもはや、私の身長より高い位置の抜け穴は見つけ出せなくなった。私は絶望の黒い触手を振り払って調べつづけたが、壁面に何の仕掛けも隠されていないことは、ミノタウロスが存在していたのと同じように明確な事実だった。五周と少し回ったところで、私は壁を殴りつけて憤怒に絶叫した。これほど深奥から吹き上がる感情は初めてで、きっと錯覚に違いないのだろうが、私のその声に周囲の闇がかすかに怯え、身を引いたような気もした。

部屋の中心にごろりと仰向けになった私は、見えない根の群れを見上げて悔しさに喚きつづけた。

私は負けたのだ。

ごめんよ、ジェニー。

ごめんよ……。

奇妙な老人が、私に語りかけてくる。賢い眼と、長い白髪、そして手作りの大きな翼。

あれが見えるか、ドノヴァン。

彼方に眼を凝らせ。そうだ、暗闇を裂いて見えるはずだ。

林のように群れている、天にそびえ立つ石造りの四角い塔。

ひとつの光が輝いているだろう。

あれは君たちの女神だ。

闇の海に迷わされた航海者のために、灯火を天に掲げているのだ。

あの土地を知っているだろう?

はっとして身を起こしたが、危険が迫っているわけではなかった。どうやら眠り込んでしまったようだ。眼を開けても閉じても同じというのは、手の届かない背中がむず痒いのに似て、ずいぶんと不愉快なものだ。

だが、疲労の抜けた身体は驚くほど軽い。正常な時間のおかげで、便意もある。それどころか尿意の方はこらえきれなかったらしく、アンモニア臭が鼻を突くズボンはべったりと股に張りついている。乾ききった喉はひりひりして仕方ないが、膨れ上がった舌と口蓋の隙間に指を突っ込んでしゃぶると、申し訳ていどの唾液が出てきた。何よりありがたいことに、毒素が分解されたのか足の麻痺がほとんどなくなっている。足裏の裂傷も、応急処置が効いたというよりは時間の力によって血が止まり、痛みも大々的に和らいでいた。

このまま死ぬつもりがないのなら、そろそろ動く頃合いだろう。

帰るべき故郷をかいま見たからには。

おのれを叱咤激励し、私はふらつきながらもどうにか立ち上がった。そんな汗まみれの顔をごわごわしたものが撫でたときには、今度こそ心臓が止まりそうになったが、悲鳴をあげながら大振りに殴ったのは他より幾分か長く垂れた根っこにすぎなかった。

そういえば、こんなに突き破られた天井はどうなっているのだろう。ふと疑問に思って見上げたが、光源なしではもとより見えるはずもない。ライターかマッチがあれば良かったが、皮肉にも、私は学生時代のあの運命の月夜以来、喫煙はやめていた。

いや——。私は自嘲気味に笑った。求めてやまないそのライターは、すぐそばにあるではないか。困憊していたとは言え、もっと早くに気づくべきだった。それとも気づいていながら、あまりの恐ろしさゆえ、頑に知らぬふりを決め込んでいたのかもしれない。

私は顔を巡らせて、闇のどこかにある死者の山のなかの、そのまたどこかに混じるピーターの死体をじっと見つめた。

掘り起こすなんてとんでもない。手を触れるのだって嫌だ。しかも真っ暗ではないか。

けれど理性的に考えれば、いくら不快だからといって、その行動を拒否することはできなかった。天井の様子を見るためではなく、抜け穴探しを再開するために、光源はどうしても必要だったからである。それに閉ざされた視界が幸いして、屍肉漁りのおぞましさはずっと軽減されるかもしれない。

かなりの元気を取り戻していた私は、すぐに性根をすえた。足の苦痛が眠っているうちに両手を前に掲げて広間を歩き回った。伸ばした指がすぐに、冷たくなった死体の一部に突き当たる。皮膚にこびりつく乾いた血は、ひび割れた荒れ地の土塊に似て、触れただけでボロボロと砕け落ちた。

私はすぐに悟った。真っ暗闇のなか、この数十体分の肉片の山からピーターの胴体を探り当てるのは考えていた以上に困難であり、しかも、慰めとなるかと思われた盲目の状態は、ただ不気味な想像をあおる役目しか果たさないということを。作業は計画的かつ入念に進めなければならないが、もしも、ああ——取り分けようとした千切れた手が、すがるように私の腕をつかんだりしようものなら、今度こそ私の正気は完膚なきまでに破壊されてしまうだろう。

積み上げられた死体を、上から順番に調べはじめた。生命を失った肉体はすべて、関節は硬直しながらも肌は柔らかくぶよぶよしていた。おまけに、真夏の旅行中、冷蔵庫にしまい忘れたステーキのような匂いを放っている。私は嗅覚と触覚が送ってくる刺激を懸命に無視しつつ、その薄気味悪い物体をひとつひとつ丁寧に指で探った。剝き出しの肌、浮きだした鎖骨、小ぶりの乳房、ごわごわした陰毛……全裸体は生け贄の若者たち、もしくはパシパエの犠牲者であるから、用はない。ピーターは胸ポケットにライターを入れていたから、切断された四肢もすべて除外していい。それらは全部、山から少し離れた位置に取りのけておくが、万が一ピーターの特徴を見誤ったときのために、胴体は四肢とは別の場所に積み上げていく。

ああ、地底の迷宮の一室で、バラバラ死体を部品ごとに選別している私の姿はどのようなものだろう。黒魔術師のごとく、魔法の呪文や邪教の神々のシンボルの刺繡された、漆黒のビロードのローブを羽織るべきかもしれない。そうすれば見事な絵になるだろうし、作業もこれほどまでに気味悪くはないはずだ。ぬるぬるした手を何度も拭った私の衣服には、腐った血液と内臓の中身が一面にこびりついている。暗黒の儀式を司る高位の神官というより、屍肉を漁る食屍鬼《グール》だ……と、汚穢まみれの自分の姿が鮮明に思い浮かび、私はとたんに嘔吐した。

戦場の最前線で勤務する死体処理班も思わず眼をそむけるようなこの作業を、私は黙々と続けた。私はフレッドの髭面に触れ、モートンの薄い毛髪をつかんだ。からからに乾燥したエディをかついで運び、腹が裂けた老人夫のはらわたが足にからまって転んだ。頭のないデニスもいた。若い人夫のミイラもあった。彼らがつい最近まで生きており、私と語らい、ともに歩いていたとはとても信じられなかった。私は幾度となく息を乱し、生前の仲間たちの顔を思い出しながら慟哭せずにはいられなかった。

やがて、未処理の死体が残り少ないことに私は気づいた。眼もくらむような絶望が、どすんとのしかかる。考えてみれば、あれほど激怒していたミノタウロスが、母の敵であるピーターのことなどかまうはずがない。冒険家の遺体はここへは運ばれていないに違いない。すべては徒労で無駄骨だったのだ。――そう確信した矢先、皮膚のふやけた私の指先が、他の者とは明らかに違うがっしりとした背中を探り当てた。歓喜に絶叫しながら、ずっしりと重たいそれを引っくり返す。

間違いなくピーターだった。魔獣の暴行によって肋骨はことごとく砕け、肩はぐしゃりと潰れているものの、その肉体は今も、絶望した私を力強く支えてくれた。たった数日間しか知り合えなかった、良き友達。私は感慨深く彼の胸に手をあてて祈った後、シャツのポケットにそっと手を入れた。

何もなかった。

この時、もし何かしらの光が差し込み、誰か事情を知らぬ人が私の表情を見たら、この汚物まみれの男は何を面白がっているのだろうと途方に暮れたことだろう。そう、こんなこともあろうかと心のどこかで予想はしていたのだ。ピーターはあれだけ殴られ、蹂躪されていた。破れた胸のポケットから小物が落ちるのは当然ではないか。

しかし現実に起きてみると、この事態は残酷なほどに滑稽でたまらない。なにせ、しゃがみこんだ私の背後では、胴体と四肢にきっちりと分別された二つの死体の山がそびえ、この気の狂わんばかりの立派な仕事ぶりがまったくの無駄であったことを、ただ無言のまま嘲っているのだ。

かなりの時間、くすくすと笑いつづけた私は、不意にこみあげた吐き気に身を震わせ、腹をおさえて反吐をまき散らした。胃の痙攣は止まらず、逆流した消化液がほとばしる鼻孔は胃酸によってたちまち腫れ上がった。呼吸ができない。嘔吐の合間に必死に吸い込む空気は、腐った死体そのままの味がした。

吐くものがなくなっても、吐き気はおさまらなかった。私はせめて匂いだけでも嗅ぐまいと、うずくまった姿勢を解いて背筋を伸ばした。

その首筋に、何か冷たいものがそっと触れた。

死者の舌先だと思った。自分のものかどうかもわからない腕と足をどうにかこうにか繋ぎ合わせ、よろよろと背後に歩み寄った屍が、私が発散している生命の温もりへの愛しさに耐えかねたのだと。

しかし、絶叫しようとした私は、ショックのあまり口にたまっていた吐瀉物を肺の奥まで吸い込んだ。ひくっと呼吸が詰まり、もはや襲いくる死体どころではなくなってしまったのである。私はげえげえと喘ぎながらのたうちまわり、やがてやっとのことで肺と気管から酸性の液体を追い出すまで何ひとつできなかった。

ようやく呼吸が落ちついたときには、執拗な胃痙攣も静まっていた。さんざん苦しんだせいで、もはや腐臭も気にならない。正常に戻った私の腹のなかに、むらむらと憤怒の泡が沸き起こってパチンと弾けた。

「おとなしく死んでいろ、この野郎！」

嗄れ声でわめきたてるやいなや、文字どおり闇雲に拳を振りまわし、蹴りを放ったが、もとより格闘などには適性のない私のことだから、壊れたゼンマイ仕掛けの人形のごとく無様な姿だった。しかも相手は闇の中でうまく避けているようで、渾身の力を込めた攻撃すべてが空を切る。

しかし、そこは狡猾で負けず嫌いな私のこと、さんざ暴れ狂った後、ふと裏をかいて真横に放った一発の拳骨を、私を仰天させた憎き敵にみごと命中させた。

肉が潰れ、骨が砕ける。そんな感触を期待していたため、紐のような手応えは納得しかねるものだった。事態の全貌を悟った私は、あまりに冗談めいた事実に呆然とした。それは、またしても木の根——そもそもライターのことを私に思いつかせ、これほどの苛酷な労働へと仕向けた張本人ではないか。

敵が蘇った死体でなかったことが、怒り狂った私の感情に拍車をかけた。不気味でもなく反撃もしないのをこれ幸いとばかりに、私は悪戯のすぎたその木の根を両手でむんずと握りしめ、千切れてしまえとばかりに引っ張った。

驚いたことに、根はズルズルと降りてきた。形勢はさらに逆転して、私はむやみに刺激して天井が崩れたら大変だと、慌ててそれを放して飛びすさった。

そんな私の首筋にポロポロと落ちてきたのは、崩れた大岩ではなく細かな土塊——そして、ちっぽけな一匹のミミズだった。

しばらくは、放心して立ち尽くしていた。土まみれになったシャツのなかの、上品なご婦人ならこの世の終わりとばかりに絶叫するだろうウネウネした動きを感じつつ、私はその生き物との突然の邂逅にただ呆然とするしかなかった。

やがて、私はげらげらと笑いだした。きっと狂人のように見えることだろうが、それがどうした——私は腹の底から笑い転げた。医者の末期ガン宣告が誤診に過ぎなかったことを知った者ならば、必ずや同じように笑うだろう。死体の捜索で汚れきっていることも忘れて、両手で顔を覆ってしまったほどだ。

今こそ、花でいっぱいの、紐で吊られた椅子が見える。

私は幸運を拾ったのだ。

「天井が崩れるだって？　馬鹿馬鹿しい！　天井なんて元々なかったんだ！」

悲鳴まじりにわめきたてた私は、両手を広げて降り注ぐ土を全身に浴びた。ジェニーを祝福した粉雪のように華麗ではなかったが、それはまぎれもなく私に笑顔をくれるものだった。

建設者であるダイダロスとその息子イカロスを、ミノスはどうした？　この迷宮へ閉じ込めたのではなかったか？——だが、二人は脱出した。考古学者や神話研究家でない子供でも知っているではないか。天才技師の親子は蠟で翼を作り、誰もが夢馳せる大空へと鳥のように舞い上がったのだ。そして高く飛びすぎたイカロスの翼は太陽の熱で溶け、彼は地上へ真っ逆さま。

そうさ——二人が飛び立ったのが、ここでなく何処だというのだ。

この広間は脱出口であり、すでに魔力の及ばない外界なのだ。この出口を造ることが、ダイダロスが唯一秘密裏に取ることのできた保身策であったに違いない。誰よりも頭脳明晰な彼が、ミノスが自分たちをも幽閉する可能性を考慮しなかったはずはないのだから。

パシパエが年老いていたのに、ミノタウロスがまだ健在であったその秘密は、前者がこの脱出口のことを知っていて、後者がそれを理解するだけの知能を持たなかったことにある。ミノタウロスにとってのこの広間は、ただ生け贄の若者たちに食べさせる木の根を摘むための場所にしかすぎなかった。しかしパシパエにとっては、自由が間近に望める唯一の聖域だった。つまり、二人の著しい老化の差は、ここで過ごした時間の差なのだ。昔はまだこの広間は自然光に満ち、天井の穴から空や星を見ることができたのだろう。

ああ、ダイダロスとその息子に置き去りにされたことを知ったとき、哀れなパシパエはどんなに衝撃を受けただろうか。怒号を張り上げ、絶望にすすり泣き、翼靴でも履かないかぎり届かないことを知っていながら、出口に向かって何千回も跳躍しつづけたことだろう。彼女は正常に老化することを覚悟のうえで、陽光と月光を浴びるために、爽やかな空気と雨に洗われるために、頻繁にこの広間を訪れたに違いない。

しかし、助けを求める声に応えた者はいなかった。いや、ダイダロスとイカロスの脱出に気づいたミノス王が、奴隷を率いてやってきたのかもしれない。彼は獣との不倫に走った妻を侮蔑の眼差しで見下ろし、冷酷な笑みを浮かべながら穴を塞がせたのかもしれない。やがてパシパエは年老い、寿命が尽きかけていることを悟り、決して死することのない呪われた通路へと踏み入らざるを得なかった。彼女は孤独に狂った息子に追われながら、遥かなる時を彷徨《さまよ》い、時折ここへ戻ってきては、埋もれた出口を見上げてさらなる狂気に墜ちていった。やがて地上では、草が生え、木が茂り……

手が届く長さまで伸びた根や、たまたま掘り進んで落ちてしまった虫たち、崩れ落ちた土塊――虚しさを埋めるためにそれらを喰い漁ったはずの王妃の思いは、いかほどのものだったろうか。天井が本当に突破不可能か探ってみたくとも、老いた女の腕では根を登ることなど到底できなくて……

私は木の根をぐいぐいと引っ張り、さらに土まみれになった。何者かが脱出口を塞いだことを実証するように、落ちてくる土には腐食されてボロボロになった材木の破片が混じっている。その量から察するに蓋はかなりの厚さだったようだが、数千年の時とはびこる植物の根がそれを砕き割って、大地の一部へと変化させてしまったのだ。大木が根を張るくらいだから、蓋の上に乗った土――ここが埋められたのか、地震で埋まったのかはわからない――もまた随分の質量だろうが、入り口のように石材で塞がれていないだけでも儲け物だった。私が持っているのはダイナマイトや削岩機ではなく、一振りの山刀だけなのだから。

拳大の石が頭や肩を打ったが、痛くなどなかった。やがてその根が動かなくなると、私は手探りで別の根に取りかかった。やがて、足元には土の小山ができた。服や髪のなかでミミズや得体の知れぬ昆虫たちがのたくっているが、私は生理的嫌悪を覚えるどころか、一匹一匹に名前を付けてやりたい心境だった。

だが、この穴は翼で脱出できるほどに大きい。蓋が完全に腐食された後の数千年間、ずっとそれを塞いできたのだから、土壌はよほどの固さと密度を持っているに違いない。根を引っ張ったくらいでは、穴が開くまで土を崩すことは不可能だろう。

これからは自力で掘り進むしかないと判断し、私は山刀を抜いて口にくわえた。背伸びしつつ太そうな根を選んで束ねると、意を決してそれに飛びつく。パシパエと同様に肉体労働などしたこともなく、ましてや素手でのロープ登りなどまったく経験のない私だったが、死に物狂いとはまさにこのことか。

真っ暗闇のなかで宙吊りになるのは恐ろしいものだった。足の下に奈落だけが横たわっていた、あのぞっとするような経験があるだけに、尚更のことだ。しかし根はところどころで絡み合っており、足場には好都合だった。まるでピーターの腕のように、それは生命に満ちてたくましく、安心して命を委ねられるほどに頼もしい。

広間の直径はだいたい四十ヤードほどだったか。この広間が完全な半球形をしているとすれば、出口までは約二十ヤード。さらにそこから、大地を掘り進む必要がある。

じわじわと登る途中、私は見えないことを承知で一度だけ下を向き、漆黒の闇に覆われた床を見回した。

テセウスの兜か、ミノタウロスの胸に突き立っている剣が欲しい。いやいや、ミノタウロスの角そのものでもいい。何か持って帰りたい。記念品だ。この驚くべき探索の証拠品にもなるだろう。

しかし、私はその思いをさしたる苦労もなく振り払い、ふたたび頭上に注意を戻した。理由はわからない。

不幸な母子と若者たちの墓所を汚したくなかったから？

いや、そんなはずはない。私欲のためにあの壁と石板をためらいなく壊した私だ、今さらそんなことは考えないはずだ。

それとも、私の心が変わったのだろうか？

もしそうだとしたら、ジェニーはきっと喜んでくれるだろう。

山刀は網のような細い根を切りながら、うんざりするほどのろのろと、しかし着実に土をえぐっていった。片手と不安定な両足に体重を預けるのは苦痛だったが、私は身体を動かすことの喜びを初めて味わっていた。スポーツに人生を捧げるなど愚の骨頂だと豪語してきたものだが、ピーターとの触れ合いでその偏見も改め、もしも地上に生還できたならば毎日トレーニングを欠かすまいと決意していた。

やがて私は、あると信じきっていた天井を越え、蓋の残骸の層をも抜け、地虫のように全身を地中に埋めた。これで実質的に迷宮から脱出したことになると思うと、否応なく気持ちが昂ったが、しかし私は、幾度となく犯してきた軽率な過ちをくり返さぬためにも、太陽を拝むまでは油断するまいと自重した。

自分がぶら下がっている根を間違っても切らないよう慎重に作業を進めていたので、時間は延々とかかった。この根は街路樹のもので、地表はアスファルトで舗装されているかもしれない——そんな愚にもつかない、しかしいかにも起こりうる悲惨な結末への危惧は尽きることなく、焦燥感は刻々と倍増していった。負荷に耐えかねたのか、足を乗せていた根の塊が千切れ落ちたときには、今度こそ終わりだと覚悟した。

まるで、迷宮の主が獲物を逃がすまいと手を尽くしているかのようだった。私の味方であったはずの根はここへ来て態度を豹変させ、無数の指を絡み合わせて執拗に進路を妨げた。いくら掘り進んでも、闇と大地は私をすっぽりと包み込んだまま離れない。足元の根は無情にもぶちぶちと千切れ、やがて私のすがりつく根は一本だけになり、それさえも身動きするたびに何やら頼りなくきしんだ。

だが、ここはもう魔力の領域の外。私たち調査隊をあれだけ恐怖と混乱に陥れた未知の力も、ここまでは及ばない。何事にも変化というものがある。そう――身長の五倍ほども掘り進んだ頃だろうか、刃の一突きが突然ズブリと軽くなったのである。

鼓動が早まった。信じられぬ思いでゆっくりと引き抜くと、小指ほどの隙間から光の筋が入り込み、私の鼻先から滴る泥まじりの汗を虹色にきらめかせた。

太陽だ。

もはや興奮を押さえ込む必要もなくなった。狂ったように腕を突っ込むと、指先が草に触れた。土の塊がどっと顔に落ちてきて、燦然たる黄金の陽光が泥まみれの私を洗う。それはまさに、アポロンの笑顔――矮小な人間が苦難のすえに成長したことへの、祝福と褒美の聖なる光だった。

身体を支える手を根から地表に移すと、穴を広げていくのはたやすかった。じきに、外界の匂いが流れ込みはじめた。

どこかで、小鳥の歌が聞こえる。

両眼は針を刺したかのように痛んだが、私はもどかしくなって、上半身を出口に突っ込んだ。光が爆発した。

しばらくは何も見えなかったが、やがて緑色が、空色が、茶色が、黒だけに慣れていた私の眼を心地よく愛撫しはじめた。そこはクレタの何処であろうか、地中海では「マキ」とも「マトラル」とも呼ばれる、灌木の生い茂る林のなかだった。深々と呼吸すると、草と土の香りが美味しかった。夏の浜辺で飲むグラス一杯の氷水や、雪山での熱いココアに勝り、落ち込んだときの恋人の優しいキスに匹敵する甘美な喜びが、私の全身全霊を駆けめぐった。

すぐ眼の前を、蟻の行列が忙しそうに流れている。首を巡らせると、チョロチョロと走ってきた茶色のトカゲが、ちょっと立ち止まって、人間とは地中から生えてくるものなのかと、もの珍しそうに私を見つめた。さながら、こいつは航海者を貪る怪獣スキュラ、私は大渦巻カリュブディスに半身を飲み込まれた船乗りといったところか。

しかしまあ、泥まみれの私を見つめるこのちっぽけな爬虫類の、何と無邪気なこと。

何かが私の胸を貫いた。

知らず知らずのうちに、私はそっと微笑んでいた。

ジェニー、ようやく手に入れたよ。

自分が追い求めていたものを。

君が教えてくれようとしていたものを。

君を愛してる。

ありがとう。

ありがとう。

十二

地底から全身を地上へと引きずり出し、大地に仰向けに横たわった。疲労は限界に達していたが、暖かな生命の光が早くも私を癒しつつあった。慢心の勝利と達成感。無事に子宮から生まれ出た赤子はきっと、このような気分を味わうのだろう。

ふと、己の途方もない愚かさに気づいて、ふたたび抑制不能の笑いがこみ上げた。誰だって呆れ果てるだろう、ライターを探すことに汲々としていた私は、こともあろうに、予備の電池の存在をすっかり失念していたのである。エディたちと別れた後、フレッドは電池交換をしなかった。ということは、彼のズボンのポケットを探れば、満タンの予備の電池が一本見つかったはずなのだ!

けたけたと笑い転げつつ自由と解放に耽溺する私の耳に、しかし、何者かの声が飛び込んできて至福を断った。それが助けを呼んでいると気づくより先に、私はその声の持ち主に気づいたからである。

死体を逐一調べていたときに、私は彼がまだ死んでいないことを悟っていた。

間違っても転落しないよう、うつ伏せに転がって穴の底を覗き込んだ私は、いまだ土塊を握りしめる根の向こう、遥か下方で、差し込む陽光の小さなスポットに照らされて頭上を仰いでいる調査隊最後の生存者を見た。

ヘンリー・グリーン。性悪な裏切り者は、この期に及んで愛想笑いのつもりか、唇のはしを大きくねじ上げている。

「助けを呼んできてください、ランス！　くそっ、壁から出てきた槍に刺されて、腕がまともに動かないんです！　登れませんよ！」

「そいつは気の毒だな」私は淡々と応じた。

「あなたの怒りはわかります。僕はちょっとおかしくなってたんです。すぐに自首しますから！　刑務所で、ジェニーの命を奪った償いを――」

「心から悪いと思っているのか？」自分の声のどす黒さに、私は驚いた。ちょっとおかしくなったくらいで妻を殺されたのだから、それも仕方なかろう。「刑罰を受けようと？」

「ええ、ええ！」悔恨しているとはおよそ信じがたい声音で、ヘンリーがはきはきと宣言する。

「思ってる！　思っていますよ！」

「罰を受けたいなら、そこで永遠に苦しんだらどうだ？　ピーターもそう言ってたぞ」

「ピーター？　彼はどうしました？　おおい、生きてそこにいるのか！」

「期待しても無駄だよ。そこから抜け出して、もう遠くへ行ってしまった」私は微笑んだ。「良かったじゃないか、ヘンリー。一人だけで永遠の存在になることが、おまえの悲願だったのだろう？」

「や、やめてくれ！」会話の不穏な雰囲気にようやく気づいたのか、ヘンリーは悲鳴を上げた。口調ががらりと変わる。「それは酷すぎる罰だ！　フレッドならともかく――」

「フレッドがどうした？」

「知らなかったのか？　彼は癌に侵されていた！　もう、アメリカへ帰るつもりはなかったんだよ！　家族もみんな承知して――」ヘンリーは、私の顔に浮かんだ小さな悲しみに目敏く気づき、そこに付け込んだ。「でも、僕はまだ生きたい！　生きなければならない！　ほ、ほら、これを見ろよ！　エディのヴィデオカメラを見つけて、鹵でくわえてきたんだ。この遺跡の貴重な資料になるぞ。こいつを売れば有名になれるんだ、ドノヴァン！　フレッドもそれを望むはずだ！」

「てんで興味ないな。それよりも、おまえの境遇の方が面白いね」

「そんな！　ジェニファーを殺したくらいで――」

「殺したくらいで？」私は眉をあげて、口を滑らせて狼狽している裏切り者の顔をしばし睨んだ。けれど、いまさら論駁する気も起きなかった。「……まあいい。このまま見捨てるわけにもいかないからな」

どこまでも悪辣な人間のくせに、ヘンリーは無邪気に歓声をあげた。私は「待っていろ」という言葉と優しげな微笑みをポイと放り落として立ち上がり、下草をかき分けながら木立の間を歩きはじめた。町がどちらにあるかは見当もつかないが、深く考えるには及ばない。いずれはどこかにたどり着くはずさ。

ああ、それにしても、この世界は何と美しいのだろう！　まったく、シェイクスピアなどくそっくらえだ。赤ん坊は生まれてきたこの世の残酷さに泣くのではない。生きていることへの歓喜に泣いてしまうのだ。

地中海の冬らしい、苦しみのない肌寒さが心地よかった。疲れた眼に、早くも春に向けて萌えはじめた木々の淡緑と、エニシダの花弁の黄色が爽やかだ。傷めた足も不思議と軽い。林のなかへも吹き込んできたエーゲの風に向けて、ヒースがさわさわと枝葉を揺らしながら挨拶をしている。

私を迎えるように、小鳥のさえずりがあちらこちらから投げかけられる。……と、そのうちのひとつに聞き覚えがあるような気がして、私は耳を澄ませながら周囲を見回した。そして顔を上げたとき、視界の隅に映った野生のオリーヴの枝先から、鮮やかな朱色の小鳥が大空へ飛び立つのを見た。

あれはカナリアだったように思う。定かではないが。

生長の季節の訪れを感じ取った草木のように、私の体力はぐんぐん回復しつつあった。浄化された心が、うきうきと高揚する。伸びをし、あくびをもらしつつ散策していると……不思議なことに、永遠に立ち去るつもりだった元の場所へと戻ってしまった。

地面にぽっかりと開いた深い縦穴。蟻の行列。トカゲはいなくなっている。

そしてすぐ側に、奇妙な物が出現していた。身の丈の三倍ほどもある巨大な一枚岩が垂直に立ち、木漏れ日を受けて半透明に輝いているのだ。たったいま、地中から生えたばかりのように、滑らかな表面には苔ひとつ生えていない。もちろん、こんなものは先程まではなかったはずだし、土と落ち葉ばかりの林のなかで、その姿は不自然なこと極まりない。足場はなく、土に打ち込まれてもいないので、ちょっとでも触れればすぐにバランスを崩して倒れ伏すだろう。

誰がこんなものを置いたのか。

いや、それどころかこれは、発掘現場に残してきたトラックの荷台に収まっているはずの、迷宮の門の蓋に違いない。

しかし、私はもはや驚かなかった。

穴の縁に戻った私は、最後の成すべきことを終わらせるために不承不承ひざをつき、闇を覗き込んで呼びかけた。

「いるか、ヘンリー？」

「ああ！」即座に返答があった。槍に貫かれたという両腕の苦痛が激しいのか、涙声には焦燥と憔悴が含まれている。「良かった！　戻ってきてくれたんだな！」

「戻るつもりはなかったさ。いつまでも待たせてやるつもりだった」私はため息を漏らして、頭を掻いた。「でも、そうもいかないらしい」

「そうとも！」外界の事態が見えないヘンリーは、私の言葉の意味を取り違えたようだった。「無抵抗の人間を見捨てたら、あんたも重罪だからな！」

「だから、正当なチャンスをくれてやることにしたよ。ちょっとした問題に答えられたら、今度こそ助けを呼んできてやろう」私はにやりと笑った。「それだけじゃない。ジェニーを殺した罪も、すべて忘れてやる。遺跡発見の名誉も独り占めするといい」

「どんな問題だ？」急かすような問いかけとともに、彼をその地位までのし上げた狡猾さが眼の奥にぎらりと光るのを、私は確かに見た。「さあ、言えよ！」

「簡単なクイズさ。遥か昔より、我々人類は生きとし生ける者の命を握る存在を、神と呼んで恐れてきた。神は時として自然そのものであり、ある時は人自身が神となったこともある。神はどこにでもいる。無数に存在する。石ころひとつでさえ――」

「前置きはいい！　さっさと問題を言え！　早く！」

「これは失礼した。では、復讐の神の名前を言ってみたまえ」

「復讐の神だって？　……ギリシアのか？」

「そこまで知ったことか。この場所や状況を考えてみろ」

「女神……だったよな？」

碧眼を貪欲に光らせていたヘンリーの声が、恐怖にこわばった。どうやら思い出せないらしい。彼の専門はエジプト考古学であったし、実践的な研究ばかりしてきたのだから無理もない。自分で言っていたように、ギリシア神話などという子供のためのお伽話には目もくれなかったのだろう。

「エ……エ……ああ、三人の女神だが、名前はまとめてひとつ。神々に依頼されて、獲物をことごとく苦しめるんだ！　殺すことはしないが、いつまでも責め苛んで……」

「ほう、詳しいじゃないか」

「当然さ。そうだ！　彼女らの怒りを買わないために、人々はエウメニデス――〈情け深い者たち〉と呼んでいたんだ！」ヘンリーの言葉は、懇願に変わった。「なあ、これで勘弁してくれ！　名前はどうしても思い出せない！　頼む！」

「どうするかな」私は焦らすように間を置いた後、言った。「よし。呼称がわかったから、まあいいことにしよう。代わりに、別の問題を出してやる」

「良かった！　簡単なのにしてくれよ！」

「図々しいにもほどがあるな、まったく」軽蔑の念を越えて、私は呆れ果てた。太陽が傾いて、ヘンリーの顔も見えなくなってしまった。「とりあえず、これはご褒美だ。ほら」

私はヘルメットを脱いで、穴に落とした。ヘンリーは受け止めるなり嬉々としてスイッチを入れるが、電池は切れている。

「ちくしょう、馬鹿にしやがって！」

馬鹿にしてるのはおまえだ、そうだろう、ヘンリー。いったいぜんたい、何を取り出そうとしているんだ？

そんな私の無言の怒りが通じたのか、ヘンリーはウェスト・ポーチに伸ばしていた手をぴたりと止めた。おずおずと笑みを浮かべて両手を広げる。

「さあ、問題を出せよ」

「じゃあ、簡単にしておこう。人の運命を断ち切る神の名前は？」

全財産を賭ですったような顔をしていたヘンリーは、途端に表情をひるがえし、得意そうに歓声を上げた。

「ははは、知ってるぞ！　これも三人の女神だ。クロトが運命の機織りで、ラケシスが運命の布の長さを測る。それを鋏で断ち切るのはアトロポス！　答えはアトロポスだ！」

「お見事」

パチパチパチ。私は拍手をした後、穴の中へ手を突っ込み、私の命綱となってくれた長い根を引きずり出した。困惑したようなヘンリーの泣き声を聞きながら、嗤笑《ししょう》する。

「残念だったな。実に惜しい」

「どうしてだ！　答えは合ってるはずだ！　卑怯だぞ！」私の妻を殺した男は、憤慨のあまり絶叫している。「ああ、ちくしょう！　思い出したぞ！　さっきの問題の答え、復讐の女神エリニュスだ！　そうだろう！　それぞれの名前だって言える！　アレクト、ティシポネ……」

「メガイラ。でも、間違ってる。状況を考えろと言っただろう」私は肩をすくめた。「答えはどちらも、ランス・ドノヴァンだ」

私はヘンリーによく見えるように。山刀の一振りで根を切断した。そして狂人のように甲高く笑いながら立ち上がり、石板に手をかけると、そっと押しやった。そのためにこそ創り出された謎の物体はふわりと倒れ、割れたり砕けたりすることなくぴったりと穴を塞いだ。ヘンリーの罵声は一瞬で聞こえなくなった。

私はその場に立ち尽くしながら、じっと見下ろした。蓋の表面に刻まれた脳――迷路のように入り組んだ襞の奥に、数えきれぬほど多くのものを秘め隠す器官。それを象徴として刻み込んだ工匠の意図が、今の私には理解できたように思えた。

石板はとにかく巨大で、ちょっとやそっとの力では動かしようがないのは明らかだった。数千年にわたって大地の侵食に耐えたのだから、いまさら、風雨や地震に屈するものであるはずもない。しかし、手を離すと転がり落ちてしまう大岩を永遠に山頂へ運び上げるという罰を受けた、シシュポス王の例もある。背を向けようとすれば、石板がまた立ち上がってしまうのでは——そんな強迫観念に駆られて、私は少し離れた場所の土を山刀で掘り返すと、それを運んで石板を覆いはじめた。やがて、林が紅の木漏れ日に染まる頃には、白い岩肌はすっかり埋めつくされ、さらに落ち葉を散り敷いた後は、真上を歩いてみる私自身にもその存在は分からなくなった。

クレタには精霊たちが生き延びている。立ち去り際、私は大地に両手をついて、根を切ってしまった樹木に詫びた。私の脱出作業で迷宮へ落ちてしまった虫たちにも。

そして、古代の神々に感謝と別れを告げた。

最後の最後まで不可思議なことに、林を抜けた私は、すぐさま現在地を知ることができた。風景には見覚えがあり、そこから発掘現場までは目と鼻の先——丘を三つほど越えるだけだったのだ。地下であれだけ歩いたというのに、どうやら堂々巡りをしていたらしい。それとも、やはり私たちは別次元の世界を徘徊していたのだろうか。

もうひとつの侵入口である門を埋めるのに、新たに人手を雇う必要はなかった。その地は何者か——人夫たちか、それとも別の存在か——によって、以前からそうだったような特色のない荒れ地へと戻されていたのである。機材やテント、秘密保持のために現場を囲っていた棒杭や防水シートも、すべて持ち去られたか埋められたかして、それらが存在したという痕跡さえもなくなっている。トラックや採掘用の大型機器だけでなく、壊れた通信機さえ見当たらない。その出来ばえたるや、そこが発掘現場だったという事実でさえ疑わしくなるほどだった。フレッドの助手のジャック・エマーソンの死体も見つからず、おそらくはどこかに遺棄されたのだろうと判断するしかなかった。

私は夜風に撫でられる丘の上にたたずみながら、最後に残ったただひとつの証拠である黄色い一枚の紙切れを、粉々に千切って大地に撒いた。雪戴くイデの山頂から駆け抜けてきた西風の神《ゼピュロス》がそれを持ち去り、高く高く舞い上がって、穹窿に瞬く星座たちへと届けにいく。受け取るのが誰かは知れない。

それにしても、最も貴重な資料である図面を、最後まで無造作にポケットに入れて持ち歩いていたとは、私はやはり変わり者に違いない。

ある朝、クレタ島の北岸、イラクリオンの港から沖合十二マイルの海上で、米国の地質学調査隊がチャーターしていたクルーザーが爆発炎上し、死者七名、生存者はわずか一名——彼はたまたま水泳をしていたために死から逃れた——という悲劇的なニュースが報道された。警察は、クルーザは中古で、おそらくはエンジン系統の老朽化が事故の原因であるという結論を下し、私と船のオーナーは簡単な事情聴取を受けた後に放免された。オーナーは私が教えたとおりに「ケラーマン氏が小型船舶の免許を持っていたから貸しただけだ」と説明して責を逃れ、私にいたっては大学教授という身分を示しただけで疑惑の対象から外された。遺体や船体破片の回収はほぼ不可能だったので、沿岸警備隊は半日ほどの形式的な調査を済ませて手を引いた。

この企みは決して安くはあがらなかった。緊急用としてホテルの金庫に預けておいた調査資金の残りはすべてふんだくられたが、あのオーナーは愛船を爆沈させるというこの派手な仕事を、何も聞かずによく承知してくれたものだ。

裸で泳いでいたという嘘に乗じて、死臭と汚穢のこびりついた衣類はすべて海に捨てた。足の裏の裂傷は、流れ着いた岸辺の岩によってできたものだと説明した。縫った針の数はそれは多かったが、治療後には痛みはぐっと和らぎ、一週間で支障なく歩けるようになった。

本国でも報道されただろうとは思ったが、私は念のため、七枚の手紙を書いた。デニス・ウィルソンとラリー・モートン、フレッド・ケラーマンと彼の助手のジャック・エマーソンのそれぞれの家族へ。そのいずれにも、遺体も持ち帰れぬことへの謝罪と、彼らの冥福を心から祈る言葉を記しておいた。秘密厳守を条件に集めたメンバーだったので、彼らは家族には個人的な研究を兼ねた観光旅行、勤め先には休暇を取るとしか告げていないはずだ。皆、悲しみを処理することに手一杯で、どんな研究だったのか、目的は何だったのかと勘ぐる余裕はないだろう。遠い沖合から生還できたことの信憑性を深めるために、すぐにも水泳を覚えなければと思う。

ピーター・デニングスとヘンリー・グリーンには同居者がいなかったが、一応、彼らの家にも同じ手紙を出しておいた。友人か恋人がいれば彼らがそれを読むだろうし、そうでなくとも、いつかは近所の住民が行方不明だと警察に通報し、警官の一人が郵便受けを漁ってくれるに違いない。

エディ・カトラーの住所だけがわからなかったので、彼の勤めていた雑誌社に手紙を送った。もしもこの悲劇の真相を暴くとしたら彼らだろうが、きっとそんな無駄な出費はするまい。迷宮発見のことは誰も知らないし、青二才のカメラマンが旅行中に事故(後に聞いたところでは、一日だけ某新聞の一面を飾ったらしい。見出しは『地質学調査隊、なぜか海に沈む』)で死んだとて、アメリカの世論を騒がすことはできないと編集部は踏むだろう。むしろ雇い主としては、自分の部下が仕事をさぼり、海で船遊びをするような連中と同行していた事実を闇に葬ろうとするはずだ。

馴染み深いフレッドの家族から、私の静養しているホテルへ電話が届いた。妻と娘二人は驚いたことに泣いていなかったが、命の限られたフレッドに自由を与えた彼らの愛を思えば、それも当然なのかもしれない。私は、彼が比類なき学者であったと確かに伝え、彼女たちは、ぜひこれからも会いに来て欲しいと誘ってくれた。

もう一人、手紙の返事をくれた者がいた。デニスの従姉妹で、家族への連絡は引き受けたと優しく言ってくれた。私は胸を詰まらせながら、彼の愛妻と生まれてくる子供への懸念を口走ったが、すっかり大笑いされた。

「アニーですって？　彼は独身だったし、それは彼が飼っていたラブラドールの名前よ。もう、子供たちも生まれたわ。あたしが面倒みるから大丈夫」

ギリシア政府へは、調査の断念だけを告げた。例によって「収穫なし」の文面だったが、「学ぶものはあった」と、最後に一言だけ補足しておいた。

なぜすべてを隠しておくのだ？　——後始末に悪知恵を振り絞るなか、時折、私の心の奥の誰かが不思議そうに尋ねてきた。みんな死んだ。ヘンリーの奴は、自分だけ隠しておいた電池を使ってフレッドのザックを捜し当て、簡単には消費できない電池の山に埋もれながらとうに発狂しているだろう。公表すればいいではないか。おまえの夢の列車が、どんな終着駅にたどり着いたのかを。形の変わってしまう迷路のことや、死を近づけさせない魔力のことを。勇者テセウスの遺品である、数千年の時の経過にも錆ひとつ浮かない剣のことを。干からびたエディのニタニタ笑いのことを。歓喜の笑いを放っていた哀れなモートンのことを。情欲の罠に落ちたデニスの潰れた頭のことを。退くことを潔しとしなかったフレッドの勇気を。白髪を振り乱したパシパエに欲望を感じたことを。ピーターの壮絶な最期を。ミノタウロスの孤独な瞳におのれの姿を見たことを。こぼれた一粒の涙のことを。おまえを生命の存続へと駆り立てた、長くも不可思議な時間旅行のことを。伝説の大河が流れる、幽冥の世界のことを。——語るべきことは山ほどあるし、証拠となる遺跡を掘り起こしてやれば、全世界の誰もが耳を傾けるはずだ。人類の歴史は、過去も未来も大きく変わるはずだ。そうすれば、おまえは英雄になれる。遥か未来まで名を残せるんだぞ?

だが、私はその声を笑い飛ばす。

そんなものは永遠ではない。

そんなものはいらない。

永遠のものはひとつだけ。

私はそのたったひとつのものを、ジェニーがくれようとしていたものを得たのだから、と。

時折、私はつと足取りを緩め、後にしてきた暗い道のりを振り返る。

そして、孤独に震えた少年を胸に抱きしめる。

後奏曲《ポストリュード》——未来の戸口

「カップをお下げしてよろしいでしょうか？」

窓の外ばかりに眼を向けていた私が首を回すと、邪魔になりそうなほど大きな胸のスチュワーデスが身を乗り出して尋ねていた。隣に座る活発そうな若者のテーブルを見ると、さっきまで甘い湯気を立てていた紅茶がなくなっている。

「ええ」私がうなずくと、スチュワーデスはカップを持ち去る代償として、必要以上の笑顔をくれた。

「もうしばらくで到着しますわ。申し訳ありませんが、映像をご覧のお客さまもいらっしゃいますので、窓のブラインドを降ろしていただけますか」

爽やかに笑っているのに、有無を言わさぬ断固たる口調だった。私は素直にわびて、それに従った。

スチュワーデスが他の乗客を注意しに行ってしまうと、隣の若者がスポットライトの下で読んでいた雑誌をおもむろに閉じて、私の肩を突っついた。思いがけないことだった。私は常に目立たない存在として生きてきたというのに。

「嫌な笑顔ですよね。僕みたいな田舎者には耐えられませんよ」

「そうだね」考えていたのと同じことを言われて、私は驚いた。

しかし、私がそれっきり口を開かないので、若者は雑誌に眼を戻した。

会話は途切れ、私は少し姿勢を正して機内に眼を転じた。

空席が多いためか、見苦しさはない。四列ほどを挟んだ斜め向こうで、娯楽スクリーンが無言のまま動いている。ハリウッド映画特集。どんな役柄なのだろう、くたくたの帽子をかぶった情けない顔の男が、鞭を振り回して、偃月刀を持った悪漢どもを近づけまいとしている。旅客たちはみな、ヘッドホンを頭にはめてその番組に見入っているか、暗闇に乗じて一眠りしているか、どちらかだ。

私もまた、闇に潜んでいる睡魔によって搦め捕られつつあった。あれほどの体験をしたというのに、不思議と暗闇も静寂も怖くはない。意識が薄れる寸前、悪夢はその長い手を伸ばして私につかみかかってくるのだが、私の心に染みついた存在が——勇者の剣の輝きや、冒険家の笑い声や、魔物のこぼした涙のきらめきが、それを払いのけてくれるのだ。

　私が恐れていたのは、道が見えないことだった。

　アテネの空港で大学へ電話を入れてみると、長いこと待たされた挙げ句に学長のデスクへ回され、非常に遠回しな言葉で免職を申し渡された。学長曰く、今回、フレッド、ヘンリー、ジェニーと本校の中心となっていた教授三人を相次いで失った大学側としては、教授陣の思い切った再編成を望んでいる。しかし私が妻や同僚の死と事故のショックから立ち直った後、恥ずべき失態を心から悔い、もし万が一復帰を望むようだったら、相談に応じてあげないこともない。——正しい英語に訳せば、「休暇の取りすぎを弁護してくれるフレッドはもういないんだぞ。みんな死んじまったことだし、こっちとしてはもっと従順な若手の教師を雇うつもりなんだがね。まったく、何をしにギリシアへ行ったんだ？　恥さらしな事件を起こしやがって。二度と顔を見せるんじゃないぞ」といったところか。

　当然、私は怒った。学長の一存で首を切るつもりなのかと反論しかけた。しかし不意に——そう、本当に突然——疲労が襲ってきて、辞職を承諾する一言を残して電話を切ってしまった。

　そしてそれから一時間ほど、電話機の前で立ち尽くしたままその理由を考えた。投げやりになったと言えばそれまでだし、絶対的な権力者に楯突いても無駄だと諦めたのも事実だが、私のなかで、もはや考古学という炎が消えつつあったというのが本当のところなのだろう。専門家として白紙の若者たちに知識を与えることはできようが、ともに学んでいくという教育の本質を続ける意欲は失せてしまっていた。私は、私なりの課題に答えを見つけた。学生たちもまた、教わるのではなく、彼らなりの精進でそれを獲得するのが望ましいだろう。それが、大学のあるべき姿なのだから。

しかし、大義名分を並べ立てたところで、私が職をなくしたことに変わりはない。ウルジー枢機卿の言葉を拝借すれば、我が偉大なる地位とも永遠におさらばだ。そして私ときたら、後先のことなど考えずにクレタへ渡ったものだから、アパートは引き払ってしまったし、今はもうネーム・プレートが外されているだろう研究室にある荷物のなかに、金に変えられるような品物はまったくない。研究費で買った書籍類は、大学図書館に寄付させられるだろう。まさに無一文だった。

アイオワの田舎へ帰れば年老いた両親が迎えてくれるだろうし、今ならばきっと互いを理解することもできよう。しかし、あの町に帰郷したところで、そのまま住みつづけるのは不可能だ。私には仕事の当てがない。家のトウモロコシ畑を継ごうにも、農業について近所の子供より疎いようでは、生計の目処は立たないだろう。ある程度の退職金は貰えるはずだが、死んだ仲間たちの家族への援助を考えれば、手をつける気にはなれない。ジェニーの生命保険とて、微々たるものだ。

ここまできて、罠にかかったような気分だった。

生きることの意義は、愛するジェニーが教えてくれた。生きたいという意欲は、寛大なギリシアの神々が授けてくれた。勇気のネジを締め上げるようにと、賢いピーターが励ましてくれた。どんなときも生き抜くようにと、孤独な私の分身が背を押してくれた。人間の尊厳を、誇り高きフレッドが身をもって示してくれた。生きてみたいとは思った。生きてみようとも思った。挑戦の喜びを知ったし、自閉症は地下に埋めてきた。

だが、逃避しか覚えてこなかった私には、現実世界での闘技場の探し方がわからない。生きることの意義を探すこと――それこそが生きることの意義に違いないのだが、私にはそれを実践する方法が見つけられないのだ。

ああ、私は人生の初めから、自分でこんな落とし穴を作ってきてしまった。私もまた、克服しきれなかった弱さによって、仲間たちとさして変わらぬ運命をたどるのだ。デニスは自制心を欠き、欲望の罠に落ちた。二人の人夫は臆病さゆえに死に絡め捕られた。フレッドは頑固な騎士道によって闇に飲まれた。ヘンリーとピーターは復讐の鞭を受けた。そして私は、せっかく得た知識と勇気を使うすべを知らず――

落とし穴の底で待っているものは、またしても孤独な自己憐憫の日々だろうか。路地裏で暮らし、嫉妬と偏見の眼差しで道行く人々の足を眺め、夜をうろつく粗暴な若者たちに虐待され、やがては世界を恨むようになるのだろうか。ああ、なぜ私は母国へ帰ろうなどと思い立ったのだろう。私はオデュッセウスではない。夫を待ってくれているペネロペはいないというのに……。

「ニューヨークは初めてですか?」

あまりにも突然に、隣の若者が話しかけてきた。私はビクッとして顔を向け、相手は逆に面食らっておずおずと微笑んだ。

フレッドが愚痴っていたような、長髪のなよなよした若者。ヘッドホンから漏れるほどの大音量で音楽を聞いているし、着ているTシャツには上半身裸のロック歌手のプリントが入っている。読んでいる雑誌はペントハウス。関わり合いになるまいと、私は肩をすくめるだけにして――

いや。

私は咳払いをした。そして、少し緊張しながら口を開いた。

「なんだい?」

「すみません、驚かせてしまって。ニューヨークは初めてですか?」若者は問いをくり返した。言葉づかいは丁寧だが、気さくな響きがある。ギリシアの血が混じっているのが、言葉の発音やどことなく古風な顔立ちからわかる。

「いや、住んでいるんだよ」

「へえっ、いいなあ。最先端の音楽が聞けるでしょう？」

「いや、音楽に興味はないんだ」

しまった。

ああ、これは性分なのだろうか。どうも突っぱねるような話し方をしてしまう。

ジェニーはよっぽど忍耐強かったのだろう。

さあ、落ちつけ。

「君は……楽器をやるのかい？」

「ええ、ギターを」

「エレキ？　ロックが好きなのかい？　実は私も――」会話を復活させたことで調子に乗って、私は若者のTシャツを勢いよく指さした。

「ああ、これは貰い物ですよ。偉大なるフレディ・マーキュリー」若者は、私の失敗に苦笑した。「いえ、あんな小うるさい楽器は嫌いですね。僕はアコースティックをやります。どこへ行くにも、肌身離さず持ち歩いてるんですよ」

彼は指を足元に向け、床下にある貨物室を示した。私が小さな笑みを浮かべたことに気づかず、夢見るように話し続ける。

「ニューヨークかぁ……僕たちは初めてなんです。引っ越してきたんですが、ちょっとばかし不安でねえ。どんな町です？」

答えに詰まった私だったが、ふと、別のことに気づいた。

「僕たち？」

「ええ」陽気な若者は腰を上げると、丸めた雑誌で、前の座席に座っている乗客の頭を小突いた。シートの上から顔を出したのは、まだ二十二、三歳の金髪の娘だった。

「なあに？」尋ねた娘は、すぐに私に気づいてハロー、と愛想よく挨拶した。彼女の輝かしい金髪と情熱的な瞳は、昔、孤独な私を魅了した別の女性を思い出させる。

「妹さん？」私が尋ねると、若者は笑いだし、娘もまた、顔を赤らめてはにかんだ笑みを浮かべた。

「妻ですよ」左手を挙げて指輪を見せる若者の笑顔は、とても幸せそうだ。「僕はトニー。彼女はメアリー」

「ランス・ドノヴァンだ」

私たちは握手を交わした。——と、メアリーのすぐ横で何かが動くのが、座席の隙間から見えた。

「娘です」私の視線を捕らえて、トニーが言った。「子供はお好きですか？」

「ああ、好きだよ」私は思わずうなずき、その直後、胸に鋭い痛みを覚えた。「でも……父親になったことがないんだ。ぜひ顔を見たいな」

我が子を持った夫婦の例に漏れず、二人は嬉しそうで誇らしげな顔をした。すぐにメアリーが、隣の座席に手を伸ばす。

「さあ、ローラ。おじちゃんにご挨拶なさい」

私は耳を疑った。

ローラ?

彼女と対面した私は、初めて雪を踏みしめた子犬のような顔をしていたと思う。背もたれ越しにひょいと現れたのは、まだよちよち歩きもできないだろう女の子だった。母親譲りの金髪と青い瞳が、とても愛らしい。

「やあ、お嬢さん……」

私が恐る恐る手をさしのべて頬に触れると、ちっちゃな手が人差し指をぐっと握った。想像もしなかった力に、私はびっくりした。

そして、ローラは無邪気に笑った。

まるで、私を安心させるかのように。

考えるまでもなかった。私は胸のポケットから赤いバンダナを取り出し、幼子の手にそっと握らせてやった。若い両親が口を開こうとするのを手で制して、私は告げた。

「彼女のものです」

「ありがとう」メアリーがにこにこしながら言った。「……優しい方なんですね」

「どうして？」

「笑顔でわかります。とっても暖かいもの」

私は指先で、自分の唇の形をそっとなぞってみた。

スチュワーデスの顔色を伺いながら、私たちはポツポツと会話を交わした。メアリーはアリゾナ出身のアメリカ人。二年間のギリシア滞在中にアントニーと知り合い、大恋愛のすえに結婚。写真家の卵で、さきほどからトニーが読んでいたペントハウスの広告にその作品が載っているという。彼女の個性を気に入ってくれた出版社に望みを託して、夫とともにニューヨークへ引っ越す決心を固めたそうだ。一方、音楽家を志望するトニーは、自分の才能の花がまだ開かないことに焦っていると自嘲し、愛妻と娘に気弱になるなと頭を叩かれていた。

「人生、先が見えないものよ。それだからこそ楽しいんだしね。気楽にやんなさい」

「気楽にね」トニーは肩をすくめた。

「気楽にね」わたしもそうした。

いつの間にか、私は促されるままに自分の経歴を語り、気がつけば、最近事故で妻と子をなくしたことから、一生をかけるつもりだった研究に一区切りがついたこと、今は職なし宿なしだということまで、すっかり打ち明けてしまっていた。

「それなら――」若い夫婦は同時に口を開き、気が合うことを見せてくれた。「一緒に部屋を探しませんか。僕たち、知り合いもいないし、近所に住めるようになったら嬉しいな。そうだ、その前に僕とあなたは――」

「仕事を見つけなければね。そして金ができたら、さっそく君を雇おう」

「え？」

「ギターの弾き方を教えて欲しいんだ」私は笑った。「たった今、気がついたよ。まずは探し方を探すべきなんだ、歩いた足跡が道になるんだからってね」

「はあ」若い旅人たちは顔を見合わせた。

「そうなんだ。永遠のものが、一歩一歩を照らしてくれる。どんなことでもいい、自分にできることを歩きながら探していくんだ。そのために、故郷へ帰るんだ」

映画特集が終わってしばらくすると、頭上でポーンと音がして、禁煙とシートベルト着用のランプが灯った。スチュワーデスに口うるさく注意される前に、母と娘はスクリーンの前の座席に戻ったが、ベビー・ベッドが嫌いらしいローラは途端にぐずりはじめ、まんまとメアリーの胸に脱出した。

あちらこちらで旅客が目を覚まし、窓のブラインドが次々と上げられる。雨雲の切れ間や枝葉の隙間から差し込むような光の帯が、機内の闇を少し、また少しと追い払っていく。やがて消えていたスクリーンがパアッと明るくなり、見覚えのある風景を映し出した。メアリーの声が聞こえた。

「ほおら見て、ローラ。あれがニューヨークよ」

興奮に満ちたその声に胸を押されて、私は思わずブラインドを上げて窓の外を覗いた。

故郷。

燃えるような夕焼けを背景に、海に臨むマンハッタンの町並みが雄大に広がっていた。何という大都市、何という奇跡か。人間の叡知が造り上げた建造物の群れは、精一杯に背伸びをして、遥かなる天空に手を伸ばしている。何かを求めるように。ひたむきに。そして、勇気と挑戦の心を持って。その少し向こうでは、私たちの女神が灯火を掲げて自由を宣言している。

無数の車が、それぞれの目的に向かって細い道を駆けめぐっている。人々はちっぽけで塵のよう。寂寥たる薄暮の光が大海原を深い葡萄酒色に染め、黄昏に照り映える大都会のひとときを一枚の古風な絵画のように見せている。

太陽は沈みかけていた。もうすぐ闇の帳が降りて、町を、文明を覆い尽くすだろう。

そして、暗闇が続く。時の流れる迷宮に捕らわれ、唯一の出口が滅亡であることを知りつつ、しかしそれでも、人はたくさんの光を灯す。短い命を無駄に過ごすまいと、懸命に生きる。

決して希望を失うことなく。

私も生きよう。恐れていては何も生み出せない。先が見えないのは当たり前ではないか。最新型の列車に乗り込んで、また遠い国へ走り出そう。今度は各駅停車で、軽やかな時間の風を楽しみながら。いや、列車に乗らずに線路を離れ、時計を持たないまま徒歩で旅をするのもいい。失ったものには葬送曲で別れを告げ、いつも行進曲を口ずさみながら歩いていこう。歩いて歩いて、行き着くところまで。

「素敵な町だよ」

私は、さきほどの若者の問いに答えた。ジェニーが死んでから喜びを忘れていた私の頬を、一粒の涙が静かに伝い落ちた。

私は眼を閉じて、そっとつぶやいた。

「きっと幸せになれる」

昔々　人は鉄の香りに魅せられた
錆色に濁る心が　堅く凍りつき

鋭い刃をかかげ　子どもたちは大人になる
いつか若やいだ芽も　黒く立ち枯れて
灰は塵へ還り　塵は無へと戻る
顔を伏せる神々が　霧深き最果ての地へ立ち去り
黄金の灯火は燃え尽き　白銀の奇跡は溶け落ち
青銅の情熱も冷めやり　英雄たちは知るだろう
孤独に捕らわれ　運命《さだめ》の重さに魂も歪み
時の迷路に彷徨《さまよ》えば　共に歩むは己の影のみと

けれど一人　女神がそっと振り返る
子どもたちよ　どうか泣かないで
子どもたちよ　私はここにいるから
女神は留まる　ひび割れた大地のなかに
子どもたちよ　思い出して
子どもたちよ　忘れないで
女神は囁く　涸れ果てた心のなかに

砕けた瞳を閉じ　闇の深奥に彷徨い
尽きせぬ夢を夢見て今　人は踊る輝きに出会おう
あの懐かしき日　稚き時代
虚ろなパンドラの箱の底　永遠《とわ》に残された最後の宝石に
忘れえぬ温もりに癒され　澄んだ子どもへ立ち戻り
人は人へ　小さな物語を唄い伝えよう
子どもたちよ　忘れないで　忘れないで
子どもたちよ　思い出して
優しき女神の名が記憶《ムネモシュネ》であり
失われぬ宝石の名が希望であることを

（完）

逆境が人に与える教訓ほど麗しいものはない

――『お気に召すまま』

ウィリアム・シェイクスピア

主な参考文献

『ギリシア・ローマ神話事典』マイケル・グラント／ジョン・ヘイゼル共著、西田実ほか訳、大修館書店、1989
『世界神話辞典』アーサー・コッテル著、左近司祥子ほか訳、柏書房、1999
『ギリシア神話小事典』バーナード・エヴスリン著、小林稔訳、社会思想社、1994
『アポロドーロス　ギリシア神話』高津春繁訳、岩波書店、1988
『イリアス　上・下』ホメロス著、松平千秋訳、岩波書店、1992
『オデュッセイア　上・下』ホメロス著、松平千秋訳、岩波書店、1994
『ギリシア・ローマ神話』ブルフィンチ著、野上弥生子訳、岩波書店、1993
『筑摩世界文學体系2　ホメーロス』呉茂一／高津春繁ほか訳、筑摩書房、1977
『エーゲ文明への道』レオナード・コットレル著、暮田愛訳、原書房、1992
『クレタ文明讃歌』加藤静雄著、三修社、1996
『ギリシア旅行案内』川島重成著、岩波書店、1995
『古代ギリシア――その興亡と生活・文化――』エミール・ナック／ヴィルヘルム・ヴェークナー共著、紫谷哲朗訳、佑学社、1988
『図説世界文化地理大百科　古代のギリシア』平田寛監修、小林雅夫訳、朝倉書店、1990
『世界遺跡地図』コリン・ウィルソン著、森本哲郎監訳、米倉進訳、三省堂、1998
『世界の大遺跡⑤　エーゲとギリシアの文明』三浦一郎編著、江上波夫監修、講談社、1988

『ビジュアル博物館37　古代ギリシア』アン・ピアスン著、(株)リリーフ・システムズ訳、同朋舎出版、1993
『ギリシア・ローマ歴史地図』リチャード・J・A・タルバート編、野中夏美／小田謙爾訳、原書房、1996
『武器事典』市川定春著、新紀元社編集部編、新紀元社、1996
『図説　西洋甲冑武器事典』三浦権利著、柏書房、2000
『地球の歩き方43　ギリシアとエーゲ海の島々&キプロス　98~99年度版』地球の歩き方編集室著作編集、ダイヤモンド社、1998
『地球の歩き方55　ロンドン　98~99年度版』地球の歩き方編集室著作編集、ダイヤモンド社、1998
『望遠郷13　アテネ』ガリマール社／同朋舎出版編、同朋舎出版、1997

その他、世界の古代文明や遺跡に関する各種文献を参考資料とさせていただきました。研究者の方々の情熱に敬意を表します。もしも本作において史実や背景描写等に誤りがありましたら、それはすべて著者の責任であることを、読者の皆様にはご了解いただきたいと思います。

なお、作品中のシェイクスピアの引用句は、次の二冊からほぼそのままの形で使用させていただきました。素晴らしい翻訳への尊敬を込め、深く陳謝申し上げます。

『シェイクスピアの名せりふ』マイクル・マクローン著、村上淑郎訳、小田島雄志せりふ訳、ジャパンタイムズ、1991
『シェークスピア名句辞典』村上利夫編、横川信義監修、日本文芸社、1984

あとがき

空想の魅力にとり憑かれたと言うのでしょうか……とにかく夢見がちな子供でした。本を読むだけに飽き足らず、一方で稚拙ながら、小説を書いたりもしました。実はこの作品も、十九歳の時に書いた短編をベースにしています。

今から三年ほど前、大学を卒業した私は、とある企業に勤め、わずか一ヵ月半で辞表を提出しました。いわゆる世の中への挫折でしたが、言い換えれば、それは自分自身への挫折だったのでしょう。「私らしさ」を失ってしまうのではないか、どこにも辿り着けないのではないか——そんな不安に負けた私が得たものは、結局、さらなる不安と重苦しい自由ばかりでした。

人生という旅の厳しさに脅え、歩いていく自信を失い、先の見えない無数の道を前に途方に暮れて……ふと頭に浮かんだのが、この物語です。

真っ暗な迷宮に踏み込み、その奥で自分自身の姿を見つけ出し、歩いてきた道を振り返ることで人生の意義を悟っていく主人公。ひとつの答えと、小さな希望。しかし、以前の短編とは、何かが大きく変わっていました。もしかしたらこれは、夢の中に住み続けてきたもう一人の私が、道端に座り込んだままの私を励ますために織り直してくれた物語なのかもしれません。

私は呆れるくらいロマンティストなもう一人の私を、夢見る羽田野——縮めて夢羽《むう》と呼ぶことにしました。彼の物語を、歩き疲れてしまった人、立ち止まりかけている人、座り込んでしまっている人に聞いてもらって、少しでも元気を分かち合い、一緒に歩んでいけたら嬉しいなと思いました。

そして、もういちど歩き出すことに決めました。

ところで過去と現在を舞台にしたこの物語では、古代ギリシアの神々や英雄たちが重要な脇役を演じてくれています。あの文豪もそこかしこに顔を覗かせます。誰でも知っているけれど、実はあんまり馴染みのないこの有名人たちの魅力が皆様に少しでもお伝えできれば、語り手としてはとても幸せです。

最後になりましたが、私の再出発を支えてくださった皆様に、心から感謝を申し上げます。

惜しみないご助力で地図と靴を与えてくださった、文芸社の皆様に。コンパスをくれた父に。糧をくれた母に。道すがら手を振ってくれた兄と、根岸家の皆様に。分岐路で道を教えてくださったT様E様に。出会い別れた素晴らしい友人たちに。陽気な旅仲間、I、M、S、Tに。

そして最高の相棒《パートナー》、手をつないで歩いてくれる妻の美希世に。

羽田野　充

〈著者プロフィール〉
夢羽（むう）　本名 羽田野 充（はたの・みつる）
1974年東京生まれ。
和光大学人文学部卒業。
高校時代より創作を始め、
『時の鎮魂歌』はデビュー作。

時の鎮魂歌《レクイエム》

2001年1月4日　初版第1刷発行

著　者　夢羽（MUU）
発行者　瓜谷綱延
発行所　株式会社　文芸社
〒112-0004　東京都文京区後楽2-23-12
電話 03-3814-1177（代表）
03-3814-2455（営業）
振替　00190-8-728265
印刷所　東洋経済印刷株式会社

ISBN 4-8355-1205-7 C0095